帝王業

中

寐語者

目錄

第二卷

天闕驚變

殺伐

凌晨，風驟起，霹靂驚電撕裂了天際黑雲。大雨滂沱，悶雷滾滾。

一場突如其來的暴雨傾盆而下，將整個暉州城籠罩在不辨晝夜的昏暗之中。已沒有人在意風聲呼嘯若狂，沒有人在意驚雷連番炸響。

風聲雨勢雷鳴，俱被城下酷烈的殺伐之聲淹沒。

謇寧王三萬前鋒搶在天明之前，橫渡長河，趁夜殺上岸來，強攻鹿嶺關。

數十艘高達數丈的樓船，每艘樓船攜艦艇若干，以鐵索交橫，赫然連成銅牆鐵壁一般。五色旌旗招展，擂鼓鳴金，乘風勢，破激浪，浩浩蕩蕩從河上殺來。

戰鼓號角一聲緊過一聲，一遍高過一遍，震天的喊殺聲與金鐵撞擊聲交織莫辨。鹿嶺關外雲梯層疊，飛石如蝗，攻城強兵如潮水般源源不絕地湧入。

暴雨嘩嘩而下，雨勢越發迅急，風雨中彷彿裹挾了淡淡的血腥氣，狠狠沖刷著暉州城牆。

我隨蕭綦登上最高的城樓，河岸與鹿嶺關外慘烈戰況盡收眼底。

一名將校戰袍浴血，冒雨飛馬來報：「稟王爺，敵軍來勢凶猛，我軍已退至鹿嶺關下！」

蕭綦轉身坐上麒麟椅，冷冷問道：「河面情勢如何？」

「前鋒盡數登岸，主力大軍已開始渡河。」

「等。」蕭綦面沉如水，波瀾不驚。

片刻，又有飛馬來報。

「稟王爺，敵軍已渡河過半。」

「再等。」蕭綦面色不變，目中掠過一絲笑意，濃烈的殺氣自他身上隱隱傳來。

我肅然坐在他身側，分明是初夏時節，卻如置身隆冬，天地間盡是肅殺之氣，令人遍體生寒。我執起案上酒壺，將面前一樽虎紋青玉杯中斟上烈酒，未及斟滿，一人飛馬入內。

「稟王爺，敵軍攻勢迅猛，大軍均已登岸，征虜將軍已率眾退入鹿嶺關內！」

蕭綦微微抬目，恰此時一道驚電劃下，劈開天幕，映亮他眼底寒意勝雪。「傳令左右兩翼，截斷登岸大軍，奪船反攻！」

來人遵令，上馬飛奔而去。

蕭綦按劍而起。「傳令後援大軍，奪回鹿嶺關，剿殺入城兵馬！」

「末將領命！」一名將領遵令而去。

左右將領按劍肅立，甲冑兵刃雪光生寒，均已躍躍難耐。

蕭綦舉杯一飲而盡，擲杯於地。「備馬，出戰！」

我默然立於城頭，目送蕭綦風氅翻飛的身影遠去。

這一場鏖戰，直殺到雨停風歇，雲開霧散，紅日漸出……直至黃昏殘陽如血。

左右兩翼兵馬挾雷霆萬鈞之勢，從城外兩側山坡俯衝，攻入剛剛登岸的謇寧王大軍，縱橫衝殺，銳不可當，趁對方立足未定，殺了個橫屍遍野，哀號震天。再令三千弓弩手伏擊在側，專殺樓船上操舵控槳的兵士，令樓船失去控制，無法掉頭回航。

渡河大軍在灘頭陷入混亂，進退不得，大小戰船皆以鐵索相連，擁擠突圍之中引發戰船自相衝撞，士兵紛紛落水，上岸即遭鐵騎踐踏，強弩射殺……一時間，殺聲震野，流血漂櫓，岸邊河水盡被染為猩紅。

搶先攻入鹿嶺關的前鋒兵馬，被阻截在內城之外，強攻不下，後方援軍又被截斷，頓成孤軍。

退守關內的胡光烈部眾，與蕭綦親率的後援大軍會合，掉頭殺出關外。胡光烈一馬當先，率領後援大軍殺出城門，一柄長刀呼嘯，連連斬殺敵軍陣前大將，所過之處莫可抵擋。

謇寧王治軍多年，麾下部眾驍勇，眼見中伏失利，仍拚死頑抗，不肯棄戰。

但聽敵軍主艦上戰鼓聲如雷，竟是謇寧王親自登上船頭擂響戰鼓，陣前一員金甲大將揮舞巨斧，猛悍無匹，硬生生殺出一條血路，率領受困將士掉頭突圍，往岸邊戰船退去。

一時間敵軍士氣大振，奮哀兵之力，抵死而戰，大有捲土重來之勢。

但見一騎迎上陣前，白馬紅纓，銀甲勝雪，正是宋懷恩擎一柄碧沉槍，橫掃千軍，迎面與那金甲悍將戰在一起。船頭戰鼓聲震雲霄，謇寧王催陣愈急。

我在城頭看得心神俱寒，眼前血雨腥風，殺聲震天，彷彿置身修羅地獄。陡然一聲低沉號角，城門洞開，旌旗獵獵，正中一面帥旗高擎。

蕭綦立馬城下，遙遙與船頭謇寧王相持，手中長劍光寒，直指南岸。

劍鋒所指處，怒馬長嘶，左右齊呼：「豫章王討伐叛軍，順者生，逆者亡——」

我軍歡聲雷動，槍戟高舉，齊齊呼喝吶喊。

豫章王帥旗招展，蕭綦躍馬而出，身後親衛鐵騎皆以重盾鎖甲護體，隨他逼向陣前。戰靴聲橐橐劃一，每踏下一步，宛如鐵壁動地，槍戟寒光壓過了風雨中晦暗天光。

陣前敵軍聲勢立弱，謇寧王戰鼓聲亦為之一滯，旋即重新擂響。樓船戰艦上弓弩手齊齊將方向對準帥旗所在之處，箭雨鋪天蓋地，急驟打在重鐵盾牆之上。

我從城頭俯瞰，一切盡收眼底，滿心驚顫已至木然，只疑身在驚濤駭浪間，隨著城下戰況起落，忽而被拋上雲霄，忽而跌落深淵。

只聽謇寧王戰船上有數隊士兵高聲叫陣，喝罵不絕，直斥蕭綦犯上作亂，在戰鼓聲中聽來分外刺耳擾人。陣前敵軍雖節節敗退，仍悍勇頑抗不下。膠著之際，蕭綦與親衛鐵騎已強頂著箭雨逼近陣前。

又一輪箭雨稍歇，就在下一輪將發未發的剎那，忽見蕭綦挽弓搭箭，三支驚矢連環破空而去。

箭到處，奪奪連聲，竟不是射向陣前主帥，反而堪堪射中主艦前帆三道掛繩！

船頭眾人驚呼聲中，轟然一聲巨響——那數百斤重的篷帆應聲墜落，砸斷橫桅，直墜船頭，生生將那雕龍繪金的船頭砸得碎片飛濺，走避不及的將士或被砸到桅帆之下，或是墜落河中。而那篷帆落處，恰是謇寧王擂鼓之處。

眼見戰船受此重創，主帥被壓在碎木裂桅之下，生死不明——敵軍部眾皆駭然失措，陣前方寸大亂。

那金甲大將正與宋懷恩苦戰不下，驚見此景，一個分神間，被宋懷恩猛然回槍斜刺，當即挑落馬下。

謇寧王大勢已去，河面完好的十餘艘戰船紛紛丟下傷兵殘將，徑直掉轉船頭，向南岸潰退。

至此，敵陣軍心大潰，再也無心戀戰。

有人拋下兵刃，發一聲喊：「我願歸降豫章王！」

陣前頓時有十數人起而回應，奪路來奔。統兵將領尚未來得及阻攔，又有百餘人棄甲奔逃，轉眼潰不成軍。

經此一役，謇寧王前鋒折沒殆盡，過半人馬歸降蕭綦，頑抗者皆被殲滅。辛苦營造的樓船除主艦毀壞，其餘盡被我軍所奪，不費寸釘而贏得渡河戰船，來日飲馬長河，易如反掌。

然而最後尋遍戰場也未見謇寧王屍首。

只怕此人老奸巨猾，見戰況危急，早已換了替身上陣，自己退縮至副艦，眼見前鋒慘敗，立即棄殘部於不顧，率軍往南而逃。

是夜，蕭綦犒賞三軍，在刺史府與眾將聚宴痛飲。

隨後而來的十萬大軍也在子夜之前趕到。蕭綦下令三軍暫作休整，補充糧草，次日渡河南征。

犒賞一畢，我便稱不勝酒力，從聚宴中告退，留下蕭綦與他的同袍手足相聚。蕭綦沒有勉強我留下，只低聲問我，是否不喜眾將粗豪。

我搖頭，莞爾一笑——鐵與血，酒與刀，終究是男人的天地。

我說：「我無意效仿木蘭，無意效仿……」這句話沒有說完，最後兩字一時凝在脣間。

胡光烈上來拉住蕭綦敬酒，醉態憨然可掬。趁蕭綦無奈之際，我忙欠身告退。

匆匆步出府衙，我一時神思恍惚，仍陷在方才的震動中……那幾欲脫口的兩個字，將我自己驚住，不知何時竟浮出這鬼使神差的念頭。

呂雉，我險些脫口說出「我無意效仿木蘭，無意效仿呂雉」！

一路心神起伏，車駕已悄然停在行館門前。

明日一早大軍即將南征，這一次離去，不知前路如何，也不知何日再能重來。

緩步流連於深深迴廊，花木繁蔭之中，置身曾獨居三年的地方，已有隔世之感。那個喜歡散髮赤足，醉臥花蔭，閒時對花私語，愁時對雨感懷的小郡主，如今已無影無蹤了。

我回到書房，依稀想起錦兒與我一起下棋的情形……問遍了行館與府衙的僕婦管事，只說在我遇劫之後，錦兒姑娘也杳然無蹤，只怕也遭了毒手。

錦兒，那個巧笑嫣然的女子，果真就此香消玉殞了嗎？

站在錦兒曾巧手為我梳妝的鏡臺前，我黯然失神，伸手貼上冰冷的鏡面，觸摸那鏡中的女子——如此熟悉，又如此陌生的眉目，眸光流動處，只有無盡幽冷。

蕭綦在趕赴暉州的路上接獲京中密報，確證我母親已返京。他將自己隨身多年的短劍給了我，又從最優秀的女間者中挑出數名忠誠可靠之人，以侍女身分跟隨在我身邊。

此去征戰沙場，相看熱血洗白刃，夜深千帳燈，生死勝敗都是兩個人並肩承擔，誰也不會獨自離去。

回到府衙，眾將已經散了，卻見龐癸匆匆迎上來。「王妃夜裡外出，王爺甚是擔心。」

我微微一笑。「王爺已經歇息了嗎？」

龐癸道：「宴罷後，王爺略有醉意，已經回房。」

「你也辛苦多日，今晚好好休整。」

我含笑頷首，正欲舉步入內，龐癸忽而趕上一步，壓低聲音道：「屬下有事稟告。」

我一怔，回身看他，只聽龐癸低聲道：「屬下夜巡城下，捉獲一名身藏密信的侍衛，暗中傳遞暉州戰況，疑是謇寧王所派間者，已被屬下扣住。」

兩軍陣前互派間者亦是常事，不足為怪。我蹙眉看向龐癸，淡淡道：「既是侍衛，理當交與宋將軍處置，為何私自將人扣住？」

龐癸將聲音壓到極低，遲疑道：「屬下發現，密信竟有左相大人徽記。」

「什麼！」我大驚，忙環顧左右，見侍從相距尚遠，這才緩過神來，急急追問道：「此人何在，可曾招供什麼，還有何人知曉此事？」

龐癸垂首道：「事關重大，屬下不敢張揚，已將此人單獨囚禁，旁人尚不知曉。此人自盡未遂，至今未曾招供。」

我心下稍定。「密信呢？」

龐癸從袖中取出一支竹管，雙手呈交於我。

其上蠟封已拆，管中藏有極薄一張紙卷，上面以蠅頭小楷密密寫滿，從吳謙變節伏誅至暉州戰況，均寫得鉅細靡遺。信末那道朱漆徽記清晰映入眼中——我手上一顫，似被火星燙到，這千真萬確是父親的徽記！

薄薄一紙信函，被我越捏越緊，手心已滲出汗來。

我當即帶了幾名貼身侍從去往書房，命龐癸將那人帶來見我。

此時已是夜闌人靜，書房外侍衛都已屏退，只燃起一點兒微弱燭火。那人被龐癸親自帶來，周身綁縛得嚴嚴實實，口中勒了布條，只驚疑不定地望著我，作聲不得。

我凝眸看去，見他身上穿戴竟是蕭綦近身親衛的服色。龐癸無聲退了出去，將房門悄然掩上。

我凝視那人，緩緩道：「我是上陽郡主，左相之女。」

那人目光變幻不定。

「你若是左相的人，可以向我表明身分，無須擔心。」我向他出示那封密函。「我不會將此信交給王爺，也不會揭穿你的身分。」

那人低頭沉吟半晌，深吸一口氣，終於點了點頭。

我將信置於燭火之上，看它化為灰燼，淡淡問道：「你一直潛伏在豫章王近身親衛之中，為家父刺探軍情？」

那人點頭。

「你可有同伴？」我凝視著他問道。

那人決然搖頭，目光閃動，已有警覺。

我默然看他半晌，這張面孔還如此年輕……

「你為家父盡忠，王儇在此拜謝。」我低了頭，向他微一欠身，轉身步出門外。

龐癸迎上來，默不出聲，只低頭等待我示下。

我自唇間吐出兩個字：「處死。」

從未覺得暉州的夜風如此寒冷。我茫然低頭而行，心頭似被一隻看不見的手狠狠捏住，越捏越緊，緊得我喘不過氣來，腳下不覺越走越快。

這世上，沒有人比我更瞭解我的父親，左相大人。他一生宦海沉浮，數十年獨斷專權，論心計之重，城府之深，根本不是我所能想見。

他與蕭綦不過是棋逢對手的兩個盟友，以翁婿之名行聯盟之實……而這所謂的盟友，也只不過是暫時的同仇敵愾。

我知道父親從未真正信賴過蕭綦，正如蕭綦也從來沒有信任過父親，甚至從來都稱呼他為左相，極少聽他說起「岳父」二字。

當年我穿上嫁衣，跨出家門的那一刻，父親在想些什麼？是否從那時起，他已不再將我當作最親密可信的女兒，而只是對手的妻子……從他將我嫁給蕭綦，便開始戒備這個手握重兵的女婿，不僅在他身邊安插耳目，更連帶著將我一同疏遠。

此番起兵，雖是為了擁立太子，維護王氏，卻也讓蕭綦藉機將軍中的勢力滲入朝堂。一旦我們成功，只怕豫章王便要取代當初的右相，與父親在朝廷中平分秋色。

父親自然深知這一點，卻已經別無選擇，明知是引狼入室，也只能藉蕭綦之力先將太子推上皇位。一旦蕭綦擊退各路勤王之師，擁立太子順利登基，屆時父親必不會坐視蕭綦崛起，拱手將大權讓給旁人。

這一番謀算，蕭綦何嘗不是心中有數。

父親能在他的親衛之中安插耳目，他對京中的動向亦是瞭若指掌。父親有暗人，蕭綦亦有間者，只怕他們兩人鬥智鬥法，已不是一、兩日了。

從前並非沒有想過，如果有朝一日，他們終將為敵，我又當何去何從。一邊是親恩，一邊是摯愛，任是誰也無法衡量其間孰輕孰重，放下哪一邊都是剜心的痛！

直至今晚，親眼見到密函，見到那人……一切終於明明白白攤開在我面前，逼我做一個取捨。

是放，是殺？是裝作從不知情，還是將此事徹底抹去，不讓任何人知道？那一刻，在我骨子裡流淌十八年的血液，推動我做出本能的抉擇。

我不知道哪一邊是對，哪一邊是錯，只知道一邊已是我的過往，而另一邊卻是我的將來。

在我的血液裡，流淌著這個權臣世家歷代積澱而來的冷酷和清醒。

父親曾給予我天底下最美好的一切，直至他親手將我推向蕭綦……那美好的一切，便已跌落塵土，化為飛灰。

那個時候，我是自己甘願的，義無反顧地踏上父親為我指出的路……沒有抱怨，沒有後悔，只是心底就此種下被遺棄的絕望，永不能癒合。

數番風雨，生死險途，終於知道人生多艱。我要站在誰的身旁，才能有一方晴空遮擋風雨？當曾經的庇佑已經不再，我又能選擇哪一處容身？

父親，我的忠誠只有一次。

三年前我忠誠履行了你的意願，而這一次，我選擇站在自己丈夫身邊。

一個高大的身影擋住去路，黑色蟠龍紋錦袍的下襬赫然映入眼簾。

心中紛亂如麻，我低了頭，停不下急奔的步子，收勢不住撞進他懷抱。

「一晚上跑到哪裡去了？」他身上有濃重的酒氣，語聲低沉沙啞，隱有薄怒。

我不抬頭，將臉伏在他胸口，只是緊緊地抱住他，唯恐再失去這最後的浮木。

他伸手來撫我的臉，柔聲問：「怎麼了？」

我說不出話，強抑許久的悲酸盡數哽在喉間，抵得我喘不過氣，滿嘴窒苦難言。

「可是怪我只顧飲酒，一晚上沒陪伴妳？」蕭綦戲謔含笑，抬起我的臉龐。

我緊閉雙眼，不願被他看見眼底的悲哀。

他以為我在賭氣，低笑一聲，將我橫抱在臂彎，大步走向房中。

到了房裡，侍女都退了出去，他將我放在榻上，俯身凝視我。「傻丫頭，到底怎麼了？」

我努力牽動一絲微笑，卻怎麼也藏不住心裡的苦澀。

他凝望我，斂去了笑意。「不想笑的時候妳可以不笑……我不會勉強妳做任何事，妳也無須敷衍我。」

我陡然掩住面孔，將臉藏在自己掌心，藏住滿面狼狽的笑與眼淚。

這一刻我驀然驚覺父親與蕭綦的不同——讓我做任何事，父親都以為是理所當然，不會問我有沒有勉強；而蕭綦不會，他偏偏要我心甘情願，容不得有半分的勉強和敷衍。

或許這一次，我總算沒有做錯，總算為自己選擇了一條心甘情願的路。無論悔與不悔，至少這一次，總是我自己選的。

蕭綦默然將我擁緊，沒有追問，只讓我在他懷中失聲痛哭。

我竟如此悲傷，哭得停不下來。心中漸漸清晰，終於明白過來，這一次我是真的背叛了父親，從此失去了他，再也找不回承歡膝下的時光了……

「什麼事能讓妳這樣悲傷？」蕭綦沉沉嘆息，抬起我的臉龐，目中滿是憐惜。

我按住他的手，突然覺得恐慌。「如果有一天我失去所有，一無是處，你還會不會像現在這般待我，會不會陪伴我，一直到老？」他不語，深深地看著我，全無一絲笑容。我不由得苦笑，心中一片冰涼。

他俯下身來，淡淡嘆道：「在我看來，妳本就什麼都不是，只是我的女人！」

翌日，碧空如洗，東風大作，日光照耀在滾滾長河之上，如莽莽金龍，乘風破浪。天地間一派豪壯氣象，昨日的血雨腥風一掃而光。

金鼓聲中，三軍齊發，甲冑光耀。

船頭旌旗鮮明，黑色帥旗獵獵招展於風中。

樓船升起巨帆破浪而出，首尾相連，浩浩蕩蕩橫渡長河。我和蕭綦並肩佇立船頭，河面風勢甚急，吹起我亂髮如飛。

抬手間，與他的手觸碰在一起，他含笑凝視我，伸手替我掠起鬢髮。

「為官莫若執金吾，娶妻當娶陰麗華。」他揚眉而笑，意態間無限飛揚。「我少年時，一心欽仰光武皇帝，也曾立此宏願。」

昔日少年的夢想已被他牢牢握在手中，莫說執金吾，只怕藩王之位亦不能困住他的雄心。

我迎上他熠熠目光，一時心旌搖曳，含笑嘆道：「光烈皇后得以追隨光武皇帝，也不枉紅顏一生。遙想帝后當年，攜紅顏，定江山，何等英雄快意……」

蕭綦朗聲大笑。「此去征戰千里，有妳長伴身側，若是光武有知，也應妒我！」

眼前長河悠悠，天地遼闊，然而他眼中萬丈豪情，竟令這壯麗江山也失色。

天闕

五月，謇寧王兵敗暉州，率殘部投奔胥州承惠王，與康平郡王、儲安侯、信遠侯、武烈侯、承德侯、靖安侯會合。豫章王大軍出三關，奪四城，直插中原心腹。

六月，謇寧王勤王大軍集齊麾下二十五萬兵馬，分三路夾擊反撲，礎州告急。豫章王平定彭澤之亂，斬彭澤刺史，各州郡忌憚豫章王軍威，皆歸降。

七月初三，礎州終告失守，武烈侯率麾下先鋒長驅直入，截斷入京必經之路。七月初五，豫章王左翼大軍奇襲黃壤道，鏖戰四天三夜，武烈侯兵敗戰死。

七月初九，豫章王右翼大軍攻陷西麓關，伏擊康平郡王部眾於鬼霧谷，征虜將軍奇襲謇寧王後方大營，生擒靖安侯、信遠侯，重傷康平郡王。

七月十一，豫章王親率中軍進逼新津郡，與承惠王大軍狹路相逢，血戰怒風谷。謇寧王分兵脫身，屯兵臨梁關下。承惠王大敗，隻身棄城逃遁，殘部倒戈歸降，豫章王揮師追擊。

七月十五，謇寧王與豫章王兩軍對峙於京師咽喉——臨梁關下。臨梁關距離京城不過三百餘里，已是京師最後一道屏障。

抵達臨梁關的次日，探子飛馬傳來消息。

二殿下子律縱火焚宮，於宮門伏擊武衛將軍，喬裝禁衛逃出皇城，連夜執皇上密詔投奔謇寧王軍中。

密詔稱，王氏與豫章王謀逆，矯詔逼宮，帝室危殆。詔令廢皇后王氏為庶人，命儲君子澹即位。武衛將軍王栩遇刺身亡。

消息傳來，我正在蕭綦身側忙碌，親手整理案上堆作小山一般的文書軍帖。

聽到子律焚宮時，我怔怔地回身抬頭，忘了將手中那疊書簡擱下。

那一句「武衛將軍王栩遇刺身亡」，我聽來竟不似真的……他在說什麼？我的叔父，統領禁中的武衛將軍王栩死了？我茫然回眸看蕭綦，他亦定定地望著我。

那傳訊的軍士還跪在地上，蕭綦頭也未回，脣角繃緊，淡淡說了聲：「知道了，退下。」

僵然放下那疊書簡，有一冊滑落在地上，我緩緩俯身去撿。甫伸出手，卻被蕭綦緊緊攥住。他起身擁住我，雙臂堅定有力，不許我掙扎退開。

我茫然地望著他，喃喃地道：「不是真的，他們弄錯了，叔父怎麼會死……叔父……」

那笑容爽朗，美髯飄拂的身影自眼前掠過，自小將我托在臂彎，帶我騎馬，手把手教我射箭的叔父，怎麼會在這個時候死去？我們已經來了，離京城不過數百里，只差最後一步！

「是，武衛將軍殉難了。」蕭綦凝望著我，目光肅殺，隱有歉疚痛心。「我終究去遲一步！」

我立足不穩，軟軟地倚靠著他，身子向下滑墜，卻連一聲哽咽都發不出。蕭綦攬緊了我，一言不發，身子繃得僵硬。

過了良久，他在我耳邊一字字說道：「阿嫵，我答應妳，必以子律的人頭祭奠武衛將軍！」

子律——我一震，如被冰雪侵入周身，怎麼會是子律。

太子哥哥子隆、二殿下子律、三殿下子澹……這三個截然不同的少年，曾與我一起度過了十餘年漫長而美好的宮闈歲月。

論血緣，太子哥哥與我最近；論情分，子澹與我最親；唯獨子律，卻是那樣孤獨沉默的一個少年，與誰都不親厚。

太子身分尊貴，子澹生母又有殊寵，唯獨子律卻是一個身分低微的婕妤所出，生母早早病死，幼年即由太后代為撫育。外祖母對自幼體弱多病的子律憐恤有加，照顧無微不至，一直到他成年之後，身邊還總有侍從寸步不離地守候，寢殿裡終年彌散著淡淡的藥味。

就在哥哥成婚的那年，子律大病一場，病癒後對每個人都變得冷若冰霜，甚至對我也再無笑顏。那時我尚年幼懵懂，只覺子律哥哥不肯和我玩了……

那一年，發生了許多悲傷的事，嫂嫂出嫁半年便病逝了，到秋天又失去了外祖母，哥哥亦離京去了江南。

太后薨逝之後，子律越發沉默冷淡，終日埋頭書卷，足不出戶，身子也時好時壞。

我竟不太記得他的容顏。記憶裡最後一次見他，依稀在我大婚前夕——他從東華殿側門轉出，手握一冊古舊書卷，青衣廣袖，綸巾束髮，立在那一樹淺紫深碧的木芙蓉下，對我淡淡一笑，恍若寒潭上掠過一道微瀾，旋即歸於寧靜。

一整夜，我手足冰涼，不住顫抖，即使被蕭綦抱在懷中，仍沒有半分暖意。蕭綦披衣起身便要傳召醫侍。

我抓住他的手不肯放開，黯然笑了笑，搖頭道：「我沒事，陪著我就好。」

他的目光透過我的雙眸直抵心底，彷彿洞察一切。「悲傷的時候便哭出來，不要強笑。」

而我始終沒有哭出來，只覺空茫無力，從指尖到心底都是寒冷。叔父死了，我失去一位親人，連他最後一面也未能見到。

叔父，那樣寵我的叔父。

帳中燈燭已熄滅，外面鴉鳴聲聲，催人心驚。

我靜靜地躺在蕭綦懷中，從他身上汲取到僅有的溫暖。「怎麼會是子律……」黑暗中，我茫然睜大眼睛，緊握住蕭綦的手。他卻沒有回答，彷彿已經睡著。

我不能相信，竟是子律害死了叔父，不能相信那文秀孤絕的少年也會捲入這一場皇權生死的爭奪。或許早該料到這結果，只是不曾想到，當這一天來臨的時候，竟是如此慘烈。

連子律也是如此，那麼他呢，我最不願想到的一個人，他又會如何？

周身泛起寒意，不敢閉眼，怕一閉上眼就看見子澹，看見滿身血汙的叔父。

我不管蕭綦是否已經睡著，逕自喃喃對他說著幼時往事，說著叔父，說著記憶裡模糊的子律。

他忽然翻身將我壓在身下，目光幽深。「舊人已矣，什麼皇子公主，都同妳沒有關係了！」他不容我再開口，俯身吻了下來……唇齒間灼熱痴纏，呼吸溫暖，漸漸驅散了眼前黑暗。

夜裡我不住驚醒，每次醒來，都有他在身邊抱緊我。黑暗裡，我們靜靜相依，無聲已勝千言。

子律的出逃，皇上的密詔，令謇寧王師出有名，給了我們措手不及的一擊。

然而到了眼下刀兵相見的地步，一道聖旨又豈能擋住蕭綦的步伐，成王敗寇才是至理。

說什麼詔令天下，討逆勤王——天下過半的兵馬都在蕭綦手上，敢於追隨皇室，對抗蕭綦的州郡也已敗的敗，降的降，僅剩承惠王和謇寧王兩名老將，還在抵死頑抗。其餘寥寥幾支藩鎮兵馬，心知皇室大勢已去，螳臂安可當車，索性明哲保身，只作壁上觀。

儲君遠在皇陵，受人所制，傳位子澹不過是一句空談。或者說，這不過是皇上最後的反抗——他拚盡力氣也不願讓姑母稱心遂意，不願讓太子的皇位坐得安穩。

結髮之妻，嫡親之子，帝王家一朝反目終究是這般下場。

姑母機關算盡，卻沒有算到半路殺出的子律。這道密詔一經傳出，將來太子的帝位便永遠蒙上了洗不去的汙點，縱然他日如何聖明治世，也無可能光彩無瑕。

縱有密詔，也挽回不了謇寧王兵敗如山倒的頹局。

八月初三，距我十九歲生辰十天之際，蕭綦大破臨梁關。謇寧王身受七處重傷，死戰力竭而亡。

子律與承惠王率其餘殘部，不足五萬人，沿江逃遁，南下投奔建章王。蕭綦厚殮謇寧王屍身，命他麾下降將扶靈，三軍舉哀。

這位忠勇的親王，以自己的生命捍衛了皇族最後的尊嚴。蕭綦說，能贏得敵人的尊敬，是軍人最大的榮耀。

我不懂得軍人的榮耀，但我明白，能夠敬重敵人的將軍，也必贏得天下人敬重。次日，大軍長驅直入，在距京城四十里外駐紮。

姑母懿旨傳到，命蕭綦退兵三百里，不得攜帶兵馬入朝覲見。蕭綦以「後宮不得干政，懿旨不達六軍」為由，拒不接旨。

僵持兩日後，父親終於出面斡旋，說服姑母，向蕭綦低頭妥協。

八月初八，從朝陽門自大營，四十里甬道皆以淨水灑道，黃沙鋪地，禁衛軍沿途列仗，持節侍立，所經之處，庶民一概迴避。太子親率文武百官，出朝陽門，郊迎豫章王入京，自王公以下官員，皆列道跪迎。

三千鐵騎精衛再一次浩浩蕩蕩踏入朝陽門。

沿路帥旗高揚，旌徽招展，所過之處，百官俯首。

蕭綦卸下染滿征塵的戰甲，以親王服色入朝。我親手為他穿戴上九章蟠龍纈金朝服，紋龍通天冠，以七星輝月劍換下那柄寒意懾人的古舊長劍。

自大婚後，我亦再次換上王妃的朝服，朱衣紫綬、九鈿雙佩，乘鸞駕，攜儀仗，隨他馬踏天闕。

一身戰甲，一身朝服，從邊塞長空，到九天宮闕，他終於踏出了這一步。從鑾車裡凝望他傲岸身影，我知道，從這天開始，那個英雄蓋世的大將軍，才真正成為權傾天下的豫章王。

當日在樓閣之上我遠眺他凱旋英姿，為他赫赫軍威所懾，甚至不敢抬目直視。而今天，我卻成為豫章王妃，與他並肩齊駕，一同踏入九重天闕。

這至高無上的皇城，是我生於此，長於此的地方，我曾無數次從天闕上探首張望，好奇於塵世的繽紛。未曾想到，終有一日，我將登臨這高高的宮門，以征服者的姿態，俯瞰眾生。

太子哥哥金冠黃袍，神采張揚跳脫，一如往日。他身後是我紫袍玉帶，風度軒昂的父親，連哥哥也已身著銀青光祿大夫服色，越發手神秀徹，朗如玉樹。

我的至親，在這樣的境地，以這樣隆重烜赫的方式，與我相見。

父親與我目光相接的那一刻，露出淡淡微笑，鬢角銀絲在陽光下微微閃亮。隔了這些時日，他鬢間又添了幾縷灰白。

蕭綦在御前十丈外下馬，我亦步下鑾車，徐徐走向他身後。每邁出一步，似離父親更近又似更遠。

京城八月的陽光明亮刺眼，令我眼中痠澀，明晃晃的光暈裡看去，彷彿周遭一切都虛浮得不真切。

「微臣救駕來遲，令殿下受驚，懇請賜罪！」蕭綦語聲鏗鏘，昂然單膝側跪，卻不俯首。

我隨之重重跪下，卻是朝著父親和哥哥的方向。

「豫章王勞苦功高！」太子趨前一步將蕭綦扶起。

聽著一句句寬宏嘉恩的套話，從太子哥哥口中說來，莊重而刻板。

我低頭垂眸，暗自莞爾，心中湧起暖意……這些話不知叫他背誦了多久，他是最厭惡這些字眼的。此時的太子哥哥，端著儲君的威儀，眼底卻猶帶著那副漫不經心的神氣。

紫色袍服的下襬映入眼中，我猛一抬頭，見父親已到面前。隱忍多時的酸楚似潮水決堤，令我猝不及防。

「父親……」我脫口低呼，卻見父親微微俯首，率眾臣見禮。蕭綦身為藩王，我是他的正妃，身分已在父親之上。

縱然如此，我仍向父親屈膝跪下。

「王妃免禮。」父親溫暖的雙手，將我穩穩扶起，面上不動聲色，手上卻有輕微的顫抖。

蕭綦向父親行了子姪之禮，在眾臣之前，仍稱呼他「左相大人」。

越過父親肩頭，我看見倜儻含笑的哥哥，他靜靜地看著我，復又看向蕭綦，眼中喜憂莫辨。

萬般酸楚在心中翻湧，我輕抿了脣，仰臉微笑相對。

太子率文武百官踏上金殿，蕭綦與父親，一左一右，分立兩側。

我被內侍迎入偏殿等候，隔了金縷綴玉的垂簾，遙遙望見丹墀下眾臣俯跪，重病的皇上由姑母親自扶持上殿。

那個身著龍袍，蹣跚枯槁的老者，與我記憶中正值盛年，意氣風發的皇上，已經判若兩人。

站在他身旁的皇后，鳳冠朝服，高貴不可仰視。

我看不清楚姑母的容貌，只看到她朱紅朝服上紋章繁繡，華服盛妝異常奪目——她仍是這般剛強，在人前永遠光彩奪目，絕不流露半分軟弱。

這殿上，成王敗寇的兩個男人，分別是她的丈夫和兒子；那遲遲垂暮的皇帝，是與她結髮多年的人。他已經走到了盡頭，卻還剩下她形隻影單，獨對半生淒涼。

我從垂簾後默然凝望姑母，身後無聲侍立的宮婢們，何嘗不是在帷幕後悄然看我。

這淵深如海的宮廷裡，究竟有多少眼睛在看；風雲詭譎的朝堂上，又有多少人在看；變亂不息的天下間，更不知有多少人在看著我們。

封。

皇上已經不能開口說話，太子以監國之位，當廷宣旨，嘉封一眾平叛功臣。

左相加封太師，豫章王加封太尉，宋懷恩等一眾武將皆進爵三等，牟連亦獲晉封。

以二皇子子律、謇寧王、承惠王為首的叛黨以矯詔篡逆之罪，廢為庶人，其餘黨羽皆以謀逆論罪。

滿朝文武山呼萬歲之聲，響徹九重宮闕。

父親與蕭綦相對而立，無聲處暗流湍急。

我靜靜闔上眼，彷彿看到洶湧的鮮血流過宮門玉階。這一齣皇位更迭的生死之爭，終於塵埃落定。

那些死去的人將會化作塵土，被永遠掩埋在煌煌天威之下。

罷朝之後，皇上與姑母退往內殿，百官魚貫而出。

蕭綦走向父親，兩人在殿上含笑敘話，恍若一對賢孝翁婿。哥哥欠身退了出去，似乎並不願與蕭綦敷衍。

我想追出去喚住哥哥，想跟著他回家，想去看一看母親……而我終究只是一動不動地端坐。

回到了這裡，再不是那番自在光景，由不得我任意而為。上陽郡主可以無憂無慮，跑回父母府上撒嬌，而豫章王妃卻必須緊緊跟隨在豫章王身邊，不能行差踏錯。

眼睜睜地看著哥哥離開大殿，越行越遠，我只得茫然垂眸，盯住自己指尖發呆。

恍惚間，我又想起大婚那日，滿身錦繡光豔，高高端坐，靜觀旁人擺布一切，我卻只能不語不動，如一尊無瑕的玉雕人偶。

「皇后有旨，宣豫章王妃覲見。」尖細的聲音在身後響起，回首卻見一名赭色錦衣的內侍恭然立在門口。

是薛公公，我認出是在姑母身邊隨侍了多年的老宮人。

他躬下身子，滿面微笑。「一別多時，王妃可還認得老奴？」

姑母甫一退朝就宣我覲見，我卻不知如何面對她，一時間心思紛亂，只勉強一笑。「薛公公，許久不見了。」

「請王妃移駕中宮。」薛公公領著我，一路向中宮而去。

熟悉的迴廊殿閣，庭花碧樹，無處不是當年……我低下頭，不忍四顧。昭陽殿前一切如舊。

我停下腳步，默然佇立片刻，令侍女們留在殿外，獨自緩步而入。

從前在昭陽殿進出，從不需內侍通稟，今日殿前侍衛見到我，也恭然俯首退下。

「啟奏皇后，豫章王妃覲見。」薛公公在門口跪下。

內殿環珮聲響，步履匆匆，熟悉的熏香氣息驟然將我帶回到往日。

「是阿嫵嗎？」姑母轉出屏風，快步而來，身上朝服還未換下，腳步略見虛浮。

終於離她近了，看清楚她的容貌，我驚呆在原地。

濃重宮粉已遮不住她額頭眼尾的皺痕，今年元宵回京，我還見過她，短短大半年時間，姑母竟似蒼老了十年！

我站在殿上，離她不過數步，她卻目光渙散地望過來。

「是阿嫵來了嗎？」姑母依然微笑雍容，瞇起眼睛努力要看清我。

我慌忙搶上前去扶她。「姑母，是我！」

就在一剎那，身後一道寒光掠起。

刀光、殺氣與危險，我已熟悉不過。

「小心——」我不假思索地撲向姑母，將她推向一旁。

幾乎同時，那個赭色身影撲到眼前，舉刀向我們砍下。「妖后，納命來！」

我推倒了姑母，自己也跌倒在她身旁。

明晃晃的刀刃劈空斬到，電光石火之間，我只知合身抱住姑母，將她護在身下。

雪亮刀光晃得眼前一片慘白，臂上微寒，四下宮女已經尖叫四起，一片大亂。

我抬頭看見薛公公猙獰的面目，粉粉團團的一張臉扭曲可怖，手中短刃堪堪差了一分，沒有刺中我。

他被玉秀從後面死死拖著，玉秀抱住了他執刀的胳膊，張口狠狠地咬在了肘上。

薛公公痛叫掙扎，舉刀便往玉秀頭上砍去。

「來人啊，有刺客！」殿上宮女們驚叫奔走，有人衝上來抵擋，其中一人猛然向他撞去。

薛公公身子一晃，刀刃砍中玉秀肩頭。

我狠命拽起姑母，不顧一切奔向殿門，殿前侍衛與我的侍女們已聞聲奔來。

然而昭陽殿的臺階那麼長，眼睜睜地看著侍衛已到跟前，姑母突然一個踉蹌，被長長的裙幅絆倒。

我被她拽得立足不穩，兩人一同摔倒，姑母不住尖叫著：「來人——」厚重朝服之下，有什麼硬物冷冷硌在腰間，我猛然記起，是那柄短劍！

身後慘呼響起，那個非男非女的尖厲嗓音咆哮著逼近。

我咬牙拔劍，掙扎起身，只見玉秀半身浴血，死死抱住了薛公公的腿。薛公公返身舉刀又向玉秀斬下，後背堪堪朝向我。

我雙手握劍，合身撲出，全身力氣盡在那五寸削鐵如泥的寒刃之上。

劍刃直沒至柄，扎進血肉的悶聲清晰入耳，我猛然拔劍，鮮血激射，一蓬猩紅在眼前濺開。

薛公公僵然回轉身，瞪住我，緩緩舉刀——

人影閃動，一名侍衛飛身躍起，踢飛他手中刀刃，左右槍戟齊下，將他牢牢地釘死在地！

薛公公粉圓肥白的一張面孔，轉為死灰，脣邊湧出鮮血，瀕死發出厲笑。「皇上啊，老奴無用！」

我渾身虛軟，緊握短劍不敢鬆手，直到此刻，冷汗才透衣而出。僅僅剎那之間，刀光、殺戮、生死……一切就此凝定。

「阿嫵，阿嫵！」姑母俯在地上，顫顫發抖，向我伸出手來。

我忙俯身去扶她，卻發現自己也在發抖，腳下一軟，竟跪倒在姑母身旁。「有沒有傷到妳？」

她忙抱住我，慌忙來摸我身子，卻摸到我滿手滑膩的鮮血，頓時又尖叫起來。

「姑母不怕，我沒事，沒事了……」我用力抱住她，驚覺她身子消瘦，幾乎只剩一把骨頭。

姑母盯了我片刻，雙目無神，大口喘著氣道：「好，妳沒事，我們都沒事。」

「啟稟皇后，刺客薛道安已伏誅！」殿前侍衛跪地稟道。

姑母身子一僵，陡然狂怒。「廢物，都是一群廢物！我要你們何用，給我殺！殺！」

殿前侍衛與宮女們戰戰兢兢跪了一地，瑟瑟不敢近前。

我回頭看見玉秀血人似的倒在地上，慌忙傳召太醫，命侍衛四下檢視可有同黨。

除玉秀傷重昏迷外，另有兩名宮人受了輕傷，姑母最信任的近身女官廖姑姑頸項中刀，倒臥於血泊中，已然氣絕。

我環視四下，勉力鎮定下來，對眾人厲色道：「立刻調派禁軍守衛東宮，嚴密保護太子殿下，加派昭陽殿侍衛。傳豫章王與左相即刻至中宮覲見。今日之事不得傳揚出去，若有半點風聲走漏，昭陽殿上下立斬無赦！」

親疏

姑母被扶進內殿，宮女們侍候我更衣清洗，內侍匆忙清理掉殿上的血汙狼藉。我察看了玉秀的傷勢，她傷在肩頭，雖流血甚多，尚不致命。

宮人脫下我外衣時，牽扯到手臂，這才察覺疼痛難忍。方才堪堪避過的那一刀，還是劃破了左臂，所幸傷口甚淺。

姑母鬢髮散亂，面色慘白，金章紫綬的華美朝服上也是血汙斑斑，卻不讓宮女為她更衣清洗，只是蜷縮在床頭，口中喃喃自語。

宮女呈上一盞壓驚定神的湯藥，被她劈手打翻。「滾，都滾，你們這些奴才，一個個都想加害於我，你們休想！」

我匆忙讓宮女裹好傷口，趨前摟住她，心中酸楚無比。「姑母不怕，阿嫵在這裡，誰也不能害妳！」

她顫顫撫上我的臉，掌心冰涼。「真的是妳，是阿嫵……阿嫵不會恨我……」

「姑母又在說笑了。」淚水險些湧出眼眶，我忙強笑道：「衣服都髒了，先換下來好不好？」
這次她不再掙扎，任憑宮女替她寬衣淨臉，只定定地盯著我看，臉上又是笑容，又是淒切。我被她這般目光看得透不過氣來，不由側過頭，隱忍心中悽楚。
驀然聽得她問：「妳恨不恨姑母？」
我怔怔地回頭，望著她憔悴容顏，百般滋味一起湧上心頭。
她是看著我長大，愛我寵我，視我如己出的姑母，卻又是她將我當作一枚棋子，親手推了出去，瞞騙我，捨棄我。
從前黯然獨對風霜的時日裡，或許我是怨過她的。那時，我不知道應該將她當作皇后，還是當作嫡親的姑母。
可在刀鋒刺向她的那一瞬，我不由自主擋在她身前，沒有半分遲疑。看著她如今淒涼憔悴，似有千針萬刺扎在我心上，再沒有半分怨懟。
我扶住她瘦削的肩頭，將她散亂的鬢髮輕輕理好，柔聲道：「姑母最疼愛阿嫵，阿嫵又怎麼會恨您？太子哥哥就快登基了，您將是萬民景仰的太后，是普天之下最尊貴的母親，姑母應該開心才是。」
姑母臉上浮現蒼白的笑容，迷茫雙眼又綻放出光彩，望著我輕輕笑道：「不錯，我的皇兒就要登基了，我要看他坐上龍椅，做一個萬世稱頌的好皇帝！」
我小心翼翼地察看著她的眼睛，不知她還能看清楚多少。

「可是，他恨我，他們都恨我！」姑母突然一顫，抓緊了我的手，眼角一道深深的皺痕不住地顫動。

「他到死都不肯求我，不肯見我！還有他，他負我一生，還敢廢黜我，派人殺我！連親生的兒子也厭惡我！我做錯了什麼，我這麼多年記著你，忍讓你，你究竟還要我怎樣……」姑母陡然放聲大笑，復又哽咽，抓住我不肯放開，目中滿是絕望淒厲，指甲幾乎掐入我手臂。

左右宮女慌忙將她按住，我驚得手足無措，不明白她顛三倒四的話，到底在說什麼。無論我說什麼都無法讓她平靜下來，反而越發癲狂。

太醫一時還未趕到，我正忐忑焦灼間，一名小宮女怯怯奔上前來，手裡托著一只小瓶，飛快地說：「王妃，奴婢見過廖姑姑給皇后服藥，每次皇后這樣，都要吃這個玉瓶裡的藥。」

這小宮女不過十四、五歲，眉目婉麗，尚顯稚氣。我蹙眉接過藥瓶，倒出幾枚碧色丹藥，氣味清香芳冽。

姑母已經狂躁不寧，開始大聲喝罵，似乎連我也不認得。

我將一枚藥丸遞給那小宮女，她膝行上前，毫不猶豫地吞下。

一名宮女匆匆奔進來。「啟稟王妃，豫章王與左相已到殿前。」

「叫他們在外頭候著！」姑母滿口胡言，怎能出去見人，我再無暇猶豫，將那丹藥餵入姑母口中。

她掙扎幾下，果真漸漸平靜下來，神情委頓，懨懨昏睡過去。我望著她憔悴睡顏，心底一片空洞的痛。

正欲起身，忽見她枕下露出絲帕的一角，再看她額上，隱約有細密冷汗。我嘆口氣，抽出絲帕來替她拭汗，觸手卻覺有些異樣。這絲帕皺且泛黃，十分陳舊，隱有淡淡墨痕。

展開一看，只見八個淡墨小字——琴瑟在御，莫不靜好。

我心中一跳，凝眸細看那字跡，風骨峻挺，靈秀飛揚，放眼天下，再沒有第二個人能寫出——只有他，以書法冠絕當世，蜚聲朝野，上至權貴下達士子，皆風靡臨摹他自創的這一手「溫體」。

那個名字幾乎脫口而出——溫宗慎，以謀逆獲罪，被姑母親自賜下毒酒，在獄中飲鴆而死的右相大人。

我步出外殿，一眼看見父親和蕭綦，心中頓時一軟，再沒有半分力氣支撐。

「阿嫵！」

兩人同時開口，蕭綦趕在父親前面，箭步上前握住我肩頭，急問道：「可有受傷？」

父親僵然止步，伸出的手緩緩垂下。

我看在眼裡，心頭一酸，再也顧不得別的，抽身奔到父親面前。父親嘆了口氣，將我攬入懷中……這個懷抱如此溫暖熟悉，彷彿與生俱來的記憶。

「平安就好。」父親輕輕拍撫我後背，我咬脣忍回眼淚，卻感覺父親的肩頭明顯枯瘦了，再不若記憶中寬闊。

「再這般撒嬌，讓妳夫君看笑話了。」父親微笑，將我輕輕推開。

蕭綦也笑。「她向來愛哭，怕是被岳父大人寵壞了。」

父親呵呵直笑，也不申辯，只在我額上輕敲一記。「看，連累老夫名聲了。」

他兩人言笑晏晏，真似親如父子一般……然而我心中明白，這不過是在我面前，兩個男人的默契罷了。

我是左相的女兒，豫章王的妻子，是他們心照不宣，以微笑相守護的人——即便這默契只停留短暫一刻，我亦是天下最幸運的女子。

內侍行刺之事，他們已略知經過。

我將前後諸般事件，細細道來，父親與蕭綦目光交錯，神色俱是嚴峻。

殿前血汙已清理乾淨，卻仍殘留著陰冷肅殺氣息。

我看了看父親神色，惴惴道：「姑母雖沒有受傷，但受驚過度，情形很是不妙。」

父親沒有開口，眉頭緊鎖，眼中憂慮加深。

蕭綦亦皺眉問道：「如何不妙？」

「姑母神志不甚清醒……」我遲疑了下，轉眸望向父親。「說了些胡話，服藥之後已睡下。」

「她說胡話，可有旁人聽到？」父親聲色俱厲地追問。

他不問姑母說了什麼，只問可有旁人聽到，我心中頓時明白，父親果然是知情的。

那方絲帕藏在袖中，我垂眸，不動聲色道：「沒有旁人，只有我在跟前。姑母說話含糊，我亦未聽明白。」

父親長嘆一聲，似鬆了口氣。「皇后連日操勞，驚嚇之餘難免失神，應當無妨。」

我默然點頭，一時喉頭哽住，心口冰涼一片。

蕭綦皺眉道：「妳說刺客是皇后身邊的老宮人？」

我正欲開口，卻聽父親冷冷道：「薛道安這奴才，數月前就已貶入盡善司了。」

「怎會這樣？」我一驚，盡善司是專門收押犯了過錯，被主子貶出的奴才，從事最粗重卑賤的勞役。而那薛道安侍候姑母不下十年，一直是御前紅人，至我前次回宮，還見他在昭陽殿執事。

「這奴才曾經違逆皇后旨意，私自進入乾元殿，當時只道他恃寵生驕，本該杖斃。」爹爹眉頭深皺。「可惜皇后心軟，念在他隨侍十年的分兒上，只罰去盡善司。

想不到這奴才竟是皇上的人，十年潛匿，居心惡毒之至。」

我驚疑道：「罰入盡善司之人，豈能私自逃出，向我假傳懿旨？」

父親面色鐵青。「昭陽殿平日守衛森嚴，這奴才尋不到機會動手，必是蓄謀以待，正好趁妳回宮之際不明就裡，給他做了幌子，堂而皇之進入內殿。」

蕭綦沉吟：「單憑他一人之力，要逃出盡善司，更易服色，身懷利刃躲過禁廷侍衛巡查……沒有同黨暗中相助，只怕辦不到。」

「不錯，我已吩咐加派東宮守衛，防範刺客同黨對太子不利。」我望向父親，焦慮道：「宮中人眾繁雜，只怕仍有許多老宮人忠於皇室，潛藏在側必為後患。」

「寧可錯殺，不可錯漏。但有一人漏網，都是後患無窮。」蕭綦神色冷肅，向父親說道：「小婿以為，此事牽涉甚廣，由禁衛至宮婢，務必一一清查，全力搜捕同黨。」

我心下一凝，立時明白蕭綦的用意，他向來善於利用任何機會。我與他目光交錯，不約而同地望向父親。

父親不動聲色，目光卻是幽深，只淡淡道：「那倒未必，禁中侍衛都是千挑萬選的忠勇之士，偶有一尾漏網之魚，不足為慮。」

蕭綦目光鋒銳。「岳父言之有理，但皇后與儲君身繫社稷安危，容不得半分疏忽！」

「賢婿之言也是，不過，既然是宮中事務，還是奏請皇后決斷為宜。」父親笑容慈和，話中滴水不漏。蕭綦步步緊逼的風頭，在他圓滑應對之下，似無施展之地。朝堂宮闈是不見血的沙場，若論此間修為，蕭綦到底還是遜了父親一籌。

「舅父錯了！」殿外一個聲音陡然響起。

卻是太子哥哥在大隊侍衛的簇擁下，急匆匆進來，手中竟提著出鞘的寶劍。

我們俱是一驚，忙向他俯身行禮。

「舅父怎麼如此大意，你就確定沒有別的叛黨？連母后身邊的人都信不過，誰還能保護東宮安全？」他氣哼哼地拎著劍，迭聲向父親發問。

「微臣知罪。」父親又是惱怒，又是無奈，當著滿殿侍衛更是發作不得。

太子左右看看，面有得色，正要再開口時，我朝他冷冷一眼瞪過去。他一呆，復又回瞪我，聲氣卻弱了幾分：「豫章王說得不錯，這些奴才沒一個信得過，我要一個個重新盤查，不能讓奸人混入東宮！」

蕭綦微微一笑。「殿下英明，眼下東宮的安全，實乃天下穩固之本。」

太子連連點頭，大為得意，越發順著蕭綦的主張滔滔不絕說下去。

看著父親漲紫的臉色，我只得暗暗嘆息。

太子哥哥自小頑劣，姑母對他一向嚴厲，皇上更是時有責罵。除了宮女內侍，只怕極少有人褒讚支持他的主意。

如今卻得蕭綦一讚，連豫章王這樣的人物都順從於他，心中大概已將蕭綦引為大大的知己。

父親終於勃然怒道：「殿下不必多慮，禁軍自能保護東宮周全。」

太子脫口道：「禁軍要是有用，還會讓子律那病秧子逃出去？」此話一出，諸人臉色驟變，他自己也愣然呆住。

子律是刺殺了叔父才逃出去的，叔父之死，是我們誰也不願提及的傷痛，卻被他這樣隨口拿來質問。

我看見父親眼角微抽，這是他暴怒的徵兆。

父親踏前一步，我來不及勸止，就見他抬手一掌摑向太子。

這一巴掌驚得眾人都呆了，蕭綦怔住，殿上侍衛懵然不知所措——儲君當殿受辱，左相以下犯上，理當立即拿下，卻沒有人敢動手。

鏘啷一聲，太子脫手丟了寶劍，捂住臉頰，顫聲道：「你，舅父你……為何……」

父親怒視太子，氣得鬚髮顫抖。

「殿下息怒！」

「父親息怒！」我與蕭綦同時開口，他上前一步，擋住太子，我忙將父親挽住。

蕭綦揮手令眾侍衛退下，殿上轉瞬只剩我們四人。

父親恨恨拂袖嘆道：「你何時才能有點兒儲君的樣子！」

蕭綦拾起地上的劍，將寶劍還鞘。「岳父請聽小婿一言。寶劍初鋒雖銳，也需上陣磨礪。殿下雖年少，終有一日君臨天下。如今皇上臥病，太子監國，正是殿下歷練之時。竊以為，殿下所慮不無道理，還望岳父大人三思。」

他這番話，明是勸諫父親，實是說給太子聽，且於情於理都不可辯駁。

太子抬目看他，大有感激之色。

父親卻是一聲冷哼，目光變幻，直直迫視蕭綦。蕭綦意態從容，眼中銳芒愈盛。兩人已是劍拔弩張。

我心中緊窒，手心不知何時滲出了微汗。

當此峻嚴時刻，太子左右看看兩人，似乎終於有些明白過來，卻是惴惴地望向蕭綦。父親臉色一變，冷冷地瞪著他，令他更是惶然無措。

他一向敬畏父親，今日也不知是受了刺客的驚嚇，還是坐上監國之位，得意忘形，竟一反常態，惹得父親暴怒，當著眾人的面，令他儲君的顏面掃地。

我不忍見太子如此窘態，開口替他解圍：「皇后受了驚嚇，殿下進去看看吧。」

不料父親又是劈頭喝斥：「皇后還在靜養，你休要胡言亂語驚擾了她，還不回東宮去！」

太子猛然抬頭，臉龐漲得通紅，向父親衝口道：「我怎麼胡言亂語了，難道在舅父眼裡，我說什麼都是錯，連阿嫵一介女流都不如？今日母后差一點兒遇害，只怕下一個就會輪到我！我要豫章王帶兵入宮保護，有什麼錯？身為儲君，若是連命都保不住，我還做這個皇帝幹什麼！」

「你住口！」父親大怒。

我張口欲勸太子，卻觸上蕭綦的目光，被他不動聲色地逼回。

「我偏要說！」太子漲紅了臉，硬聲相抗：「豫章王聽令，我以監國太子之名，命你即刻領兵入宮，清查亂黨，保護皇室！」

「臣遵旨。」蕭綦單膝跪下。

內殿傳來姑母的咳嗽聲，似已被驚醒。

父親定定地看著太子，再看蕭綦，最後轉頭看我，臉色漸漸慘淡，滿目驚怒轉為失望懊悔。

這殿上的三個人都已站在了他的對面。連同他手中最穩固的籌碼，一向被他視為廢物的太子，也背棄他投向了蕭綦。

父親呆立片刻，連聲低笑。「好好好，殿下英明，得此賢臣良助，老臣就此告退！」

從宮中出來，天色竟已將黑。

蕭綦策馬在前，我獨自乘了鸞車，大婚後第一次回返王府，卻是一路無話。鸞車漸漸遠離宮門，我頹然闔上眼，只覺疲憊。臂上傷口此時才開始疼痛，紛亂的一幕幕不斷掠過眼前，心中有些許鈍痛，卻已不知悲喜。

車駕停下，已到了敕造豫章王府。自大婚次日憤然離去，我便不曾踏入此地。

車簾挑起，卻是蕭綦立在車前，向我伸出手，淡淡含笑道：「到家了。」

我一時呆了，心頭被這三個字擊中。是的，這裡是家，我們的家。

遙望朱門金匾，「豫章王府」四個金漆大字隱約可見，門內燈火輝煌，府中僕役侍婢已早早跪列在門前迎候。

蕭綦親自扶了我步下鸞車，無意間觸到臂上傷口，我瑟縮了下，沒有出聲。

他止步看我，眉心微蹙，正欲開口，卻見一列素衣翩躚的美貌婢女從門內魚貫而出，徐步向我們迎來。

我與蕭綦面面相覷，一時愕然，卻見最後兩名美姬分眾而出，一人紅衣，一人綠裳，向我們盈盈下拜，與眾姬左右分列。

明光輝映處，哥哥緩步踱出，長身玉立，白衣廣袖，身側群美環侍，初上梢頭的月輪，在他身後灑下皎潔銀輝。

他向我們微微一笑，袖袂飛揚地走來，恍若月下謫仙。

蕭綦笑了，我亦回過神來，脫口叫：「哥哥！你怎麼在此？」

哥哥先與蕭綦見禮，這才向我戲謔一笑。「我特來迎候妹妹與妹婿回府。」

我望向他身後那一片錦繡花團，原以為見了哥哥必是悲欣交集，可眼前這番景象，卻叫我啼笑皆非。「迎候我們，也不必如此……」如此鋪排做作——若換了從前，我必定直說，但礙於蕭綦在側，不得不給哥哥留些顏面，只得苦笑道：「這排場可算是隆重。」

蕭綦亦笑。「有勞費心。」

哥哥對我的調侃只作未聞，向蕭綦一笑。「阿嫵自幼嬌養，性子挑剔得很，我怕府中僕役不知她喜惡，特地帶自家婢子過來收拾。府裡一切都照妳素日習慣布置好了，妳瞧瞧可還滿意？」

他對蕭綦神色淡漠，最後一句卻笑著說與我聽，目光溫暖，隱含寵溺……我一時呆住，酸甜滋味堵在胸口，眼底漸漸發熱。

蕭綦不動聲色地謝過哥哥，請他入府敘話，哥哥淡淡推辭了。

「也罷，今日事繁，改日設下家宴，再聚不遲。」蕭綦微微欠身，對哥哥的態度並不以為意。

我知道哥哥心中仍對蕭綦存有芥蒂，卻也無可奈何，只得向蕭綦一笑。「我送哥哥。」

他的車駕已停在不遠處，我們並肩徐行，一眾姬妾遠遠隨在後面。

我低了頭，千言萬語不知從何開口，卻聽哥哥低低一嘆：「他可是妳的良人？」

當年那句戲言，哥哥仍記得，我亦記得——紅鸞星動，將遇良人。「只怕是被你算準了。」我靜默片刻，輕聲一笑。

哥哥駐足，凝眸看我。「真的？」月華將他面容映得皎皎如玉，漆亮的眸子裡映出我的身影，總是淡淡掛在脣角的倜儻笑容，化作一絲肅然。

「真的。」我坦然迎上他的目光，輕聲而決絕地回答。

哥哥久久地凝視著我，終於釋然一笑。「那很好。」

我再也忍不住，張臂摟住他頸項。「哥哥！」

他不假思索地摟住我，笑嘆道：「妳又瘦了。」

小時候我總喜歡踮腳掛在哥哥脖子上，總怪他為什麼可以長這樣高。如今我身量已高，卻仍要踮腳才能搆到他……似乎還和幼年時一樣，一切並沒有變。

「母親好嗎？」我仰臉問他。「她知道我回京了嗎？明天一早我就回家看她……不，今晚就去，我跟你一起去！」想起母親，我再顧不得別的，回家的念頭從未如此刻一般強烈，恨不得馬上飛奔到母親面前。

哥哥側過臉，看不清神色，靜了片刻才回答我：「母親不在家中。」

我怔住，卻見哥哥笑了笑。「母親嫌府裡喧雜，住進慈安寺靜靜心。今日已晚，明日我再陪妳去看她。」

「也好。」我勉強笑笑，心底一片冰涼。

哥哥說來輕描淡寫，我卻已經明白——母親在這個時候避居慈安寺，只怕已是心如死灰。

蕭綦濃眉緊鎖，小心抬起我左臂檢視傷口，眉宇間隱有薄怒。我不敢出聲，默默地伸出手臂，任他親手上藥裹傷。

他動作雖純熟，手腳到底還是重了些，不時疼得我倒抽冷氣。

「現在知道疼？」他板著臉。「逞英雄很威風嗎？」

我不出聲，聽著他繼續訓斥，足足罵得我不敢抬頭，豫章王還沒有一點兒息怒的意思。

「好了沒有，明天再接著罵行嗎……」我懶懶地趴上床頭，笑睨著他。「現在我睏了。」

他瞪著我，無可奈何，冷冷地轉過身去。

直至熄了燭火，放下床帷，他也不肯和我說話。

我睜著眼，看黑暗中的床幔層層疊疊，上面依稀繡滿鸞鳳合歡圖。甜沉沉的熏香氣息縈繞，如水一般浸漫開來。

這眼前一切似曾相識的，依稀似回到了大婚之夜，我一個人裹著大紅嫁衣，孤零零地躺在喜紅錦繡的婚床上，和衣睡到天明。第二天就拂袖回家，再未踏入這裡一步，甚至沒有好好看過一眼。

這恢宏奢華的王府還是當年蕭綦初封藩王時，皇上下令建造的。而他長年戍邊，並不曾久居於此。王府落成至今，依然鮮漆明柱，雕飾如新。往後，這裡就是我和他將要度過一生的地方了。

「蕭綦……」我驀然嘆了口氣，輕輕喚他。他嗯了一聲，我卻又不知該說什麼，默然片刻，轉過身去。「沒什麼了。」

他陡然摟住我，身上的溫熱透過薄薄絲衣傳來，在我耳畔低聲道：「我明白。」

我轉身將臉頰貼在他胸前，聽著他沉沉心跳。

「傷口還疼嗎？」他小心地圈住我的身子，唯恐觸痛傷處。

我笑著搖頭。傷處已上了藥，並不怎麼疼，可心底卻泛出絲絲的隱痛。

他似乎想說什麼，卻只是輕輕吻上我額頭，帶了一聲低不可聞的嘆息。「睡吧。」

這欲言又止的歉疚，我何嘗不明白，然而忍了又忍，還是說出口：「父親老了，姑母病了……無論如何，他們終究是我的親人。」

蕭綦久久沒有回答，只是緊緊地握住我的手，十指交纏間，我亦明白他的沉重無奈。

清晨醒來，蕭綦早已上朝。他總是起得很早，從不驚動我。

我一早去探視玉秀，她已被送回王府，仍在昏睡之中。從寧朔到暉州，再到京城，她一直陪伴在我身邊，生死關頭竟為我捨命相搏。如果不是她拚死拖住薛道安，只怕我也避不開那一刀。

我望著她憔悴睡顏，心中暗暗對她說：「玉秀，我會給妳最好的一切，報答妳捨命相護之恩。」

若是等她醒來，能看見宋懷恩在跟前，想必是再喜悅不過了。只是宋懷恩數日前便已悄然領兵前往皇陵，怕要過些時日才能回來。

我立在窗下，黯然遙望皇陵的方向，心頭諸般滋味糾纏在一起——子澹應該是暫時安全了吧。

破了臨梁關之日，蕭綦便命宋懷恩領兵趕往皇陵，將被禁軍囚禁的子澹接走。子澹是姑母心頭大忌，我一直擔心姑母向他下手，以清除後患。所幸姑母頗多顧忌，不願讓太子落得殘害手足的惡名，遲遲沒有動手。

如今子澹落在蕭綦手裡，成了蕭綦與姑母對抗的籌碼，至少眼下，他不會傷害子澹。

宋懷恩離去之前，我讓玉秀將一句話帶給他——「我幼時在皇陵的道旁種過一株蘭花，將軍此去若是方便，請代我澆水照料，勿令其枯萎。」

玉秀說，宋將軍聽完此言，一語不發便離去了。我明白那個倨傲的人，沉默便是他最好的應諾。

「稟王妃，長公主侍前徐夫人求見。」一名婢女進來稟報。

竟是徐姑姑來了，我驚喜交加，不及整理妝容便奔了出去。

徐姑姑青衣素髻，儀態嫻雅，含笑立在堂前，老遠見我奔來，便俯下身去。「奴婢拜見王妃。」

我忙將她扶起，一時激動難言，她眼裡亦是淚光瑩然。細細看去，見她鬢髮微霜，竟也老了許多。

果真是母女連心，我才想著今日去慈安寺，母親便已派了徐姑姑來接我。

當即我便吩咐預備車駕，也顧不得等哥哥到來，匆匆更衣梳妝，定要穿戴得光彩照人去見母親，讓她看到我一切安好，才能叫她放心。

昨非

慈安寺本是聖祖皇帝為感念宣德太后慈恩所建，獨隱於空山雲深處，沿路古木蒼蒼，梵香縈繞。

站在這三百年古剎高高的石階前，我怔怔止步，一時竟沒有勇氣邁入那扇空門。

皇上和母親雖是異母姊弟，卻自幼相依長大，親情深厚猶勝一母同胞。自我大婚生變，遠走暉州，既而是父親逼宮，與皇室反目——

可憐母親貴為公主，一生無憂無慮，深藏侯門閨閣，如今人到暮年，本該安享兒孫之樂，卻遭逢連番的變故，驀然從雲端跌落塵土。

我比任何人都清楚，那一刻，她跌得有多痛——數十年相敬如賓的夫婿，轉眼便與自己的親人生死相搏，堂堂天子之家淪為權臣手中傀儡，這叫母親情何以堪。偌大京華，九重宮闕，竟沒有她容身之地，唯有這世外方寸之地，能給她最後一分寧靜。

一步步踏上石階，邁進山門，禪房幽徑一路曲折，掩映在梔子花叢後的院落悄然映入眼簾。

咫尺之間，我望著那扇虛掩的木門，抬手推去，卻似重逾千鈞。

吱呀一聲，門開處，白髮蕭蕭，纖瘦如削的青衣身影映入我朦朧淚眼。

我呆立門口，不敢相信眼前所見。今年離京時，母親還是青絲如雲，風韻高華，顏如三旬婦人，如今卻滿頭霜髮，儼然老嫗一般。

「可算回來了。」母親坐在簷下竹椅上，朝我柔柔地笑，神色寧和淡定，目中卻瑩然有淚光。

我有些恍惚，突然不會說話，一個字也說不出口，只怔怔地望著母親。她向我伸出手，語聲輕柔：「過來，到娘這裡來。」

徐姑姑在身後低聲戚然道：「公主她腿腳不便。」方寸庭院，我一步步走過，竟似走了許久才觸到母親的衣襬。

她葛布青衣上傳來濃郁的檀木梵香，不再是往日熟悉的蘭杜香氣，令我陡然恐慌，只覺有無形的屏障，將我和她遙遙隔開。我跪下來，將臉深深地伏在母親膝上，淚流滿面。

母親的手柔軟冰涼，吃力地將我扶起，輕嘆道：「看到妳回來，我也就沒什麼罣礙了。」

「有的！」我猛然抬頭看她，淚眼迷濛。「還有許多事等著妳操心，哥哥還沒續弦，我尚成婚未久，還有父親……誰說妳沒有罣礙，我不信妳捨得我們！」來路上原本想好了許多的話，想好了如何勸說母親，如何哄她回家……可真正見了她，才知統統都是空話。

「阿嫵……」母親垂眸，脣角微微顫抖。「我身為長公主，卻一生懦弱無用，終究令妳失望了。」

我抱住她，拚命搖頭，淚水紛落如雨。「是阿嫵不孝，不該離開娘！」

直到這一刻，我才明白自己的自私——在我離家的三年裡，恰是母親最孤苦的時候，而我卻遠遠躲在暉州，對家中不聞不問，理所當然地以為父母會永遠等候在原地，任何時候我願意回家，他們都會張開雙臂迎候我。

「娘，我們回家好不好？」我忙擦去淚水，努力對她微笑。「山上又冷又遠，我不要妳住在這裡！跟我回去吧，父親和哥哥都在家中等妳！」

母親笑容恍惚。「家，我早已沒有家。」

我一呆，萬萬想不到她會說出這般絕望的話。

「妳已嫁了人，阿夙也有自家姬妾。」母親垂下眸子，淒然而笑。「相府是你們王氏的家，我是皇家女兒，自當回到宮中。可宮中……我又有何面目去見皇上？有何面目去見太后、先帝、列祖列宗於地下？」

母親一番話，問得我啞口無言，彷彿一塊巨石驀然壓在我胸口。

我喃喃道：「父親也是為了輔佐太子登基，等殿下登基之後，一切紛爭也就止息了……」我說不下去，這話分明連自己都不能相信，又如何忍心去騙母親。只怕她尚不知道蕭綦與父親之爭，尚不知道父親已與太子反目。

「太子不過是個幌子。」母親幽幽地抬眸望向遠處，眼底浮起深深悲涼。「妳還不懂得妳父親，他等這一天已經許久了。」

若說父親真有篡位之心，我也不會驚訝，然而母親早已一切洞明，卻是我意想不到的。

她的笑容哀切恍惚，低低道：「他一生的心願便是凌駕於皇家之上，再不肯受半分委屈。」

「父親真的想要……那個位置？」我咬住脣，那兩個大逆的字，終究未能說出口。

母親卻搖頭。「那個位置未必要緊，他只想要凌駕於天家之上。」

凌駕於天家之上，卻又志不在那龍椅——我駭茫地望著母親，不明白她究竟想告訴我什麼。

「他一生心高氣傲，唯獨對一件事耿耿於懷，那便是娶了我。」母親閉上眼，語聲飄忽，聽在我耳中卻似驚雷一般。

母親問我可曾聽過韓氏。我知道，那是父親唯一的侍妾，在我出生之前便已病逝。

「她不是病死的。」母親幽幽開口。「是被太后賜下白綾，絞死在妳父親眼前的。」

我駭然望著她，震驚之下，竟不能言語。

「妳父親真心喜愛的女子是那青梅竹馬的韓氏……當年人人稱羨他才俊風流，得以尚公主，卻不知他心有不甘。我們大婚之後，本也相敬如賓，豈知時過兩年，阿夙都已過了週歲，他卻告知我韓氏有了身孕，欲將她納為妾室。原來這兩年裡，他一直將她藏在外面。我一怒之下，回宮向母后哭訴。母后當晚在宮中設下家宴，命他攜韓氏入宮，向我賠罪。原以為母后是要勸和的，豈料宴至酣時，母后突然發難，怒責他二人，竟賜下白綾，當著他和我，還有太子與太子妃……將那韓氏活生生絞死在殿上……」母親的聲音不住顫抖，我握住她的手，卻發覺自己比她顫抖得更厲害。

那是怎樣淒厲的一幕往事，我不敢相信，亦不能想像，記憶裡尊貴慈和的外祖母竟有如此嚴酷手腕，恩愛甚篤的父母竟是一對怨侶！

「當時他跪在殿上，不住向母后叩頭，向我求情，妳姑母也跪了下來。可是已經太遲了，白綾套在韓氏頸上，她嚇得癱軟，任兩個內侍左右架住，只微微掙扎了一下，就那麼……我嚇得蒙住，只看到妳父親的眼光像刀一樣，我便暈了過去。」

風從廊下吹過，我和母親都良久沉寂，只聽著風動樹梢的聲音，蕭蕭颯颯。

「過後呢？」我澀然開口。

母親恍惚了好一陣子，緩緩道：「此後我心中愧疚，處處謙讓隱忍，再無公主的盛氣。妳父親也再未提及韓氏，從此將心思都投在功名上，官爵越做越高……過了幾年，又有了妳，我生產時卻險些死去。那之後，他便待我好了許多，更將妳視若珍寶，百般嬌寵……我想著，這麼些年過去，或許他已淡忘了。直至阿夙成婚那年……」母親神色慘然，半晌不能開口。

哥哥成婚之時我已十二歲，隱約記得那場轟動京華的喜事。

「我一心要從宗室女眷中選一個身分才貌都配得上阿夙的女子，妳父親卻決然反對。我問緣由，他只說娶妻當娶賢，不必苛求身分。妳父親是怎樣的人，我豈會不知，這話又豈能令我相信。我們相爭不下之際，阿夙卻自己看中了一名女子，便是那桓宓。」

我一時愕然，從未想到嫂嫂竟是哥哥親自看中的女子。在我幼時記憶裡，嫂嫂是琴書雙絕的才女，雖不算絕色，卻生得纖弱秀麗，清冷寡言，彷彿極少見過她笑。

依稀記得母親並不喜歡她，哥哥待她也不甚深情。婚後不久，哥哥便獨自遠遊江南，嫂嫂終日閉門不出，時而聽見幽怨琴聲。半年過後，嫂嫂染了風寒，一病不起，未等哥哥遠遊歸來便逝去了。

嫂嫂在世時，哥哥待她十分疏離，及至死後，卻見哥哥黯然良久，以致多年不肯續弦。我一直以為哥哥的婚事是父親所迫，他自己並不情願，之後也不過是愧疚使然。

卻聽母親緩緩說道：「阿夙起初卻不知道，那桓宓已被選中，即將冊立為子律的正妃。」

「子律！」我一震，驚得後背陣陣發冷。

一段段塵封往事從母親口中說出，竟似每個人身後都有扯不斷的恩怨糾纏，我卻懵懂了十餘年，一所無知。

「我不願讓阿夙娶那桓宓，妳父親卻一口應允。次日他就入宮去見妳姑母，要她將二皇子妃的人選改為旁人，將桓宓嫁與阿夙。當年那事之後，我只與他爭吵過兩次，一次是為妳的婚事，一次是為阿夙。」母親低頭苦笑。「那日，是我第一次見他跋扈霸道，也終於聽他脫口說出真話……」

「父親說了什麼？」我緊緊地望著母親。

母親一笑。「他說，我半生屈於皇家之勢，斷不能令阿夙重蹈此路。阿夙看中的女子，便是皇子妃又如何，我偏要奪了給他！嫁與我王氏長子，未嘗就遜於龍孫鳳子！」

離開慈安寺，一直走出山門，步下石階，我才駐足回頭。寺中鐘聲敲響，在山間悠揚傳開。

雲霧遮斷山間路，一扇空門，隔開數十年恩怨愛憎。

我終究沒能勸回母親，她已決定在我十九歲生辰之後，削髮剃度。

她說我的生辰已近，要再為我慶生一次。若不是她提及，我已幾乎忘了。再過幾日，我便十九歲了……十九歲，為何我已覺得心境蒼涼至此。

這一生還這樣漫長，往後還有十年，二十年，三十年，我難以想像年華老去，如母親一般白髮滿頭，又是何種光景。

腳下是萬丈浮華，回頭是青燈古佛，我卻茫然而立，任山風吹得衣袂激揚，心中一片冰涼。

徐姑姑送我至山下，鸞車將起駕時，她突然撲至簾外，含淚道：「郡主，連妳也勸不回公主嗎，她……真要削髮出家？」

「我不知道。」我茫然搖頭，怔了片刻，啞聲道：「或許，只有一個人能勸回她。」

徐姑姑頹然垂手，再無言以對。

我望著她，勉強笑道：「我會勸說父親，興許，仍有峰迴路轉也未可知。」

「相爺曾來過數次，公主不肯見他。」徐姑姑黯然搖頭。

「會見到的。」我淡淡一笑，心下萬般苦澀。

往年每到此時，我總嫌虛禮繁瑣，萬般不情願應付。卻想不到，這或許將是父母陪我共度的最後一個生辰。

一路恍恍惚惚，不知道過了多久才回到府中。

侍女為我換下外袍，奉茶、整妝，我只如木偶一般，不願開口，不願動彈。

「王妃，玉秀姑娘已經醒來。」

我聽在耳中，無動於衷，依然恍惚出神。

侍女一連又說了幾遍，我這才回過神來，玉秀，是玉秀醒來了。聽說玉秀醒來，第一句話便是問，王妃有沒有受傷。

玉秀看見我，忙要掙扎了起來，連聲責怪自己沒用。我一言不發，將她緊緊摟住，強壓在心底的悲酸陡然鋪天蓋地將我湮沒。

她呆了呆，輕輕伸手環住我肩頭，如在暉州那夜，與我靜靜相依。

一連數日的忙碌，周旋於宮中、王府與諸般雜事之間，蕭綦亦是早出晚歸，他與父親的爭鬥已是越發激烈。

太子想要擺脫我父親的箝制已久，有了蕭綦做盟友，大有揚眉吐氣之感。趁著姑母臥病之際，他一面撤換宮中禁衛，大量安插蕭綦的人手，一面以清查叛黨的名義，排擠了許多宮中老人。

父親惱恨太子忘恩負義，越發加緊在朝中對他的箝制，處處打壓蕭綦，與他們針鋒相對。

幾乎每天我都能與父親在宮中相見，然而思及母親的話，思及他的所作所為……我不願相信，也無法面對這樣一個父親。

我盼著見到父親，卻又遠遠見到他便避開。他身邊總是跟著侍從屬官，偶爾與他單獨相對的時候，分明心底有許多話要問他，卻隻字不能出口。

父母間的恩怨往事，我不能告訴蕭綦，每夜暗自輾轉，白日又在宮中忙碌，短短幾日下來，已是疲憊不堪。

姑母的病已經強撐了許久，經此一劫，病勢越發沉重。雖然神志已經清醒，卻仍時常恍惚，精神十分不濟。

時值多事之秋，連番變故波折，家國朝堂風雲起伏，乾元殿裡的皇上只剩一息猶存……姑母這一病倒，後宮頓時無主，一干嬪妃都是庸怯之輩，大小事務便壓在身懷六甲的太子妃謝宛如肩上。

姑母當即將我召入宮中，命我協助太子妃署理宮中事務。一時之間，這偌大的深宮裡，竟只剩我們三人相互依持。

我自幼與姑母親厚，她的心意不需多說，便能心領神會，而宛如遇事猶疑，常與姑母的想法相左。

這日宛如不在跟前，姑母懨懨地倚著錦榻，望著我嘆息。「妳為何不是我的女兒？」

「姑母病糊塗了。」我柔聲笑道：「我自然是王氏的女兒。」

「是嗎？」她抬眸看我，黯淡眸子裡有一道銳光轉過。

我心裡一凜，怔怔地迎上她的目光，她卻頹然闔上了眼，無聲嘆息。

太子與蕭綦越走越近，姑母是知道的，蕭綦的勢力滲入宮禁，她也是知道的。如今她已放手讓太子主政，不再管束東宮，亦對蕭綦再三退讓，似乎真的忌憚他手中兵馬，忌憚子澹的存在。

然而，以我所知的姑母，絕非輕易低頭之人。她召我入宮，將宮中事務交給我與宛如，卻從不讓我們單獨行事，身邊總有人盯著我們的一舉一動……

她從未信任過宛如，在她眼裡，宛如始終是謝家的人。至於我，自然也是蕭綦的人。

她將我們兩人置於身邊，究竟有幾分是依賴，有幾分是戒備，我從不敢深想。有時我亦問自己，我待姑母又有幾分是真心，幾分是防範。

我從來看不透她幽深的眼睛裡，藏著怎樣的心思。而她也常常若有所思地看我、看宛如、看太子……看身邊的每一個人。

她在人前依然倔強硬朗，唯有昏睡之中，卻會不自知地抓著我的手。太醫說姑母的病根鬱結在心，非藥石可治。

我知道她是強撐著一口氣，逼自己康復過來。她和母親不同，她還有太多的牽掛，不能放任自己就此躺下。

看到她強撐精神，我越發心酸不忍。姑母這一生，三分給了家族，三分給了太子，還有三分不知繫在誰身上，只怕僅有一分是為自己活著。

只怕皇上的日子也不多了。姑母每日詢問皇上的病況，若是聽聞他一切安好，便漠然不語，聽聞皇上病勢加重，亦悶悶不樂。

她在我面前並不避諱，時常表露出對皇上的恨意。可若真到了皇上駕崩之日，只怕她求生的意念，便又失去一分。

愛也罷，恨也罷，那個人都已融入她的一生。

那日之後，我趁她昏睡之際，仍將那方絲帕悄然放回原處，沒有驚動她——這若是她僅存的幻夢，就讓她在這夢裡長醉不醒吧。

這深宮中身分至高，親緣最近的三個女子，終究是各懷心事，誰也不肯全心信任誰。

我與宛如多年疏離，曾經那樣要好的姊妹，如今各有際遇，再回不到最初的親密無間。

深宮歲月催人老，她已生養過一個女兒，容顏雖還秀美，體態卻已臃腫，昔日含情流波目，也已黯淡下去。當年那個蓮花一樣的女子，現在已是一個淡漠寧定的婦人。

姑母如何待她，她並不在意。太子在朝中做些什麼，她亦不甚關心。只有在提及兩歲的女兒，和將要出生的孩子時，她蒼白的臉上才有光華綻放。

那一個名字，我不提，她也不提。

當年她曾含淚質問：「妳真忘得了子澹嗎？」……那時的宛如姊姊依然美麗多愁，依然天真地期盼著這段青梅竹馬，能有善終。

我們都一樣出身名門，都曾萬千殊寵於一身，都同樣被推入宿命的姻緣。只是，我遇到了蕭綦，而她獨守深宮，眼看著太子姬妾環繞，終日流連花叢，卻只能謹守著母儀風範，一日比一日沉默下去。

最初的掙扎不甘，被歲月漸漸磨平，任是才情無雙，也敵不過日復一日的深宮寂寥。

東宮瓊庭的迴廊下，我與她靜靜對坐，含笑憶起昔年溫酒論詩的日子……她抱著膝上的女兒，對我說，這一生漫長無涯，總要有個牽念才好。

她說，身分會變，恩愛會變，只有孩子，一個跟自己血脈相連的孩子，才是完完全全屬於妳的。一切浮華都不長久，只有母親，這個天底下最尊貴的身分，才是任何權勢都超越不了。

宛如淡淡笑著。「阿嫵，等妳做了母親才會明白。」

我茫然一笑，想起母親，想起姑母，亦想到宛如……這錦繡深宮，於我只是爛漫年華的回憶，於她們卻是一生的惆悵。

在我生辰的前一天，宋懷恩從皇陵回京覆命。

子澹被蕭綦軟禁在距皇陵不遠的辛夷塢，層層重兵看守。宋懷恩並沒有來見我，卻悄然探望了玉秀。

甫一踏入玉秀房中，便聽見她笑語如珠，脆聲催促侍女道：「移過去一些，再過去一些。」

「為何這般開心？」我含笑立在門口，見她倚靠床頭，正揮舞著手臂向侍女指點什麼，看來傷勢已好了許多。

玉秀轉頭看到我，面孔卻騰地紅了，眼睛晶亮。「王妃，剛剛宋將軍來過了！」

她指了那一堆滋補療傷的佳品給我看，都是宋懷恩送來的。

我暗暗失笑，此人全不懂得風雅，哪有拿這些俗物贈佳人的。看玉秀欣喜得臉頰緋紅，我故意閒閒逗她：「這些嗎？王府裡多了去了，也不怎麼希罕。」

玉秀咬脣含嗔，我莞爾一笑。「只這份心意可貴！」

她一張清秀小臉剎那紅透，秀髮柔柔地垂在臉側，別有一分嫵媚嬌羞。我隨手幫她掠了掠鬢髮，笑道：「怎麼也不梳妝，就這個樣子見人家？」

玉秀微微垂眸，低聲道：「他沒有入內，只命人帶了東西來。」

我有些意外，玉秀傷勢無礙，已經可以起身至廳外見客。他既有心探望，卻又過門不入……正思忖間，玉秀抬眸，羞怯輕笑道：「他還叫人送了那花，特地囑咐要放在向陽處呢。」

「花？」我回頭看去，原來她方才指點人移來移去的，就是那一盆……蘭花。

我站起身，緩緩走到案前，只見那普通藍瓷花甌裡，種著小小一株蕙蘭，翠萼修葉，枝葉光潤完整。

「他還說，是特地從辛夷塢帶回來的。」玉秀的聲音含羞帶笑，濃甜似蜜。

我久久凝視著蘭花，心緒翻湧，半晌才能平靜開口：「這花真好。」

「我幼時在皇陵的道旁種過一株蘭花，將軍此去若是方便，請代我澆水照料，勿令其枯萎。」這是我託玉秀帶給他的話，他果真將這株蘭花照料得完好無損。

宋懷恩，我該如何謝他，又該如何償還他這一番心意。

我將宋懷恩探望玉秀一事，當作家常閒話，不經意地告訴蕭綦。

「玉秀雖說身分寒微，倒也是個忠貞的女子，只是這品貌人才……」蕭綦沉吟道：「與懷恩果真相配嗎？」

我轉過身，避開蕭綦的目光，微微一笑。「身分倒是容易，只要兩情相悅，又有什麼配不配的。」

「眾多部屬之中，我最看重的便是懷恩。」蕭綦慨然笑道：「軍中弟兄跟隨我征戰多年，大多誤了家室。如今回到京中，我也盼他們各自娶得如花美眷。以懷恩的人才，前程不可限量，能被他看上的女子，倒也是有福的。」

我回眸看向蕭綦，似笑非笑。「原來你也有這般世俗之見。」

蕭綦笑而不語，將我攬到膝上。「不錯，世俗之人自當依循世俗之見。我若是昔年一名小小校衛，上陽郡主可會下嫁？」

我斂去笑容，定定地看著他，心知他所言確是實情，卻依然令我覺得苦澀。

他見我變了臉色，不由笑道：「難怪有人說，對女人講不得實話……算我口拙失言，但憑王妃處置。」

我卻半分也笑不出來，垂眸愣怔片刻，幽幽道：「你說得不錯。如今我才知道，並沒有人蒙騙我們，只不過是沒人肯聽實話，總不肯睜開眼睛，看一看真正的塵世，以為閉上眼，依然身在雲端。」

「我們？」蕭綦蹙眉。

我點頭，淡淡一笑。「我、母親、哥哥……金枝玉葉，名門世家，無不如此。」

蕭綦目光深湛，直視著我，柔聲道：「妳已經不是。」

我默然伏在他肩頭，一言不發。

「這幾日妳一直悶悶不樂。」蕭綦淡淡嘆道，手指梳進我長髮，從髮絲間滑過。

我微闔了眼，懶懶地笑。「還以為你不會在意。」

他笑了笑。「妳不願說，我便不問，小丫頭總要有些自己的心事。」

我揚手打他。「誰是小丫頭！」

「才十九歲……」蕭綦連連搖頭笑嘆。「老夫少妻，徒呼奈何。」

「你也才剛過而立之年，又來倚老賣老！」我啼笑皆非，鬱鬱心緒化為烏有，與他糾纏笑鬧在一起。

閨中暖香如熏，琉璃燈影搖曳，畫屏上儷影成雙。

兩日後，宋懷恩來見我。我著宮裝朝服，在王府正廳見他。他一身尋常袍服，全未料到我會這般莊重，一時有些侷促。

侍女奉茶上來，我輕輕扣著茶盞，淡淡笑道：「宋將軍請坐，不必拘禮。」他默然坐下，卻不開口，也不喝茶，臉色凝重嚴肅。

「將軍此來，可是有事？」我含笑望向他。

「是。」他答得乾脆。「末將有事相求。」

我點了點頭。「請講。」

宋懷恩起身，向我屈膝一跪，語聲淡定無波：「末將斗膽求娶玉秀姑娘，懇請王妃恩准。」

我不語，垂眸細細看他。但見他面無表情，薄唇緊抿成一線，垂目緊緊地盯著地面，彷彿要將那漢玉雕磚盯出個裂口來——若只看他此時神情，誰也不會想到這個年輕男子正在求親，而會以為他是嚴陣待命，要去赴一場艱苦卓絕的戰役。

我沉默看了他許久，他亦僵然跪在那裡，紋絲不動。

「此話，是你真心嗎？」我驀然開口，淡淡問他。

他身姿筆挺地跪著，並不抬頭。「是。」

「心甘情願，不怨不悔？」我緩緩問道。

「是。」他答得鏗鏘。

「從此一心待她，再無旁騖？」我肅然問了最後一句。

他沉默片刻，彷彿自齒縫裡迸出決絕的一聲：「是！」

一連三聲問，三聲「是」，已道盡了一切——他的心意，我早已懂得，我亦給出他兩個選擇，娶玉秀或是拒絕。

玉秀是我親信之人，娶她便是與我為盟，從此既是蕭綦最青睞的部屬，亦是我的心腹，往後於公於私，於軍中於朝堂，都無人能與他相爭。反之，我亦要他斷了妄念，將我視作主子，一心盡忠，善待玉秀。

以宋懷恩的雄心抱負，並不會滿足於層層軍功的累升，他想要平步青雲，最好的辦法便是獲得權貴提攜。

這是我給他的允諾，亦是我與他的盟約。

他想要權勢功名，我便給他提攜；他想要紅顏相伴，我便給他玉秀。

我亦需要將更多的人籠絡在身邊，不只龐癸、牟連和玉秀……身處權勢之巔，只有牢牢握住自己的力量，才能佇立於漩渦的中央。

玉秀大概連作夢也未想過，有朝一日能夠風風光光嫁作他的正室夫人。

她將生命與忠誠獻給我，我便回饋她最渴望的一切——給她身分名位，給她錦繡姻緣，但是我給不了她那個男人的心。

那是我不能掌控的，任何人都不能掌控，只能靠她自己去爭——得之是幸，不得亦是命。

如同一場公平的交易，他們固然做了我的棋子，我亦給了他們想要的東西。

我向姑母請旨冊封和賜婚，姑母一概應允。看著我親手在詔書上加蓋印璽，姑母慨然微笑。

我明白她微笑之下的感嘆——從前，我曾憎恨她操控我的命運，然而今日，我亦毫不猶豫地伸出手，將旁人的命運扭轉。或許這便是權勢的宿命，導引著我們走上相同的路。

我俯身告退，姑母淡淡問了一句：「阿嫵，妳可會愧疚？」

我垂眸沉吟片刻，反問姑母：「當年賜婚給我，您愧疚嗎？」

姑母笑了笑。「我愧疚至今。」

我抬眸直視她，淡淡道：「阿嫵並無愧疚。」

聖旨頒下，豫章王感念玉秀捨身救主，護駕有功，特收為義妹，賜名蕭玉岫，冊封顯義夫人，賜嫁寧遠將軍宋懷恩。晉封宋懷恩為右衛將軍，肅毅伯，封土七十里。

諸事順遂，忙碌不休，轉眼就到了我生辰的前一日。

哥哥來接我去慈安寺，見他獨自一人前來，我問起父親，哥哥卻沒有回答。

原本由哥哥出面遊說，好容易讓父親答允了與我們一同去慈安寺迎回母親，到此時卻不見他身影。我惱他言而無信，卻礙於蕭綦在側，不便發作。

鑾車起駕，不覺已至山下。我木然端坐，隨車駕微微搖晃，越想越覺可惱可笑，不覺笑出了聲，亦笑出了眼淚。

「停下！」我喝止車駕，掀簾而出，直奔哥哥馬前。「將馬給我！」

哥哥一驚，躍下馬來攔住我。「怎麼了？」

「放手！」我推開他，冷冷道。「我找父親問個明白。」

「妳這是做什麼？」哥哥抓住我，眉峰微蹙，語聲低抑。

我掙不開他，抬眸直直望去，陡然覺得哥哥的面容如此陌生遙遠——即便驚愕之下，他依然維持著無懈可擊的風儀，任何時候都在微笑，似乎永遠不會真情流露。

「我也想問你，哥哥，我們這是要做什麼？」我望著他，自嘲地笑。

哥哥臉色變了，環顧左右，抬手欲制止我。

我重重拂開他的手，冷冷道：「你們想將這太平光景粉飾多久？父母反目生恨，而我們卻在歡天喜地地籌備生辰，等著明晚宴開王府，歌舞連宵，人人強顏歡笑，眼睜睜地看著母親遁入空門——」

我的話沒有說完，便被哥哥猛然拽上馬背。

「住口！妳隨我來。」哥哥從未如此凶狠地對我說話，從未如此氣急，一路策馬疾馳，丟下一眾惶恐的侍從，帶我馳入林間小徑。

一路奔馳了許久，直到林下澗流擋住去路，四下幽寂無人。哥哥翻身下馬，緩步走到澗邊，一言不發，背影蕭索。

方才似有烈火在心中灼燒，此刻卻只剩一片冷冷灰燼。我走到哥哥身邊，沉默地凝視腳下流水，那清澈波光間隱約照出兩個衣袂翩躚的身影。

「阿嫵……」哥哥淡淡開口。「妳既已知道，又何必將一切說破。」

我苦笑。「寧可一切爛在心中，也要粉飾出王侯之家的太平貴氣？」

他不回頭，不應聲，越發令我覺得悲哀，悲哀得喘不過氣。「哥哥，我們何時變成了這樣？難道從前一切都是泡影，我們自幼所見的舉案齊眉、舐犢情深都是假的？」

哥哥不回答我，肩頭卻在微微顫抖。

「我不相信父親是那樣的人……」我頹然咬脣，滿心紛亂無從說起。

「妳以為父親應該是怎樣的人，母親又該是怎樣的人？」哥哥驀然開口，語聲幽冷。「如妳所言，他們也不過是一介凡人。」

我怔怔地看著他，他只是凝望流水，神色空茫。「阿嫵，捫心自問，妳我對父母又所知多少？」

哥哥的話似一盆涼水將我澆透，身為子女，我們對父母所知又有多少？在母親告訴我之前，我竟從未想過他們有著怎樣的悲喜，在我眼裡，父親彷彿生來就該是這個樣子。

「誰年少時不曾有過荒唐事，多年之後，豈知後人如何看待妳我。」哥哥悵然而笑。「即便父母都做錯過，那也都過去了。」

「過去了嗎？」我苦笑，若是真的過去了，這數十年的怨念又是為何。

哥哥回頭望著我。「妳真的相信他們彼此怨恨？」

我遲疑良久，嘆道：「母親以為那是怨恨……但我不信父親是那樣的狹隘小人，若說他做這一切只是為了恨……」我說不下去，連自己都不願聽，更不能信！

哥哥望著我，眼底有淡淡哀傷。「母親一直不懂得父親的抱負，她放不下自己的愧悔，只得將一切歸咎於恨。」

我霍然抬眸望向哥哥。「這是誰的話？」

「是父親。」哥哥靜靜地看著我，似有一層霧氣浮在眼底。原來母親的愛怨喜悲，父親全都看在眼裡，一切洞明。而唯一將父親的苦楚看在眼裡，懂得體諒他的人，不是母親也不是我，卻是平素玩世不恭的哥哥。

「這數十年，誰又知道父親的苦楚？」哥哥語聲漸漸低了下去，神情苦澀。「妳可記得那年，我和父親一起酩酊大醉？」

我當然沒有忘記，父親和哥哥唯一一次共飲大醉，便是在嫂嫂逝後不久。

「那晚父親說了許多……」哥哥閉上眼，緩緩道：「我與桓宓之事，令他愧悔不已。他說起自己年少時的荒唐事，說他愧對母親……那時他亦高傲狂放，深恨命運為人所控，縱然是名門親貴，也一樣受制於天家，終生不得自由。王氏歷代恪忠皇室，數百年榮寵不衰之下，不知掩埋了多少辛酸。父親的心思，比先人想得更遠，他不屑屈居人下，定要走到至高之巔，將家族的權勢推上峰頂，縱是天家也再不能左右王氏的命脈！」

這一番話似冰雪灌頂。

是，這才是我的父親，這才是他的抱負。

對於父親那樣的人，區區私情算得了什麼。為了達成所願，他已經捨棄了太多，連我和哥哥也被他親手推上這條不能回頭的路。

良久沉寂，我終於忍不住問了哥哥：「你娶嫂嫂，真是自己甘願嗎？」

「是。」哥哥毫不遲疑地回答我。

我卻不相信。「父親將皇子妃硬奪了給你，難道不是看中當年桓家的兵權？」或許母親以為，父親強逼子律的正妃嫁給哥哥，是向皇家揚威，洗雪自己當年之恨。我卻無法如此天真——桓家論門庭聲望，雖不能與王氏齊肩，但當年的桓大將軍手上卻握有江南重兵。

哥哥沉默半晌，淡淡道：「父親固然是看中桓家的兵權，卻也不曾勉強我半分……娶桓宓，是我自己的意願。」

我啞口無言，想到哥哥對嫂嫂的冷淡，想到嫂嫂的抑鬱而逝，乃至此後桓家迅速的衰敗，一時間只覺悽惶無力。

哥哥久久沉默，神情恍惚，似陷入往事之中。

我們都不再開口，不願再提及那些陳年舊恨……潺湲溪水從腳下流過，時有飛鳥照影，落葉無聲。

諸般恩怨終歸已成過往，今人今時，還有更多崎嶇在前。

「回去吧，母親還在等我們。」我握住哥哥的手，以微笑驅散他的惆悵。

來的時候天色還早，然而我和哥哥在林澗一待就是半日，竟然忘了時辰，不覺已近黃昏了。

車駕侍從還等候在原地，未敢跟來驚擾我們。正欲起駕，卻聽馬蹄聲疾，似有人馬從後面官道趕來。

待看清了來人，我和哥哥一怔，旋即相視而笑——我們遲遲未歸，也未曾派人回去傳話，父親獨自等得憂心，竟親自尋來了。

被問及我們為何耽誤到此時還未上山，我和哥哥面面相覷，一時語塞。父親挑眉看我，我情急之下脫口而出：「哥哥帶我去溪邊玩了半日……」

哥哥不敢聲辯，只得一臉苦笑。

「胡鬧。」父親瞪了哥哥一眼，竟然沒有發火，只皺眉道：「你母親該等急了。」

我與哥哥目光交錯，當即心領神會——只怕等得焦急的人不是母親，而是父親自己。

「方才在溪邊受了風寒，正頭痛呢。」我向父親嬌嗔道：「正好爹爹親自來了，我就不上山了，哥哥送我回去吧。」

不待父親回答，我掉頭搶過侍衛的坐騎，策馬而去。哥哥難得一次不理父親的臉色，揚鞭催馬，飛快追了上來。

「分明盼著母親回去，卻不肯開口，我實在不懂他們哪來這許多彆扭！」我重重地嘆息。

哥哥忍俊不禁，大笑起來。

「很好笑嗎？」我睨他一眼，既覺可惱又覺無奈。「從前不覺得，如今才發現你們都是這般彆扭！」

哥哥仍是笑，過了許久才斂去笑意，柔聲道：「我們沒有變，只是妳長大了。」

心中怦然觸動，我怔怔無言以對。

「阿嫵，妳長大了，也變了。」哥哥微笑嘆息。

我回眸看他。「我變了？」

「妳不覺得自己越來越像某個人？」哥哥揚眉笑睨我。我一怔，陡然明白過來，他是指蕭綦。

「出嫁從夫……嫁與武夫自然成了悍婦。」我似笑非笑地瞧著哥哥，猛然揚鞭向他座下駿馬抽去。「叫你往後還敢欺負我！」

馬兒吃痛狂奔，驚得哥哥手忙腳亂，慌忙挽韁控馬。看著那狂奔在前的一人一馬，我笑不可抑。

驀然回望雲山深處，不知父親可曾到了山門。

次日的壽宴設在豫章王府。

我原以為只是家宴，卻不料烜赫隆重之至。除家人外，京中王公親貴皆至，滿座名門雲集，儼然煌煌宮宴。

這是蕭綦的安排，他素來不喜歡喧鬧浮華，今日卻極盡鋪張為我賀壽。旁人或以為，這是在昭示豫章王的權勢烜天，炫耀豫章王妃的尊貴榮寵……唯獨我明白，他只是想彌補大婚之日對我的虧欠。

母親宮裝高髻，含笑坐在父親身邊，雖然對父親仍是神情冷淡，卻也肯同父親說話了。

哥哥帶了兩名愛妾同來，在父親面前卻不敢有半分風流態。

太子哥哥到來時，見到父親略有些許尷尬。不過宛如姊姊帶來了他們的小女兒，那小人兒玉雪可愛，正在蹣跚學步，立時引得滿座目光追逐。

哥哥直笑那小人兒搶了我這壽星的鋒頭，母親卻說：「阿嫵幼時更加招人喜歡，不知日後我的外孫女會不會和她一個模樣。」

我頓時面紅耳赤，父親與蕭綦亦笑而不語。

正與父母說笑間，宛如姊姊抱了女兒來向我道賀。我伸手去抱孩子，她卻咯咯笑著，徑直向蕭綦撲去。

蕭綦手足無措地呆在那裡，抱也不是，躲也不是。那小人兒抱住他脖子，便往他臉上親去，驚得大將軍當場變了臉色。

在座之人無不被蕭綦的窘態引得大笑，太子尤其笑得前仰後合。好不容易讓奶娘抱走了孩子，蕭綦才得以脫身。

唯一的缺憾是姑母未能到來，她前些日子已好了起來，偏偏今日又感不適，只命太子帶來了賀禮。

滿堂明燭華光之下，我環顧身側，靜靜地望向每一個人。只有在這個時候，他們才僅僅只是我的家人，是我的至親至愛。

今夜依然把酒言歡的翁婿兄弟，怕轉眼到了朝堂之上，就是明槍暗箭，你死我活。然而我已不會奢望太多，能有今晚這短暫的歡宴，已是莫大驚喜。

這一刻，我願意忘記豫章王，忘記左相，忘記長公主……只記得那是我的夫君和父母，如此足矣。

最美好的時光，總是匆匆而過……轉眼夜深、宴罷、人散，滿目繁華落盡。

我已酒至微醺，送走了父母和哥哥，只覺身在雲端，飄搖恍惚，彷彿記得蕭綦將我抱回了房中。

他替我寬衣，我渾身無力，軟軟地環住他頸項，笑道：「原來你害怕小孩子。」

「我怕了妳這丫頭！」蕭綦無可奈何地笑。

半醉半醒間，我伸手去撫他眉目鬢髮，笑嘆道：「若是有個跟你長得一模一樣的小人兒，會是什麼樣子？」

他將我環在臂彎，正色想了想，嘆道：「若是女孩兒，和我一模一樣，只怕將來嫁不出去。」

我伏在他懷中懶懶地笑，從前並不特別喜歡孩子，如今卻隱隱有些好奇，想著一個小小的人兒和我們長著相似眉眼，會是怎樣神奇的事情。

迷迷糊糊睡去，一夜酣眠無夢。

約莫四更天時，我突然驚醒過來，睜開眼卻是一片靜謐。輾轉間似乎驚動了蕭綦，他立即將我緊緊環住，輕撫我後背。

望著他沉睡中柔和而堅毅的面容，心底一片柔軟，唯覺良夜靜好。心中情意湧動，我痴痴仰首，以指尖輕撫他薄削雙唇。他自睡夢中醒來，並不睜開眼，手卻探入我褻衣，沿著我光裸脊背滑下，回應了我的痴纏……

五更時分，天已漸亮，他又該起身上朝了。

我假裝睡熟，伏在他胸前一動不動。他小心地抬起手臂，唯恐驚動了我。我忍不住笑了，反手將他緊緊摟住。

他無可奈何，明知道再不起身就要誤了上朝，卻又情不自禁地低頭吻下……正纏綿間，門外傳來匆忙腳步聲，房門被人叩響。

「稟王爺，宮中來人求見。」

蕭綦立刻翻身而起，我亦驚住，若非出了大事，侍衛萬萬不敢如此唐突。

「宮中何事？」蕭綦喝問。

來人顫聲道：「今晨四更時分，皇上駕崩了。」

片刻前還是旖旎無限溫柔鄉，轉眼間，如墜冰窖。

就在兩天前，御醫還說皇上至少能捱過這個冬天。即便他病入膏肓，受制於人，卻仍是天命所繫的九五至尊。只要皇上活著一天，各方勢力就依然維持著微妙的平衡，誰也不敢輕舉妄動。

誰也沒有料到，就在我的生辰之夜，宴飲方罷，昇平喜樂還未散盡，皇上竟然暴卒。

蕭綦立刻傳令禁中親衛，嚴守東宮，封閉宮門，不准任何人進出大內，並將皇上身邊侍從及太醫院諸人下獄，嚴密看管，京郊行轅十萬大軍嚴守京城四門，隨時待命入城。

我匆忙穿衣梳妝，一時全身僵冷，轉身時眼前一黑，險些跌倒。

蕭綦忙扶住我。「阿嫵！」

「我沒事……」我勉強立足站穩，只覺胸口翻湧，眼前隱隱發黑。

「妳留在府裡。」他強迫我躺回榻上，沉聲道：「我即刻入宮，一有消息便告知妳。」

他已披掛戰甲，整裝佩劍，周身散發出肅殺之氣。觸到這一身冰涼鐵甲，令我越發膽顫心驚。我顫聲道：「假如父親動了手，你們……」

蕭綦與我目光相觸，眼底憫柔之色一閃而逝，只餘鋒銳殺機。「眼下情勢不明，我不希望任何人貿然動手！」

我哀哀地望著他，用力咬住下唇，說不出半句懇求的話。他的目光在我臉上流連良久，深邃莫測。這四目相對的一瞬，各自煎熬於心，竟似萬古一般漫長。

終究，他還是轉過頭去，大步跨出門口，再未回顧一眼。

望著他凜然遠去的背影，我無力地倚在門口，無聲苦笑，苦徹了肺腑。

然而，已沒有時間容我傷懷。

我喚來龐癸，命他即刻帶人去鎮國公府，並查探京中各處情形。

皇上暴卒背後，若真是父親動了手，此刻必是嚴陣以待，與蕭綦難免有一場殊死爭鬥。是父親嗎，真是他迫不及待地要取而代之？

我不願相信，卻又不敢輕易否定這可怕的念頭……心口陣陣翻湧，冷汗滲出，一顆心似要裂作兩半。

一邊是血濃於水，一邊是生死相與，究竟哪一邊更痛，我已木然無覺。

不過片刻工夫，龐癸飛馬回報，左相已親率禁軍戍衛入宮，京中各處纖要都被重兵看守，胡光烈已率三千鐵騎趕往鎮國公府。

我身子一晃，跌坐椅中，耳邊嗡嗡作響，似被一柄利刃穿心而過。早知道有這一天，卻不料來得這麼快。

其實，早晚又有什麼分別，要來的終究還是要來。

我緩緩起身，對龐癸說道：「準備車駕，隨我入宮。」

遠遠望見宮門外森嚴列陣的軍隊，將整個皇城圍作鐵桶一般。

尚未熄滅的火光映著天邊漸露的晨曦，照得刀兵甲冑一片雪亮。宮城東面正門已被蕭綦控制，南門與西門仍在父親手中，兩方都已屯兵城下，森然對峙。

四下劍拔弩張。誰也不敢先動一步，只怕稍有不慎，這皇城上下即刻便成了血海。

車駕一路直入，直到了宮門外被人攔下。

宋懷恩一身黑鐵重甲，按劍立在鸞車前面，面如寒霜。「請王妃止步。」

「宮裡情勢如何？」我不動聲色地問他。

他遲疑片刻，沉聲道：「左相搶先一步趕到東宮，挾制了太子，正與王爺對峙。」

「果真是左相動了手？」我聲音虛弱，手心滲出冷汗。

宋懷恩抬眸看我。「屬下不知，只是，左相確是比王爺搶先了一步。」

我咬脣，強抑心中驚痛。「皇后現在何處？」

「在乾元殿。」宋懷恩沉聲道：「乾元殿也被左相包圍，殿內情勢不明。」

「乾元殿……」我垂眸沉吟，萬千紛亂思緒漸漸匯聚攏來，如一縷細不可見的絲線，將諸般人事串在一起，彼端遙遙所指的方向，漸次亮開。

我抬眸望向前方，對宋懷恩一笑，緩緩道：「請讓路。」

宋懷恩踏前一步。「不可！」

「有何不可？」我冷冷看他。「眼下也只有我能踏入乾元殿了。」

「妳不能以身涉險！」他抓住馬轡，擋在我車前。「即使王妃輾過我的屍首，今日也踏不進宮門一步！」

我淡淡笑了。「懷恩，我不會踏著你的屍首過去，但今日左相或王爺若有一人發生不測，你便帶著我的屍首回去吧。」

他霍然抬頭，震動之下，定定地望著我。

我手腕一翻，拔出袖底短劍，刃上冷光映得眉睫俱寒。

宋懷恩被我目光迫得一步步退開，手中卻仍挽住馬轡，不肯放開。我轉頭望向宮門，不再看他，冷冷吩咐起駕。

鸞車緩緩前行，宋懷恩緊緊地抓住轡繩，竟相隨而行，目光直勾勾地穿過垂簾，一刻也不離我。

我心中震動不忍，隔了垂簾，低低道：「我畢竟還是姓王，總不會有性命之危……你的心意我明白，放手吧！」

宋懷恩終於放開韁繩，僵立路旁，目送車駕駛入宮門。

宮中已經大亂，連為皇上舉哀的布置都沒有完成，宮女內侍躲得躲，逃得逃，隨處可見慌亂奔走的宮人，往日輝煌莊嚴的宮闕殿閣，早已亂作一團，儼然山雨欲來風滿樓的飄搖景象。

父親與蕭綦的兵馬分別把持了各處殿閣，對峙不下，到處都是嚴陣待命的士兵。天色已經透亮，巍峨的乾元殿卻依然籠罩在陰雲霧靄之中，森森迫人。

我不知道那森嚴大殿之中藏有怎樣的真相，但是一定有哪裡出了差錯，一定有什麼不對。

父親為何如此愚蠢，甘冒弒君之大不韙，在這個時候猝然發難？論勢力，論部署，論威望，他都占上風，穩穩壓住蕭綦。唯獨刀兵相見，放開手腳搏殺，他卻絕不是蕭綦的對手。

這一步棋，根本就是兩敗俱傷的死局！

乾元殿前槍戟林立，重甲列陣的士兵將大殿層層圍住，禁軍侍衛刀劍出鞘，任何人若想踏前一步，必定血濺當場。

兩名禁軍統領率兵駐守殿前，卻不見父親的身影。

我仰頭望向乾元殿的大門，拂袖直入。那兩名統領認出是我，上前意欲阻攔，我的視線冷冷地掃過他們，腳下不停，徐徐往前走去。兩人被我目光所懾，不敢強行阻攔，只將我身後侍從擋下。

我拾級而上，一步步踏上乾元殿的玉階。鏗的一聲，兩柄雪亮長劍交錯，擋在眼前。

「豫章王妃王儇，求見皇后。」我跪下，垂眸斂眉，靜候通稟。

玉階的寒意滲進肌膚，過了良久，內侍尖細的聲音從殿內傳出：「皇后有旨，宣——」

高曠大殿已換上素白垂幔，不知何處吹入殿內的冷風，撩起白幔在陰暗的殿中飄拂。

我穿過大殿，越過那些全身縞素的宮人，她們一個個彷彿了無生氣的偶人，悄無聲息地伏跪在地。

那長年縈繞在這帝王寢殿內的，令我從小就懼怕的氣息，彷彿是歷代君王不願離去的陰魂，依然盤桓在這殿上的每個角落，一簷一柱，一案一几，無不透出肅穆森寒。

明黃垂幔，九龍屏風的後面，是那座雕龍繪鳳、金碧輝煌的龍床。

皇上就躺在這沉沉帷幔後面，成了一具冰冷的身軀，一個肅穆的廟號，永遠不會再對我笑，也不會再對我說話。

白衣縞素的姑母立在屏風跟前，烏黑如墨的長髮垂落在身後。她緩緩回過頭來，一張臉蒼白若死，眼眶透著隱隱的紅，一眼望去不似活人，倒像幽魂一縷。

「阿嫵是好孩子。」她望著我，輕忽一笑。「只有妳肯來陪著姑母。」

我怔怔地望著她，目光緩緩移向那張龍床。

「人死以後，是不是就愛恨泯滅，什麼都沒了？」姑母亦側首望去，噙了一絲冰涼的笑容。

「皇上已經賓天，請姑母節哀。」我看著她的臉，卻在她臉上找不到一絲悲傷。

姑母笑了，語聲溫柔，笑容分外冰涼詭異：「他可算是去了，再不會恨我了。」

寒意從腳底浮上，一寸寸襲遍全身。我僵然轉身，往龍床走去。

「站住。」姑母開口。「阿嫵，妳要去哪兒？」

我不回頭，冷冷道：「我去看看皇上，看看……我的姑父。」

姑母語聲冰冷：「皇上已經去了，不需妳再打擾。」

我深吸一口氣，掌心攥緊。「皇上是怎麼去的？」

「妳想知道嗎？」姑母徐步轉到我跟前，幽幽盯住我，似笑非笑。「抑或，妳已經知道？」

我陡然退後一步，再強抑不住心中駭痛，脫口道：「真的是妳？」

她逼近一步，直視我雙眼。「我怎樣？」

我再也說不出話來，望著她的笑容，突然覺得噁心，似有一隻冰涼的手將肺腑狠狠揪住——是姑母殺了皇上，是她布下這場死局，引父親和蕭綦相互殘殺……

眼前一片昏暗，整個天地都開始晃動扭曲，我俯身掩住了口，強忍著心口陣陣翻湧。

姑母伸手扳起我下巴，迫我迎上她狂熱目光。「我做錯了嗎？難道要我眼睜睜地看你們奪去隆兒的皇位？等你們一步步將我逼入絕路？」

冷汗不住冒出，我咬唇隱忍，說不出話來。

姑母恨聲道：「我為家族葬送一生，到如今什麼都沒有了，只有這麼一個兒子，你們卻要奪去他的皇位！就算隆兒再不爭氣，也是我的兒子！誰也別想把他的皇位奪走！」

我終於緩過氣來，一把拂開她的手，顫聲道：「那是妳嫡親的哥哥！父親他一直信任妳，維護妳，輔佐太子多年……妳為了對付蕭綦，竟連他也騙！」

我全身發抖，憤怒悲傷到了極致，從小敬慕的姑母此刻在我眼裡竟似惡鬼一般。

「妳殺了皇上，嫁禍給蕭綦，騙父親出兵保護太子，騙他與蕭綦動手，等他們兩敗俱傷，好讓妳一網打盡……是不是這樣？」我逼近她，語聲沙啞，將她迫得步步後退。

姑母臉色慘白，呆呆地望著我，彷彿不敢相信我會對她這般凶厲。

「是妳背叛父親，背叛王氏。」我盯著她雙眸，一字一句說道。

「我沒有！」姑母尖叫，猛然向我推來，我踉蹌向後跌去，後背直抵上冰涼的九龍玉璧屏風。

姑母瘋了似的狂笑，語聲尖促急切：「是哥哥逼我的！他嫌隆兒不爭氣，頂著太子的身分反被蕭綦一手牽制，他說隆兒是廢物，幫不了王氏，坐上皇位也守不住江山……有哥哥在，隆兒一輩子都是傀儡，比他父皇還窩囊百倍！隆兒太傻，他以為蕭綦會幫他，這個傻孩子……他不知道你們一個個都在算計他！只有我，只有母后才能保護你，傻孩子，你竟不相信母后……」她神情恍惚，方才還咬牙切齒，忽而凶狠跋扈，轉眼卻儼然是護犢的慈母。

我倚著玉璧屏風，勉力支撐，身子卻一分分冷下去。

瘋了，姑母真的瘋了，被這帝王之家活活逼到瘋魔。

陡然聽得一聲轟然巨響，從東宮方向傳來，彷彿是什麼倒塌下來，繼而是千軍萬馬的呼喝吶喊，潮水般漫過九天宮闕。

是東宮，是父親和蕭綦……他們終究還是動手了。

我閉上眼，任由那殺伐之聲久久撞擊在耳中，周身似已僵化成石。

「啟奏皇后！」一名統領奔進殿中，倉皇道：「豫章王攻入東宮了！」

「是嗎？」姑母回頭望向殿外，脣角挑起冰涼的笑。「倒也撐得夠久了，左相的兵馬比我預想中厲害……若非妳那位好夫婿，只怕再無人壓得住妳父親。」

單憑父親手裡的禁軍，哪裡擋得住豫章王的鐵騎，讓他們守衛東宮，無異於以卵擊石。此時的東宮，想必已血流遍地，橫屍無數。

我抬眸一笑。「不錯，既然動起手來，父親自然不是蕭綦的對手，只怕皇后您也是一樣。」

姑母失聲大笑。「傻孩子，妳真以為妳那夫婿是蓋世無敵的大英雄？」她揚手指向東宮方向。「好孩子，妳看看那邊！」

殿外，一片濃煙火光從東宮方向升起，熊熊大火映紅了這九重宮闕的上空。

「我會讓隆兒乖乖待在東宮，等他蕭綦去拿人嗎？」姑母仰頭微笑，儀態優雅。「東宮早已設下埋伏，一旦左相兵敗，豫章王殺進東宮，埋伏在夾壁暗道中的三千甲士，剛好等著妳的大英雄呢……縱然他力敵千軍，也難擋我萬箭齊發，屆時火燒東宮，叫他玉石俱焚！」

眼前這狠戾瘋狂，弒君殺夫，挑動嫡親兄長與姪婿相互殘殺的女人，就是我自幼孺慕的姑母，母儀天下的皇后。

我直直地望著她，只覺從未看清過這張面孔。

那片火光越發猛烈，身在乾元殿上，似乎也能聽見梁柱崩塌，宮人驚呼奔走的聲音隱隱傳來。外面已經是火海刀山，血流遍地，而這高高在上的乾元殿，卻如死一般沉寂。

守護著這座大殿的，不僅是外面的禁軍戍衛，更是龍床上那具早已僵冷的屍身。皇上賓天，屍骨未寒，誰敢在這個時候擅闖寢殿，冒犯天威，大不韙的弒君之罪便落到誰的頭上。

蕭綦的兵馬步步逼近，將這乾元殿圍作鐵桶一般，未得蕭綦號令，卻也不敢踏進一步。禁軍戍衛退守至殿外，劍出鞘、弓開弦，只待一聲號令，便將血洗天闕。

我笑了笑。「妳將我的父親和夫君一網打盡，不知有沒有想好，如何處置我？」

她冷冷地看著我，目光變幻，陰梟與悲憫交織，恍惚看去還是昔年溫柔可親的姑母。

「王儇已自投羅網，皇后您滿意嗎？」我笑著看她，她臉色漸漸變了，陰狠中流露出一絲悽愴。

她緩緩轉過身去，背向我而立，過了良久才低低開口，語聲恬柔：「若是妳不長大該有多好，從前的小阿嫵就像個雪團似的娃娃，讓人怎麼愛惜都不夠。」

我咬住脣，一言不發。

「可是妳大了，也不聽話了……那日我問妳恨不恨姑母，妳也不肯說真話。」她長嘆一聲，幽幽道：「我知道妳恨，怎麼能不恨呢？幾十年了，我也恨，沒有一天不恨！」

我張口，卻說不出話，臉頰一片冰涼，不知何時已淚流滿面。

那一聲聲恨，從姑母口中道出，似將心底所有傷疤都揭開，連血帶肉，向我擲來。

我再也聽不下去，顫聲道：「姑母，我只有一句話想跟妳說……阿嫵，從未恨過妳。」

她轉身動容，脣角微微抽搐，驀然將我擁入懷中，身子劇烈顫抖。

我將臉貼在她瘦削的肩頭上，任由淚水洶湧。

陰冷的內殿，隨風飛舞的白幔下，我和姑母相擁而泣。多少年前，她也是這樣溫柔地抱著我，無論我怎麼任性哭鬧，總是柔聲細語地哄我。

這個溫暖熟悉的懷抱，或許已是最後一次包容我的無助。許久之後，姑母終於放開我，背轉過身去，不再看我一眼。

她的身影僵冷，肩頭微微佝僂。「來人，將豫章王妃拿下。」

殿上侍從靜靜地立在垂幔後面，彷彿木雕石刻，沒有人回應。

「來人！」姑母一驚，厲聲喝令：「禁內侍衛何在？」

門外侍衛答一聲是，刀劍鏘然出鞘，靴聲橐橐而入。

我抬起手，雙掌互擊，清脆的三下掌聲響徹空寂寢殿。屏風內、垂幔外、廊柱下……那些泥塑一般悄無聲息的宮人中，幾道人影驟然現身，迅疾無聲，恍若鬼魅一般出現在我們周圍。

不待侍衛靠近，兩名侍女欺身上前，執刃在手，一左一右扣住姑母肩膀，刀鋒逼上她頸項。

其餘人各占方位，密密地擋在我們身前，手中短劍森寒如雪。侍衛執刀而入，驟見劇變，頓時驚呆在門口。

「妳——」姑母渾身顫抖，面無人色，瞪著我說不出話來。

殿外禁軍統領聽聞動靜，已衝上殿來，一片刀光劍戟森然晃動。

我冷冷踏前，厲色道：「大膽！皇上龍馭賓天，爾等竟敢帶刀直闖寢殿，當真要造反了嗎？」姑母憤怒掙扎，毫不懼怕頸邊刀刃，尖聲叫：「快將豫章王妃拿下！」

兩名統領大驚，眼見皇后受制於我，一時進退無措，相顧失色。

「一群廢物，愣著做什麼！」姑母暴怒。「還不動手？」

殿外侍衛僵立躊躇，一名統領咬牙踏前，正欲拔出佩劍，我轉頭一眼掃去，將他生生迫住。

「誰要與我動手？」我傲然環視眾人。

那人一震，臉色轉為青白，佩劍拔至一半，竟不敢動彈半分。

我肅然道：「帶刀擅闖寢殿，是犯上死罪，按律當誅九族！豫章王大軍現已將宮中圍住，你們若能迷途知返，將功贖罪，王儇在此許諾，絕不加罪於諸位！」

恰在僵持之際，殿外傳來整齊動地的靴聲，大隊人馬向這裡逼近，有人高呼：「豫章王奉旨平叛，若有抵抗者，格殺勿論！」

眾侍衛眼見雪亮刀刃已架在皇后頸上，殿外兵馬虎視眈眈，局勢已然徹底扭轉。左首一人終於脫手扔了佩刀，撲通跪倒在地，其餘人等再無堅持，紛紛俯首跪下。

「廢物，都是廢物！」姑母絕望地怒罵，猛然一掙，竟發瘋似的向刀口撞去。侍女慌忙撤刀，將她死死按住。我向兩名統領下令，立刻撤去殿前兵馬，又命侍女趕往東宮告知蕭綦，皇后已認罪就擒，萬勿傷及左相。

姑母仍在怒罵不休，長髮紛亂披覆，儀態全無。

我緩步走到她面前，深深地看著她。「妳輸了，姑母。」

「成王敗寇，並不可恥……即便輸，也要輸得高貴。」我輕聲說出這一句話。

她身子一震，直直地望向我，目光一時恍惚，彷彿越過時光，重睹往昔光景——在我九歲那年，下棋輸給了哥哥，正當生氣耍賴時，姑母對我說：「輸贏都要有氣度，即便輸，也要輸得高貴。」姑母望著我，彷彿在看一個從不認識的陌生人，目光漸漸黯淡下去。

良久，她苦笑一聲。「不錯，成王敗寇……想不到我自負一生，卻是輸在妳的手裡！」

她鬢髮散亂，我想替她理一理，伸出手卻僵在半空，心底殘存的一分溫情，被硬生生扼住。

我側過頭不再看她，漠然道：「至少，妳沒有輸給外人。」她陡然笑出聲來，直至被押著走出大殿，那笑聲還久久迴響在森冷曠寂的乾元殿上。

姑母遇刺當日，近身侍女被刺客所殺，自己受驚昏迷。我當即將我那幾名隨身侍女留在她身邊，以防宮中餘孽再次加害。這幾名女子是蕭綦親自從最優秀的間者中挑出，以侍女的身分貼身隨行，保護我的安全。

起初留下她們，只是為了保護姑母，然而肅清宮闈之後，我並沒有將她們召回王府。當時眾多老宮人被清查逐出，各處都要添補新人，這幾名侍女混在昭陽殿中，並沒有引起姑母的注意。

我與她們約定，除非事態緊急不得暴露身分，除我之外，不必遵從任何人號令。

連我自己都說不清，究竟從什麼時候開始防備姑母。或許是因她一次次的試探，因她對我的戒心，抑或是我骨子裡的多疑和不安。

「屬下來遲，王妃受驚了！」龐癸帶人奔進殿來。「豫章王兵馬已接掌乾元殿戍衛，王爺與太子殿下正從東宮趕來。」

我看向他，顫聲道：「左相呢？」

「左相無恙，王夙大人暫且接掌禁軍，胡將軍奉命守護鎮國公府，未踏入府中半步。」龐癸壓低聲音，語帶驚喜：「王妃勿憂，東宮大火是王爺將計就計，兩方人馬並無重大損傷。京中各處均無異動，一切安好！」

一切安好，這短短四個字聽在耳中，勝過天籟仙音。

眼前一切漸漸虛浮旋轉起來，我這才發覺，渾身冷汗早已溼了衣衫，涼涼地貼在身上，透骨的冷。

有人上前扶住我，欲將我扶到椅上，剛邁出一步，腳下卻似踩入虛空，天旋地轉。

侍女驚慌喚我，一聲聲「王妃」，驚叫著「來人」。

大概是一時眩暈，我漸漸回過神來，只覺她們大驚小怪。

所幸爹爹只是領兵入宮，沒有貿然起事，倘若京中禁軍真與胡光烈的虎賁軍動手，那才是兩敗俱傷，不可挽回。

姑母自以為設下了高明的圈套，請君入甕，卻不知入甕的不是蕭綦，而是她自己。

我已大概明白了是誰出賣姑母——假如姑母親眼看見她悉心保護的兒子，此刻站在蕭綦身邊，以勝利者的姿態向她炫耀，不知會是怎樣的感受。

火燒東宮，不過是混淆眾人耳目的一齣戲，恰好遮掩了這一場凶險宮變，燒盡了琉璃宮闕，卻成就了豫章王護駕東宮，鐵血平叛的功勳。

「王妃可在殿中？」蕭綦的聲音遠遠從殿外傳來，如此焦切，全無素日的從容。

我有些慌亂，唯恐他看到我這個樣子，忙扶了侍女，勉力從椅中站起。

身子甫一動，驟然而至的痛楚似要將人撕開，腿間竟有熱流湧出……我軟軟向下滑墜，身旁侍女竟扶不住我……痛楚愈烈，我咬脣隱忍，只覺熱流已順著雙腿淌下。

這是怎麼了，我跌俯在地，顫顫伸手掀起裙袂，入目一片猩紅！

殿門開處，蕭綦大步邁進來，一身甲冑雪亮。「阿嫵——」他猛然頓住，目光瞬間凝結在我身上。

我惶然抬眸看他，不知該怎麼解釋眼下的狼狽，也不知這是怎麼回事……我沒有受傷，卻莫名地流血……

他的臉色變了，目光從那片猩紅轉到我臉上，滿目盡是驚痛。

「傳太醫，快傳太醫！」他匆匆抱起我，連聲音都在顫抖。

我勉強笑了笑，想叫他別怕，我沒有事。然而張了口，卻發不出一點兒聲音，我倚在他懷中，全身越來越冷，眼前漸漸模糊。

恨天

胤歷二年九月，成宗皇帝崩於乾元殿。

天下舉哀，奉梓宮崇德殿，王公百官偕諸命婦齊集天極門外，縞素號慟，朝夕哭臨。翌日，頒遺詔，著太子子隆即位，豫章王蕭綦、鎮國公王藺、允德侯顧雍受命輔政。越五日，奉龍輿出宮，安梓宮於景陵，頒哀詔四境，上尊謚廟號，祗告郊廟社稷。

千百年後，留在史冊上的不過是這樣短短幾行文字，如同每一次皇位更替的背後，憑一支史官妙筆，削去了驚濤駭浪、血雨腥風，只留字裡行間一派盛世太平。

而我，卻永遠無法忘記這一天的驚心動魄……更無法忘記，我在這天失去了我們的孩子。

徐姑姑含淚告訴我的時候，我還不太清醒，只記得藥汁餵進口中，滿口濃澀辛辣的味道。

彷彿聽得她說什麼「小產」，我卻怔怔地回不過神來，茫然四顧，尋找蕭綦的身影。

徐姑姑說王爺不能入內，刀兵之凶會與血光相沖，對我不吉。

她話音未落，卻聽簾外摔簾裂屏，一片高低驚呼。

蕭綦不顧眾人阻攔，面色蒼白地衝進內室。

徐姑姑慌忙阻攔，說著不吉之忌，他陡然暴怒。「無稽之談，都給我滾出去！」

我從沒見過他的雷霆之怒，彷彿要將眼前一切焚為飛灰，當下再無一人敢忤逆，徐姑姑也顫然退了下去。

他來到床前，俯身跪下，將臉深深地伏在我枕邊，良久不語不動。

徐姑姑的話迴響在耳邊，我漸漸有些明白過來，卻不敢相信……

「是真的嗎？」我開口，弱聲問他。

蕭綦沒有回答，抬頭望著我，目中隱隱赤紅，平素喜怒從不形於色的人，此刻滿面的痛楚歉疚再無遮掩。

他的眼神映入我眼裡，若說方才的消息只是一刀穿心，甚至叫人來不及痛，而此時卻是無數綿密細針扎在心頭，痛到極處，反而不能言語。

我默默抬手將他手掌握住，緊緊地貼在臉頰，眼淚卻不由自主地滑落在他掌心。

「我能開疆拓土，殺伐縱橫，卻保護不了一個女人和孩子。」他的聲音極低，低微得近乎破碎。

我想勸慰他，卻一個字也說不出來，只能默默與他十指緊扣，傳遞著彼此的勇氣，一起抵擋著四面八方湧來的寒冷。

在我們都還懵然不知的時候，一個孩子竟已經悄然到來，隨著我們一起南征，攻城掠地，直至馬踏天闕。那麼多危急險境，都和我們一起過來了，卻在這個時候悄無聲息地離去。

太醫說他還不足兩個月……我們甚至從不知道他的存在，等到知道的時候，便已是永遠失去。

我已昏睡了兩天兩夜，其間曾經流血不止，幾乎性命垂危。

蕭綦說，那兩天裡母親一直守在我身邊，不眠不休，不吃不喝，直到兩個時辰前才累極不支，被強行送回府中休息。

他扶著我，親手一口口餵我喝藥。那藥極苦極澀，卻抵不過心裡的苦。不過兩天，竟是從極樂到地獄，彷彿惡夢一場。

隱約還記得那晚壽宴之上共聚天倫之樂，然而轉眼之間，皇上駕崩、姑母謀逆、父親與蕭綦兵戎相見、我們更失去了一個孩子……

生生死死，真真假假，我有些恍惚，或許這真的只是一場惡夢。

然而一閉上眼，我仍會見到那陰森的龍床，見到重重刀兵，寒光如雪，姑母淒厲笑聲依然在耳邊迴響，更清晰記得她發狠推我撞上屏風的一幕……

蕭綦不顧太子的阻攔，強行將姑母幽禁在冷宮。

乾元殿的醫侍宮人都已被處死，再無人知曉姑母親手鴆殺皇上的真相。

當天父親兵敗，被蕭綦軟禁在鎮國公府，哥哥臨時接掌了禁軍。宋懷恩封閉各處宮門，清剿皇后黨羽。至夜，京中大局已定。

如果沒有哥哥極力勸阻，拖延父親出兵的時機，讓胡光烈緊急調兵，駐守京師重地，控制住宮外的局勢，只怕此時已經鑄成大錯。

父親錯信了姑母，錯信了自己嫡親的妹妹和數十年的盟友。如果等到太子登基，憑著王氏在朝中盤根錯節的勢力，父親遲早會慢慢削弱蕭綦。

可是姑母的野心反噬，非但出賣了父親，更將父親和她自己都推上了再無退路的絕境。起兵逼宮，無異於以己之短攻彼之長，一旦狹路相逢，恰是蕭綦穩占上風。

父親一世精明，最後敗在自己最信任的盟友手上。

姑母機關算盡，算不到親生兒子會毫不猶豫地出賣她。

次日，太子在太華殿上向百官宣讀先皇遺詔，正式繼承大位，遺詔敕命豫章王蕭綦、鎮國公王藺、允德侯顧雍輔政。

宮中牽涉叛亂的禁衛、內侍、宮人共數百人，一併作為逆黨黨羽處死。其餘文武眾臣，凡擁戴太子有功者，皆晉爵，厚賜金銀無數。

一場血腥宮變，就這樣輕描淡寫地抹去，千秋史冊，再無痕跡。

我不能也不願想像，當父親得知姑母的背叛，陷入眾叛親離之地，被迫黯然出降時，是怎樣的心境。

以父親的驕傲，寧願一死也不甘受辱，然而他若真的自盡，便是毀了家族的清譽。無論如何憤怒絕望，他都必須活著，並依然保有宰輔的虛銜，坐在那個尷尬無力的位置上，接受旁人善意的憐憫和惡毒的嘲笑——

這才是對他最殘忍的懲罰。

十月初五，大吉，新君登基大典在太華殿舉行。

嗣皇帝朝服出東宮，御仗前導，車駕相從，王公百官齊集太和門外跪迎。

喪中罷禮樂，階下鳴鞭三響，禮部尚書奉冊跪進，豫章王蕭綦、鎮國公王藺、允德侯顧雍率眾行三跪九叩大禮。

吉鐘長鳴，丹墀之下，百官俯首。

新君登基，下詔尊皇后王氏為皇太后，冊封太子嫡妃為皇后。

舉行新皇登基大典的時候，我和母親都在京郊行苑湯泉宮休養，玉秀剛剛傷好，也不顧一切跟來侍候我。

母親經此一事，也病了好些時日。

皇上駕崩、父親逼宮再加上我的意外，令母親再也承受不了這諸多打擊，躲在府中終日哭泣。而我自小產之後，終日纏綿病榻，身子時好時壞，每晚都會從惡夢中驚醒。太醫說若不能清心靜養，再多靈藥也是無用……

我知道隨同母親一起去往湯泉宮，又是一次懦弱的逃避，如同昔年遠避暉州。但我實在是累了，身心俱疲，既擔憂母親的病況，更厭憎了每日身陷紛爭之中，留在京中多一日都覺得透不過氣來。

啟程那日，蕭綦擱下繁雜事務，親自護送我們到湯泉宮，離去時再三叮囑，百般掛慮。置身行宮之中，遠離紛爭恩怨，時光彷彿也沉寂下來。

每日我只是和母親品茗下棋，閒話家常，說起幼年的趣事……我甚至重新開始向母親學習最生疏的女工。那些悲傷的事，我們都絕口不再提起。

父親和哥哥時常來看我們，父親還曾小住過幾日，但母親始終待他淡漠如路人。

蕭綦每次都是匆促來去，看得出他的忙碌和疲憊。但只要來到行宮，他總是不帶侍從，也不許任何人向他稟報政事。他讓太醫每隔三天向他匯報我的病況，卻從不催問我什麼時候回府。

新皇登基之後，太后抱病幽居在永安宮，父親依然位極人臣，卻從此稱病在家，深居簡出，哥哥也加封為江夏郡王，領尚書事。

王氏依然維持著表面的風光榮耀，甚至權位更高。然而禁軍已被蕭綦逐漸控制，父親遍植朝中的門生親信，或被削職罷權，或轉投蕭綦手下，親族子弟也唯恐受到牽連，無不人心惶惶，謹言慎行……領袖群倫近兩百年的豪族世家，遭逢諸王叛亂以來最大的挫折。

王氏的慘敗，讓所有世家都陷入了恐慌。豫章王一掃左右二相分庭抗禮的格局，隻手獨攬大權，令寒族官吏與軍中武人大為振奮。

即便遠在行苑，我仍聽到了各種風言風語。

有人說，王氏將會從此一蹶不振；也有人說豫章王根基尚淺，或許王氏還有翻身之機，畢竟皇上有王氏一半的血統，太后也出身王氏；還有人說，豫章王妃也是王氏女子，一日有她在，豫章王就不會對王氏斬盡殺絕。

雖說有皇上與太后，但許多人都知道，太后已沒有能力影響朝政，皇上更是豫章王手中傀儡。

我被視為王氏與權力巔峰最後的維繫。

關於我的傳言，京中早已經是沸沸揚揚。有人說蕭綦與王氏的聯姻已經毫無價值，王妃即將被廢；有人說王妃失寵，已被豫章王冷落多時；也有人說其實豫章王夫婦鶼鰈情深……更多人相信，我沒有出現在登基大典，在最微妙的時候離開京城，必然是不好的預兆。

我很小的時候，就已懂得宮闈朝堂的炎涼冷暖，權力鬥爭中失勢的家族，不論曾如何風光，也會立刻淪落到萬人踩踏的地步。

蕭綦沒有給過我任何允諾，但我明白，他已竭盡所能維護我的親人。

深秋遍地黃葉的時候，太醫說我已漸漸恢復，而我也終於決定，回去面對我需承擔的一切。

黃昏時分抵達王府，更衣安頓完畢，蕭綦還未回來。

我開始不耐，身在房中，卻一直留意著門外的動靜，每次有腳步聲靠近，都驚起一絲欣喜，卻又總是失望。我暗暗覺得自己好笑，分開的時候不覺相思，眼下卻望穿秋水……恍惚間，再一次聽見了熟悉的步履聲，這次再不會錯，是他回來了。

我扔下手上的書卷，來不及披上外袍，便匆匆朝門外奔去。侍女們慌忙追上來，旋即紛紛朝門口跪倒。

門開處，蕭綦高冠王袍，廣袖無風自拂，正疾步踏進門來，儼然龍行虎步，已有王者之風。我怔怔地駐足望著他，短短時日之隔，卻覺他又有了些許變化。

「阿嫵。」他輕聲喚我，目光有一剎那的迷濛。

眾目睽睽之下，我投入他懷抱，再沒有半分端淑儀態。

他一語不發將我抱起，直入內室，至無人處陡然狂熱地吻我，從額頭、眉梢、臉頰至頸項……最後是脣舌間久久的痴纏不捨。

宮燈搖曳，琉璃光轉，我與他四目相對，時光彷彿也在這一刻沉入永恆的迷醉中去。

誰也不捨得開口驚擾了此刻靜好，他下巴輕輕抵著我的額頭，雙目微闔，低低嘆息：「曾以為妳怨恨我，以為會就此失去妳。」

我抬眸靜靜地笑，望進他深邃眼底。

「於是我想，若阿嫵肯再原諒，從此她要什麼我便給她什麼，只要她好好的……」他說不下去，眼底似有失而復得的狂喜，又似有瀕臨絕望的後怕，平素刀鋒般的一個人，此刻亦變得柔軟脆弱。

我靠在他溫暖懷抱中，闔目微笑，身經離亂方知珍惜。

如今還要什麼呢，還有什麼是我不曾得到，不曾失去？世上至美至醜，最珍貴最可悲，我都得到過也失去過了。

金枝玉葉，名門世家，一切浮華散盡之後，握在掌心的卻是一個情字，父母親情、兄妹之情，還有他這一份不離不棄的真情。原以為最牢固的偏偏不堪一擊，本該是最脆弱的，卻猶在手中。

就在我回京三日後，宮中迎來喜事，謝皇后誕下一名瘦弱的男嬰，為當今聖上生下第一個嫡皇子。

浩劫之後的宮廷，因這個新生命的到來，再度恢復了喜氣和活力，綿亙許久的陰霾似乎也漸漸散開。依制，諸命婦及三品以上臣工家眷當在三日後入宮，朝賀小皇子誕生。

然而宮中很快傳出消息，皇后病倒，小皇子也十分孱弱，太醫走馬燈一般出入昭陽殿……直到五天之後，才宣召諸命婦入宮朝賀。

是日，我和允德侯夫人率諸命婦入覲。

遙遙望見歷代皇后寢居的中宮，踏上自幼熟悉的昭陽殿，姑母在此度過了三十餘年的地方……這沉默的宮門，送走了前一位主人，又迎來新一朝皇后。如果這些雕梁畫棟，也能看能聽能思，不知它們又會記住些什麼。

數十名朝服盛裝的宮妃命婦已經齊集殿外，顧老夫人也已到了，諸命婦全都在此等候我一人。遠遠望見我的車駕到了，宮監一聲唱報，眾人齊齊禁聲。

侍女掀簾，我迎著眾人目光，緩緩起身，步下鸞車。探詢、好奇、嘲諷、忌憚……一道道複雜的目光深深淺淺地落在我臉上。

我微揚下頷，目不斜視，步履從容地走過，所經之處，公侯正室及二品以下的內命婦，皆斂襟低眉，俯首行禮，恭然退到一旁。

然而出來的只是中宮女官，代皇后接受了朝賀，稱皇后臥病在床，小皇子也沒有抱出來與眾人相見。

諸命婦面面相覷，只得朝賀、獻禮、頌吉，一應如儀，昭陽殿上全沒有預想中的喜氣熱鬧，反而籠罩著無法言喻的沉悶低抑。

眾人依序退出，忽聽殿前女官道：「豫章王妃請留步，皇后宣王妃入見。」

我隨她步入內殿，剛踏入層層垂幔，便聽見一聲細弱呼喚自丹鳳朝陽屏風後傳來。

「阿嫵，阿嫵！」素衣散髮的宛如姊姊被宮女攙扶著迎出來，數月不見，她竟單薄蒼白得似一片無依枯葉，彷彿隨時會被風颳走。我慌忙上前攙扶，還未觸到她衣袖，她竟直直朝我跪下，長髮委地，面色慘白如紙，抓住我的手。「阿嫵，求妳救我的孩子！」

「皇后！」我一驚之下，攙住她手臂，卻扶不動她。她身子瑟瑟發抖，淚水滾落。

「求妳救他，救救小皇子，他們就要害死他了！沒有人信我，皇上也不相信……阿嫵，我求妳！救救孩子，別讓人害死他……」

「不會的，沒有人敢加害小皇子，妳看，孩子不是好好的嗎？」我一時無措，只得俯身摟住她，一面柔聲勸慰，一面示意女官把孩子抱過來。

方才在外殿未能細看，這時接過那明黃錦緞包裹的小小襁褓，那麼小，那麼軟，我手上一沉，心底隱隱作痛，竟不忍看那孩子的面容。

恰在此時，孩子哇的一聲哭起來，嗓子細弱，竟比一隻小貓的叫聲強不了多少。宛如姊姊接過孩子拍哄，孩子反而哭得更加厲害，一張小臉漲紅，小嘴竟有些發青了。

我大急，不由自主地伸手去抱孩子，宛如陡然抬頭，厲聲道：「不許碰他！」她警戒地瞪著我，疾步後退，神色瞬間變得凶狠。

我無奈地退開，離她遠些，柔聲百般哄勸。她驚疑不定地望了我半晌，總算漸漸平靜下來，身子仍在顫抖，淚眼婆娑，一直緊緊地摟著懷中嬰兒。

我忙傳召太醫，又喚來中宮女官責問。內侍女官也慌亂無措，只說自從小皇子病後，皇后就變得疑神疑鬼，不許任何人將小皇子抱走，也不許外人靠近小皇子。

小皇子從前夜開始，一直哭鬧不休，吃過太醫開出的藥劑也不見好，夜裡反而哭得越發厲害。

女官遲遲疑疑地說：「皇后一直說，有人要加害小皇子……」

我心頭一緊。「這話皇上可知道？」

女官忙道：「陛下知道，只是……只是說皇后憂慮過度，不可胡說。」

原來前天夜裡，宛如姊姊突發惡夢，夢見有人行刺小皇子，醒來便聽見小皇子大哭不休，從此就疑心有人要加害孩子。這話自然是無人相信的，連太醫也說小皇子一切安康，只是新生嬰兒難免孱弱。

宛如姊姊親口將那惡夢告訴我，一臉悽惶地求我相信她……望著她憔悴容顏，我只覺心酸無奈。

她小心翼翼將那小小襁褓遞給我。「阿嫵，妳抱抱他吧，他很乖的……輕些，別嚇著他。」

初生嬰兒竟是如此嬌嫩，眉目依稀可見他父母的影子，小小的手腳臉蛋讓我不敢觸碰。他躺在我懷中，已經沒有什麼力氣哭鬧，卻皺著一張小臉哽咽不已，彷彿受了極大的委屈。

我不知不覺落下淚來，心口莫名牽動，萬般疼惜歉疚，恨不得付出任何代價去減輕他的難過。這一刻，我開始明白宛如的感受，原來這就是母親的心……她至少還有機會為這孩子心痛擔憂，而我連這樣的機會都不曾有過。

太醫很快趕到，為小皇子診視之後，面色惶惑，沉吟半晌，只說小皇子並無大礙，只是體質太過羸弱，怕是先天不足。

皇后一再追問，他又惴惴說道：「微臣貿然揣測，小皇子似乎有受到驚嚇的跡象……」太醫說完此話，俯地不敢抬頭，我與宛如姊姊相顧失色。

昭陽殿裡都是皇后的心腹宮人，終日有宮女和奶娘小心翼翼侍候著小皇子，未曾有外人接近過他。若說孩子受到驚嚇，實在讓人難以相信。

「難道是咒魘！」宛如姊姊脫口驚叫。

「咒魘」二字一出，令我也變了臉色。宮中每個人都知道「咒魘」意味著怎樣嚴重的後果。

皇后當即下令徹查後宮，掘地三尺，將每位妃嬪宮中女官都收押訊問，但有可疑之處，一律上刑。

我仔細查問了小皇子身邊的每一個人，卻不見可疑之處，從奶娘到宮女都是宛如姊姊身邊多年的舊人，尤其兩名老嬤嬤更是昔年謝貴妃身邊心腹舊人，在宛如入主東宮成為太子妃之後，被謝貴妃送到她身邊服侍，算是她娘家的親信故舊……

我踱步窗下，驀然頓住，謝貴妃清雅身影浮現在眼前，恍如不食煙火氣的仙子，漸漸卻化作另一個面貌相似的影子，青衫廣袖，淡定依然。已經許久不曾想起那個人，此刻他的身影驀然浮現，卻令我指尖漸漸泛起涼意。

「慧言。」我低聲喚來護衛侍女之首的尹慧言。「妳從今晚開始扮作侍衛，留在昭陽殿中，不可露了行跡……仔細留意小皇子身邊的人，尤其是兩位嬤嬤。」

離宮返回王府，一路上我都心緒不寧，後悔留下慧言在宮中，害怕她真的查到什麼，害怕那是我最不願意看到的結果。

我在書房門口駐足片刻，斂定紛亂思緒，這才推門而入。蕭綦正伏案低頭，專注批閱案上小山般的文牘，抬頭見了我，深蹙的眉間才舒展開來。我將小皇子的事擇簡要略說與他聽，只略去了留下慧言一節，也不提那兩個嬤嬤。

蕭綦靜靜聽了，目光深淺莫測，只淡淡道：「小皇子倒也叫人擔憂。」

我嘆息道：「你還沒見到那孩子，瘦瘦小小的一個人兒，實在可憐……投生在皇家，也不知是他的幸或不幸。」

蕭綦沉默，我知道失言觸及了他心中隱痛，也緘口說不下去。他攬住我，眸色溫柔憐惜，無須言語已盡知彼此的心意。

用過晚膳，他如平日一般守著我喝藥，非要看著我喝完才滿意。

這藥十分苦澀難喝，每次我都忍不住抱怨，卻總賴不過去。今晚侍女剛奉上藥，便有人來通稟什麼事情，我趁他不備，悄悄將藥汁傾入花盆。還未來得及藏好剩下的藥渣，蕭綦已經邁回房中，堪堪撞上我倒藥。

我自知心虛，吐舌笑道：「這藥太難喝，太醫都說我已經大好，以後就不用喝了吧！」

「不行。」他面無表情，轉頭吩咐侍女：「再去煎一碗來。」

見他竟如此嚴肅當真，我有些不悅，索性倔強道：「我說不喝便是不喝！」

「不行！」他越發板起臉來。

我脫口道：「我又不是小孩子，不要你管！」

他猛然拽過我，俯身狠狠吻下來，越吻越深，久久攫住我雙脣，直至我酥軟下來，無力掙扎。

「不要我管？」他似笑非笑地望著我，眼中猶有餘怒。「哪怕到妳七、八十歲，這一輩子我都管定了。」

我一時啼笑皆非，心中卻甜蜜無比。侍女再端上藥來，我也只好喝完，卻忍不住問道：「這藥到底有什麼要緊，非得天天喝？」

蕭綦笑了一笑。「只是滋補而已，妳身子太弱，除非養到白白胖胖，否則每日都得喝。」

我哀叫：「你想折磨死我！」

傷情

一連多日過去，慧言並沒有發現什麼，我亦開始覺得自己疑心太重，或許小皇子真的只是先天不足。

然而宛如姊姊卻一直不依不饒地清查六宮，弄得宮中人心惶惶，幾名寵妃紛紛向皇上哭訴，皇上也無可奈何。

這日回家中探望父親，還未離開鎮國公府，便有人匆匆來報，說皇后正大鬧乾元殿，逼著皇上處死衛妃。

等我趕到乾元殿，才知起因是衛妃對皇后含怨，私下說了一句「小嬰孩本就孱弱，夭折了也不是什麼新鮮事，偏她這麼大驚小怪」——這話被人告發，皇后怒不可遏，認定是衛妃詛咒了小皇子。

皇上一向寵愛衛妃，聞知此話也只是輕責了幾句，更激怒了皇后，勢必殺了衛妃才肯甘休。

宛如姊姊狂怒得失了常態，所有人都拿她無可奈何，直待我趕到，才勉強勸住了她。皇上為了息事寧人，也將衛妃暫時禁足冷宮。
好不容易將皇后勸回了昭陽殿去，我和皇上相對苦笑，一起坐在高大空寂的乾元殿上嘆氣。
「皇上——」
我剛開口，他卻打斷我。「又沒旁人在，叫什麼皇上王妃的，還跟從前一樣叫吧！」
從前，我是叫他子隆哥哥——倏地多年，我們已很久不曾這樣坐下來好好說話了。他好像終於逮到一個可以說話的人，開始喋喋不休地對我訴苦，不停地抱怨做皇帝的煩悶無趣。
眼下他剛剛即位，朝中諸事未寧，江南叛軍還來不及出兵清剿，宮中卻又鬧得雞犬不寧。
我心不在焉地支頤聽著，心裡卻在想著，你這皇帝只不過做做樣子，國事大半都在蕭綦肩上壓著，未聽他說過一個累字，你倒抱怨不休了……
「阿嫵！」皇上突然重重地吼了一聲，驚得我一愣，脫口應道：「幹麼？」
「妳有沒有在聽我說話？」他瞪住我，一臉不悅。
我怔了怔，支吾道：「在聽啊，剛才說到御史整日煩你是嗎？」
他不說話了，定定地看了我半晌，一反常態沒有抱怨，神色卻黯淡下去。「算了，改天再說……妳退下吧。」

我也有些疲憊了，一時無話可說，起身行禮告退。

退至殿門轉身，卻聽他在身後低低道：「剛才朕說，要是不長大該有多好。」

我駐足回頭，見那年輕的帝王孤零零坐在大殿上，聳塌著肩頭，明黃龍袍越發映得他神情頹喪，像個沒有人理睬的孩子。

就在我打算召回慧言的時候，她終於查出了昭陽殿裡「咒魘」的真相。

宛如的直覺果然沒有錯，那大概就是所謂母子連心，而我的多疑也被證實是對的——正是宛如身邊相伴最久的兩個嬤嬤，趁夜裡奶娘和宮女睡著，突然驚嚇小皇子，反覆引他號哭不休，長時間不能安睡，便自然而然地委頓虛弱下去。

難怪查遍小皇子的飲食衣物都不見異常，誰能想到折磨一個小嬰兒最簡單的法子竟是不讓他睡覺。可憐小皇子多日以來竟不曾安睡過一宿！

我驚駭於她們竟能想出這樣隱祕奇巧的法子，完全不露痕跡，連慧言也窺探多日才瞧出端倪，更想不到兩個年老慈和的嬤嬤會有如此歹毒的心腸。

在祕刑逼供之下，兩個嬤嬤終於招認。她們自始至終都是謝貴妃的人，當年被送到東宮侍候太子妃，便是謝貴妃為日後設下的棋子。

在姑母的鐵腕之下，謝貴妃無力與之相抗，便在姪女身上下足工夫，從而抓住姑母唯一的軟肋——太子。

謝貴妃沒能完成這番部署，便病逝了，兩名嬤嬤留在東宮，依然時刻想著幫三皇子奪回皇位。

太子身邊無法下手，她們便一心斷絕皇家後嗣，只要太子無後，皇位終還要落回子澹手中。早年東宮姬妾大多沒有子女，曾有一個男嬰也夭折了，能平安長大的都是女孩。如今想來，只怕全是她們從中動了手腳。

謝貴妃，那個婉約如淡墨畫出的女子，至死都隱忍無爭的女子……竟用心如此之深。

我漸漸明白過來，假如謝貴妃果真沒有一點兒心機手段，又豈能在姑母的鐵腕之下立足不敗，恩寵多年不衰。

或許這深宮之中，從沒有一個人是乾淨的，抑或乾淨的人都已如子澹一般，被貶入不見天日之處，甚至如更多無名冤魂，永遠消失在宮牆之後。

不寒而慄之餘，我仍覺慶幸，這幕後的主謀不是子澹——若連他也捲入這血腥黑暗的紛爭，才是最令我恐懼的事情。

受此真相刺激最深的人，卻是宛如——最殘酷的陰謀和背叛，來自她嫡親的姑媽和身邊最親信的宮人。

兩名嬤嬤當即被杖斃，而此事的幕後主使者一旦供出是謝貴妃，必然連累子澹和整個謝家。宛如再三掙扎，終於忍下對子澹母子的憤恨，推出衛妃作為替罪羊，賜她自縊。

我一手找出真相，保護了小皇子，又一手隱瞞真相以保護子澹，而這背後卻是另一個無辜女子的性命被斷送。

翻手是生，覆手是死，救人與殺人都是我這一雙手——或許哥哥說得對，我的確越來越像蕭綦。

自此之後，宛如姊姊也終於變了，變得越來越像一個皇后。

她開始鐵腕整肅後宮，妃嬪稍有獲寵，便遭她貶斥。普通宮人被皇上召去侍寢，次日必被她賜藥。皇上與她的爭執怨隙越發厲害，幾番鬧到要廢后……謝皇后善妒失德的名聲很快傳遍朝中。

又到一年元宵，宮中開始籌備元宵夜宴，而蕭綦卻在準備討伐江南叛軍。

這日我們一同入宮，他去御書房決議南征大事，而我去昭陽殿商議宮宴的瑣事。

方一踏入殿內，便看見一名女子跪在殿上，被左右宮人強逼著喝下一碗湯藥。謝皇后冷眼坐在一旁，面無表情地看著她喝。

次。

我雖早就知道宛如整治後宮的手腕嚴酷，但親眼見她逼侍寢的宮人喝藥卻是第一次。

見我怔在殿前，宛如淡淡笑著，起身迎上來。那女子猛地掙脫左右宮人，將藥碗打翻在地，撲在皇后腳下苦苦哀求。宛如看也不看一眼，拂袖令人拖走那女子。

那藥汁在地上蜿蜒流淌，殿上隱隱有一股辛澀藥味……這藥味，竟異常的熟悉。宛如同我說話，我只怔怔地看著她的面容，腦中一片空白，卻不知她在說些什麼。

「阿嫵？」她詫異地喚我。「妳怎麼了，臉色為何這般蒼白，是不是方才被那婢子驚嚇到了？」

我勉強一笑，推說一時不適，匆匆告退。

離開昭陽殿，也不及等待蕭綦，我一路心神恍惚地回府。

從前曾問過府中醫侍，都只說我每日所服的湯藥是尋常滋補之物，我也從未多想。然而今日在宮中聞到那種藥的辛澀氣味，竟和我每日服用的湯藥一模一樣，這種味道我絕不會記錯。

房門外步履聲急，蕭綦匆匆步入內室，人未到，聲已至：「阿嫵——」

我回轉身看他，他額上有微汗，看似走得甚急。「皇后說妳忽覺不適，究竟怎麼了，可有傳太醫來瞧過？」

「也沒什麼大礙。」我淡淡地笑，轉頭看向案上的那碗藥。「剛叫人煎好了藥，服下就沒事了。」

蕭綦看也不看那藥一眼，立即道：「這藥不行，來人，傳太醫！」

「這藥怎麼不行？」我望著他，依然微笑。「這不是每日不可間斷的良藥嗎？」

蕭綦一下頓住，定定地看著我，目光微微變了。

看到他如此神色，我已明白了七、八分，心下反而平靜無波，只端起那碗藥來看了看。「果真是嗎？」

他沒有回答，雙唇緊繃似一片鋒利的薄刃。

我笑著舉起藥碗，鬆手，任它跌落地面，藥汁四濺，瓷盞摔作粉碎。我開始笑，從心裡覺得這一切如此可笑，笑得無法自抑，笑得全身顫抖。

蕭綦開口喚我，似乎說了什麼，我卻聽不清，耳中只聽見自己的笑聲……

他陡然將我拽入懷抱，用力抱緊我。我如溺水般掙扎，絕望到極點，不願讓他再觸碰我半分。無論我怎樣踢打，他都不肯放手。掙扎間釵環零落，長髮散亂下來，絲絲縷縷在他胸前繚繞，恍如愛恨嗔痴，怎麼也逃不過命中這一場沉淪。

我再也沒有了力氣，軟倒在他臂彎，似一只了無生氣的布偶。絲絲的寒意從肌膚襲來，彷彿有無數隻冰冷的觸手，密密在心底滋生蔓延，將周身爬滿，纏繞得不見天日，剩下心底一片空洞。沒有憤怒，沒有悲傷，什麼都沒有，只有空落落的死寂。

原來，他給我服的是這種藥。

他不肯讓我再擁有他的子嗣，不肯讓他的後代身上流有王氏的血，不肯讓我的家族再有機會成為「外戚」。

什麼鶼鰈情深，什麼生死相隨，終敵不過那巔峰之上最耀眼動人的權勢。

他仍在一聲聲喚我，神色惶急，嘴脣開合，彷彿說了許多許多，我卻一個字也聽不見，陡然覺得天地間安靜了，周遭一切都蒙上了灰沉沉的顏色。他的面容在我眼裡忽遠忽近，漸漸模糊……

恍惚感覺到他的懷抱和體溫，聽到他一聲聲低喚。

可是我不想醒來，不想再睜開眼睛。又有藥汁餵進口中，苦中回甘……藥，我陡然一顫，不由自主地掙扎，卻被一雙手臂禁錮得不能動彈，任由藥汁一點點灌入口中，毫無反抗的餘地。我終於放棄掙扎，淚水卻從眼角滑落。

他放下藥碗，輕拭我脣邊殘留的藥汁，舉止輕柔仔細。

我睜眼看他，微微一笑，聲音輕若遊絲：「現在王爺滿意了？」

他的手僵在我脣邊，凝目定定地看著我。

我笑道：「你不想要王氏血脈的子嗣，只需一紙休書，另娶個身分清白的女子便是，何必如此大費周章！」

他瞳孔驟然收縮，森森寒意如針，難掩傷痛。「我在妳的眼中，真是如此不堪之人？」

我還是笑。「王爺是蓋世英雄，是我一廂情願，以終身相託的良人。」

「阿嫵，住口！」他握緊了拳，久久凝視著我，眉目間的寒霜漸漸化作慘淡。「在這世間，我只有妳一個至親至愛之人，如今連妳也視我如仇敵。」

他的聲音沙啞得怕人，我亦痛徹心扉。

還能說什麼，一切已經太晚，這一生愛恨痴纏，俱已成灰。

母親從湯泉行宮回京，連家門也不入，便直接住進了慈安寺。這一次我明白她是真的心如死灰了……心如死灰，這滋味我如今也知道了。

紫竹別院，冬日靄色將青瓦修竹、白牆衰草盡染上淡淡淒清。

我與母親對坐在廊下，於嫋嫋茶香中，聽見遠處經堂傳來梵音低唱，一時間心中空明，萬千俗事都化作雲煙散去。

母親撚著佛珠，幽幽嘆了一聲：「我天天都在佛前為你們兄妹祈福，如今阿夙知事許多，我也不必掛心他，唯獨對妳放心不下。」

眼見天色不早，而母親又要開始嘮叨，我忙起身告辭。母親卻又留我一起在寺中用過素齋再走，我著實討厭這寺中齋菜的口味，只得苦笑著推託。

徐姑姑接過話頭笑道：「必是有人在府裡等著王妃吧，都說豫章王夫婦鶼鰈情深，今日看來果真是濃情似蜜，依奴婢看啊，公主還是不要挽留的好。」

母親與她相視而笑，我亦只得淺笑不語，心中卻陣陣刺痛。

在旁人眼裡，我與蕭綦依然是伉儷情深，然而我又怎麼忍心讓母親知曉個中苦楚——自那日之後，他便搬去書房，不再與我同宿，整日早出晚歸，同在一處屋簷下，竟數日不曾碰面。

我不去見他，他也不來看我。想起寧朔初遇的時候，我們也曾各自矜傲，最終是他低了頭……一時間，鼻端微微酸澀，竟險些在母親面前失態。

辭別了母親，徐姑姑一路送我出來，叮嚀了些家常閒話，卻幾番欲言又止。

我朝她笑了一笑。「徐姑姑，妳怎麼也學著母親那般脾氣了，往日妳是最不愛嘮叨的。」

徐姑姑望著我，眼中淚光閃動，朝我俯下身去。「老奴有幾句話，自知冒昧，卻不能不斗膽說與王妃知道！」

我忙扶起她，被她一反常態的鄭重模樣驚住。「徐姑姑，妳看著我自幼長大，雖有身分之別，但我向來視妳如尊長，若有什麼話，但說無妨。」

她抬起頭來，目光幽幽。「這數十年，老奴親眼看著公主和相爺的前車之鑑，這世間最不易長久的便是『恩愛』二字。如今王妃與王爺兩情正濃，只怕未將子嗣之慮放在心上。老奴卻憂心日後，假若王妃的身子無法復原，當真不能生育……王爺遲早會有庶出子女，屆時母憑子貴，難免又是一個韓氏！王妃不可不早作打算，防備在先！」

她的一番話聽在我耳中，深冬時節的山寺，越發冷如冰窖。

我猝然轉頭，胸口急劇起伏，竭力抑止驚濤駭浪般的心緒，半晌才能穩住語聲。「什麼無法復原，妳說清楚一些？」

徐姑姑啞然怔住，望著我不知如何回答。

我再也抑止不了語聲的顫抖：「不能生育，又是怎麼回事？」

徐姑姑臉色變了又變，語聲艱澀：「王妃……妳……」

「我怎樣，你們究竟瞞著我什麼？」我直視她，心頭漸漸揪緊，似乎有什麼事情是所有人都知道，唯獨我被蒙在鼓裡。

徐姑姑陡然掩住口，滿面悔恨，哽咽道：「老奴該死！老奴多嘴！」

「既然已經說了，不妨說個明白。」我笑了，止不住滿心辛酸，卻仍想笑，想知道究竟還有多少不堪的隱祕。

徐姑姑雙膝一屈，直跪了下去。只聽她語含哽咽，一句話斷斷續續說來，卻似晴空霹靂，剎那間令我失魂落魄，僵在了原地——她說：「當日王妃小產之後血崩，性命垂危，雖經太醫全力施治，僥倖脫險，卻已落下病根。往後若再有身孕，非但極難保住，且一旦再次小產，只怕便是大劫。」

我竟不知道是怎樣渾渾噩噩回到了王府。

萬千個念頭紛湧起伏，心中卻是一片空茫，反而沒有了喜悲。一面是噩耗突至，一面是絕處逢生——對於生兒育女之事我雖依然懵懂，卻也懂得不能生育對一個女子意味著什麼。

蕭綦早已知道，可他竟不肯告訴我真相。難道他以為可以一輩子瞞下去，讓我一輩子不知道，就不會傷心難過了嗎……他竟然這樣傻，傻到每日強顏歡笑哄我喝藥，傻到被我誤會也不肯解釋……

回想當時，我對他說了什麼？那些話，此時想來才覺句句椎心，傷人透骨，將他一片苦心碾作粉碎。他視我為至親至愛之人，以一片真心相與，本該共患難之際，我卻沒有給他全部的信任。

不知何時我已淚流滿面。

車駕到府，天色已黑了，我顧不得臉上淚痕未乾，形容狼狽，徑直往書房奔去，心中只想著他會不會還在惱我，會不會原諒我的愚蠢……甫一轉入後廊，迎面卻見一名宮裝女子迎了上來，綠鬢纖腰，明眸皓齒，叫人眼前一亮。

我怔住，凝眸看去才認出是玉秀，如今的顯義夫人蕭玉岫。她換了這身穿戴，恍若脫胎換骨一般，令我既驚又喜。「玉岫，竟然是妳！」

她羞赧低頭，悄聲道：「宋……將軍剛回京，今日入宮謝了恩，便一同來拜謝王爺和王妃。」

我恍然，她受封賜嫁懷恩之後正逢宮變，其後又是連番變故，一直未得機會入宮謝恩。

我臥病之時，恰是京中局勢最為微妙之際，宋懷恩奉命趕赴辛夷塢，督視子澹，防範謝氏與皇族的異動。如今諸事安定下來，國喪已過，懷恩也回京覆命，看來他們的婚期也該近了。

我忙向她道賀，羞得她粉腮飛霞。眼見這一雙璧人將結連理，我滿心的淒傷不覺也緩了過來，略有些暖意。

玉岫說懷恩正與蕭綦在書房議事，她不便入內，只好來這裡候著我。她含羞說起懷恩如何如何，小女兒嬌態盡顯無遺。

我含笑與她相偕而行，卻聽她說：「他此次回來，又帶了蘭花給我，這次的花兒更好看呢，不過葉條被折壞了，他也真是粗心。」

我驀然失驚，心下急跳，明白定是子澹有事了——想來他藉玉岫向我傳話已有兩日，而我連日抑鬱心煩，避不見客，玉岫又不懂得個中奧妙，竟誤了如此大事。

直待宋懷恩前來見我，屏退了玉岫和左右侍從，他才將始末道來——數日前有舊黨餘孽突襲辛夷塢，意欲劫走子澹，雖未得手，卻引起蕭綦和皇上的震怒，蕭綦下令嚴查，加派重兵看守，並將子澹監禁了起來。

我鬆了口氣，至少知道子澹並沒有性命之憂，只是想不到忠於先皇的舊黨如此頑固，至今仍想奪回皇位。怕是他們非但奪不回皇位，反而會將子澹逼入更危險的境地。

送走了宋懷恩，我忐忑沉吟良久，不覺來到書房門外，卻遲疑不能近前……如今恰逢異動，子澹被捲入是非之中，我若在這個時候去向蕭綦解釋言和，他會不會以為我另有目的？原本心結未解，若再火上澆油，只怕說什麼都再難讓他相信了。

一時間百般躊躇，我在廊下徘徊良久，遠遠看著他的身影被燭光映在窗上，忽明忽暗，終究沒有信心邁進門去……直至夜闌人靜，燈燭熄滅。

我怔怔半晌，無奈轉身而去。

徹夜輾轉難眠，一早天還未亮我便醒來，再無睡意。想來蕭綦大約也該起身上朝了，我披衣而起，略略梳洗，素顏散髮步出房門。

深冬時節的清晨，有薄霧霜氣瀰漫在庭前廊下，披了銀狐深絨披風仍覺寒意撲面，呵氣成霜，只怕再過幾日便要下雪了。

許久不曾這麼早起身，想起從前母親總會一早梳妝齊整，陪著父親用過早膳，再送他至府門。而我婚後三年都是獨居，習慣了疏懶貪睡的日子，蕭綦更是從不讓我早起。而今想來，我處處受他呵寵容讓，卻極少為他做過些什麼……

我才到庭前，就見蕭綦朝服王冠步出書房，面色冷肅，一大早就眉心微蹙，思慮沉沉。我駐足廊下，靜靜地望著他，並不出聲。他幾乎已經到了跟前，才驀然抬頭瞧見我。

他怔住，定定地看著我，眼底分明有暖意掠過，面上卻仍是不動聲色的淡漠。

「怎麼起得這樣早？」

我嘆了口氣，沒有回答，默默地走到他跟前，抬手撫上他的衣襟，上面有一道極淺的皺痕。我的手指緩緩撫過那蟠龍紋宮緞，掌心輕貼在他胸口。他一動不動地立著，沉默地看著我。我亦靜靜垂眸，掌心下感覺到他沉穩的心跳，心中陡然一酸，萬般惆悵只化作無聲嘆息。

他覆上我的手背，掌心溫暖，良久才低聲道：「外邊冷，快些回房去。」

這短短數語的溫存，令我眼底瞬間熱了，忙側過臉去，輕輕點了點頭。

他方一開口，卻聽侍從催促道：「王爺，時辰不早，上朝怕要遲了。」

我忙抽身，抬眸無奈一笑，輕聲道：「早些回來。」

他頷首，濃濃暖意湧上眼底，脣角隱有笑意，只伸手將我身上的披風裹緊，便匆匆轉身而去。

半日裡心心念念都在想著他，想著他下朝之後便會回府，我忙吩咐廚房預備午膳。

然而過了午時許久，遲遲不見他回府，我正等得百無聊賴，卻見侍女匆匆來報，說右衛將軍求見。

我一時驚詫，匆忙迎出正廳，卻見宋懷恩全身披甲，佩劍加身，大步直入。我駭然駐足，心中懸緊，脫口道：「出了何事，王爺呢？」

「王妃勿憂，王爺現在宮中，末將奉命保護王府與京中畿要，請王妃暫時不要離府！」宋懷恩沉聲回稟，滿面肅殺，示意我屏退左右。

我忙令左右退下，只見他踏前一步，低聲道：「兩個時辰前，皇上在宮中墜馬受傷。」

我們都低估了舊黨，儘管再三清洗宮禁，仍然有忠於先皇的舊人潛藏在了宮中。

今日早朝時皇上還是好好的，然而就在蕭綦下朝回府的路上，接獲宮中傳來的急訊——皇上墜馬，身受重傷。

西域進貢的颯露名馬剛剛送入宮中，皇上一下朝便興匆匆地去試馬。

左右宮人眼看著皇上策馬奔馳，越馳越快，起先誰也不曾發覺異樣，直到那馬突然驚嘶著衝出圍場，奮蹄狂奔，一路衝踏撞倒數名內侍，皇上大聲呼叫……左右還來不及圍截阻攔，卻見那驚馬驀然躍下高臺，將皇上從半空掀翻墜地……

一切都發生在瞬息之間。

此刻再聽宋懷恩複述當時情形，仍令我驚駭得全身冰涼，幾乎立足不穩。

蕭綦趕回宮中，立刻封閉了宮禁，調集禁軍鎮守宮門，將一干涉疑宮人監禁。

隨即，內禁衛發現一名馴馬的內侍已服毒自盡。

為防範叛黨趁亂起事，蕭綦命宋懷恩率領兵馬控制了京中緊要之地，並命他親自鎮守王府，嚴防叛黨行刺，更不許我踏出府門半步。

我在房裡坐立不安，心憂如焚，此時情勢詭異莫測，蕭綦在宮中不知是否有危險，也不知皇上傷勢如何……只怕蕭綦也預見不了情勢的變化，不知吉凶，所以強行將我禁足在府中，不准我貿然入宮。

無數可怕的念頭揮之不去，越想越是揪心。

即便千軍萬馬之中，我也習慣了他天神一樣的身影，相信他無所不能，戰無不勝，永遠都不會倒下。卻從來沒有想過，有朝一日他若陷入險境，又該如何。這麼久以來，我習慣了對他的依賴和索取，卻忽略了他也只是個凡人，給他的體諒、寬容和支持竟是如此地少。

正當心神恍惚激蕩之時，門外傳來倉促腳步聲。

我推門而出，卻見宋懷恩大步奔來。「王爺派人傳話，命王妃速速入宮！」

宮中四下戒備森嚴，每隔百餘步即有一隊禁軍巡邏，各處宮門都被禁軍封閉。眼下雖有山雨欲來之勢，卻無變亂之象，看來宮中情勢已在蕭綦掌控之中。

乾元殿前侍衛林立，醫官匆匆進出，斜陽餘暉將殿前玉階染上血一樣的顏色。偌大的殿上，一眾宮人內侍屏息斂氣，黑壓壓伏跪了一地，朝中重臣俱已到齊，連父親和臥病已久的顧老侯爺也在，哥哥亦垂手立於父親身後。

眾臣之前，蕭綦負手而立，面色冷峻，周身散出肅殺之氣。

一眼望見他的身影，我懸了半日的心終於落回實處，卻又立刻被殿上的森冷肅殺包圍，手足俱是冰涼。

我緩緩步入大殿，環顧滿殿的文武，卻只有我一個女子，每個人的目光都投注在我身上……我向蕭綦、父親和允德侯行禮，父親面色青白，一言不發；顧老侯爺被人攙扶著連連氣喘；蕭綦深深地凝視著我，神色莫測，語聲肅然：「皇后正在昭陽殿等候王妃。」

我一時愕然，怔怔道：「皇后召見妾身？」

蕭綦目光幽深，語意冰冷徹骨：「皇上已宣讀遺詔，幼主即位，後宮干政在所難免，特賜謝皇后殉節。」

我耳邊嗡的一聲，如聞霹靂，一口氣息哽在胸口，半晌緩不過來——子隆哥哥，數日前還在和我抱怨嘮叨，宛如還說要去慈安寺探望我母親，為小皇子祈福……小皇子，他還這麼小，還不會說話，沒有喚過一聲母親，便要永遠失去父母了……

「皇后要求見過豫章王妃，方肯殉節。」

蕭綦的聲音傳入我耳中，一時竟陌生而遙遠。我有些恍惚，身子隱隱發顫，一句話也說不出口。

蕭綦沉默地看著我，眉目間籠罩著一層淡淡陰影。我看著他，又望向父親，目光緩緩從滿殿重臣臉上掃過。

一旦小皇子即位，太后臨朝，謝氏便會再度成為外戚之首，更莫說謝氏手中還有子澹，還有效忠先皇，以子澹為正統的舊黨餘孽……假若謝家藉此翻身，宮闈朝堂很快又會再現血雨腥風，無論蕭綦還是父親，都不會允許這個局面出現。

宛如殉節，已成定局。

我腳下虛軟，竟要宮女攙扶，才能一步步踏上這昭陽殿。

宮燈初上，玉簾微動，有風從殿外直吹進來，嬰兒微弱的哭聲，一聲聲催人斷腸。

三尺白綾、金鞘銀刀、玉杯鴆酒——襯著明黃絲緞，一樣樣托在雕花金盤裡，帝王之家連死亡都來得如此華美堂皇，彷彿巨大的恩惠和慈悲。

白衣散髮的謝皇后懷抱著襁褓中的嬰兒，俯身親吻，久久流連不捨。我站在內殿門口，望見這慘烈的一幕，再沒有力氣踏進門去。

宛如回頭看見我，浮起一抹蒼白恍惚的笑容。「我等妳好久了。」

我緩步走近，什麼話也說不出，默默地望著她……眼前這無辜的女子就要被我的丈夫和父親逼上死路，而我非但不能阻攔，還要親自送她上路。

「孩子又哭了，妳哄一哄他吧。」宛如蹙眉嘆息，將那小小襁褓送到我懷中。

這可憐的孩子，生來就受盡磨難，曾經連御醫都以為他活不長了，誰知他竟然堅強地撐了過來。可是如今，他的爹娘卻要撇下他雙雙離去了。

我抱著孩子，驀然仰首，淚水卻仍奪眶而出，滴落在孩子臉上。他竟然真的止住哭泣，好奇地伸出小手，往我臉上探來，似乎想替我抹去淚水。

宛如笑了，臉上瞬間散發出淡淡光彩，恬美如昔，恍惚似回到她少女時候。「妳看，寶寶喜歡妳呢！」

我卻猝然轉頭，不忍再看。

「阿嫵。」宛如輕聲喚我，語聲無限溫柔。「往後妳要替我看著寶寶長大，替我教他說話識字，別讓人欺負了他……還有我的女兒，無論以後做皇帝、公主還是做草民，只要讓他們好好地活著，即使庸碌無為，也要長命百歲。」

她每說一句，便似一刀割在我身上。

她望著我，忽然偏頭一笑，恰如從前嬌憨模樣，眼中卻是無限淒涼。「妳要答應了我，我才肯答應他們殉節呢。」

我再支撐不住，雙膝一屈，重重地跪在她面前，顫聲道：「從今日起，他們便是我的孩子，我會庇護疼惜他們，視若親生骨肉，不叫他們受到半分委屈。」

「多謝妳，阿嫵。」宛如也跪了下來，含淚望著孩子，幽幽道：「大約這便是報應了，我害過的人不少，如今輪到自己……也好，都報應在我身上，別再讓孩子受罪。」

那孩子突然咿呀一聲，轉頭朝她看去，眼珠烏漆透亮，彷彿聽懂了母親的話。

宛如驀地站起，抽身退後數步，淒厲笑道：「帶他走！別讓他看見我上路！」

我咬牙抱緊了懷中的嬰兒，深深朝她俯拜下去，心中最後一次默默喚她——此去黃泉路遙，宛如姊姊，珍重。

我踏出昭陽殿，一步步走下玉階，身後傳來內侍尖細悠長的送駕聲：「皇后娘娘薨——」

我木然穿過殿閣，從昭陽殿到乾元殿，繁複拖曳的裙袂，一路逶迤過龍墀鳳階，錦羅窸窣有聲。

天地間一片蕭瑟，撲面而來的寒風捲起我臂間帔紗飛舞，風那樣冷，心那樣寒，只有懷中小小的人兒，給予我僅有的溫暖。

這個瑟縮在我懷中，小貓一樣脆弱的嬰兒，尚不知這悲苦多蹇的人生已經開始。

我緩緩踏進大殿，穿過所有人的目光，迎著蕭綦走去。他立在那九龍玉璧屏風前，廣袖峨冠，不怒而威，與這大殿彷彿融為一體，剎那間令我錯覺，以為他才是這裡的主人。

我抱著孩子望著他，緩緩俯下身去，垂首漠然道：「皇后薨了。」

一時間，殿上沉寂無聲。

「讓皇上看一看殿下吧。」沉寂在側的父親忽然低低開口，鬢髮微顫，一眼望去彷彿又蒼老了不少。

蕭綦沉默點頭，望向我懷中的嬰兒，冷峻眉目間似乎掠過一絲悲憫。

我默默穿過垂幔，抱著孩子走向那巨大的龍床，在榻邊跪下。「皇上，阿嫵帶著小殿下看您來了。」

床上氣息奄奄的年輕帝王發出一聲微弱嘆息，從榻邊垂下手來，艱難地招了招。

我靠近榻邊，將襁褓中的嬰兒送到他枕邊，看見他慘白的臉上，眼窩發青，嘴唇已褪盡了血色。他似乎說不出話來，眼珠定定地看著我，看了好一陣子，突然一眨眼，露出個古怪的笑容。

剎那間歲月倒流，依稀又見那個驕橫無禮的太子哥哥，總喜歡捉弄子澹和我，每次作惡得逞，便衝我們眨眼，露出促狹得意的笑容。

我的淚水奪眶而出，顫聲喚了他一聲：「子隆哥哥。」

他咧嘴笑了笑，還是那副漫不經心的憊懶模樣，瞳光漸散的眼裡竟又亮了亮。

我將孩子抱得近些，讓他看得清楚。「子隆哥哥你瞧，小殿下長得好像你，等他長大了，定是一個淘氣的小皇帝……」

我驟然哽咽得說不下去，他卻笑出聲，微弱地說出一句：「小可憐蟲。」

「馬兒跳下去時，像飛一樣……飛起來……」他斷斷續續開口，雖氣若遊絲，目光卻有了異樣的精神。

我頓時驚喜不已，以為他好起來了，轉頭急喚御醫，卻見他身子一僵，目光直勾勾地盯著頂上，臉上泛起亢奮的潮紅。「我飛起來，看見宮門，差一點兒就能飛……出去……」陡然間，他的聲音戛然而止，就這麼斷了。

乾元殿再一次掛起了素白玄黑的垂幔，昭示著又一位帝王的辭世。

時隔不到一年，宮中哀鐘長鳴，兩代帝王相繼駕崩。謝皇后追隨先帝，以身殉節，上尊諡為孝烈明貞皇后，隨葬帝陵。

一夜之間，帝后相繼崩逝。他們爭爭鬧鬧一生，在世時是怨侶，死後到那冷森森的皇陵之中，卻只得彼此相伴，再不分離。

當夜，永安宮再傳噩訊，太后驚聞噩耗，中風昏厥。

當我趕到時，姑母已經不會說話，只能木然地躺在床上，目光混沌呆滯，無論我說什麼她都不會回應了。

自宮變之後，她就閉門不出，再不願見人。

她恨我，更恨親生兒子對她的背叛。每次皇上踏入永安宮，必被她冷言冷語斥走，而我甚至連永安宮的殿門也不得踏入，只能遠遠地從殿外看她。

數月之間，她迅速老去，鬢旁白髮叢生，脊背佝僂，已全然成了垂垂老嫗……而今皇上駕崩，終於抽去了她最後的支撐，無異於致命一擊。

我一遍遍喚她，她卻只是怔怔地盯著沒有邊際的遠方，目光空茫，口中含含混混，不時念叨著幾個字。

沒有人聽懂她在重複說著什麼，只有我明白。她說的是，琴瑟在御，莫不靜好。

本朝開國以來從無皇后殉葬的先例，謝皇后的突然殉節震動了朝野上下。

值此危急關頭，蕭綦和父親放下舊怨，再度成為盟友。

蕭綦脅迫年邁庸碌的顧雍與其餘親貴重臣，逼令謝皇后殉節。父親一手封鎖了姑母中風的消息，外間只知太后悲痛過度而病倒。

皇后一死，年幼的小皇子只能交由太后撫育，一旦小皇子即位，太皇太后垂簾輔政，這便意味著王氏再度控制了皇室。

以宗室老臣和謝家為首的先皇舊黨，原以為可以黃雀在後，趁王氏被扳倒，蕭綦立足未穩，搶先下手除去了皇上，皇位自然便落到小皇子或是子澹的頭上。

他們以為手中握著皇后和子澹這兩枚籌碼，便是朝堂上不敗的贏家，卻不知那冰冷的長劍早已懸在他們頭頂，即便是皇后的頭顱也一樣斬下，沒有絲毫猶豫。

當日在先皇左右護駕不力的宮人，連同太僕寺駙馬的官吏僕從，都已下獄刑訊。

很快有人供出謀害先皇的主使者，正是一力擁戴子澹即位，身為宗室老臣之首的敬誠侯謝緯——弒君，罪及九族，曾經與王氏比肩的一代名門，就此從史冊抹去。

謝家的覆敗之下，我越發清楚地看見，世家高門的昔日風光再也掩蓋不住底下的殘破。有些人永遠停留在過往的輝煌裡，不肯正視眼前的風雨，或許這便是門閥世家的悲哀。

如今天下早已不是當年的天下，蕭綦和父親不同，他不是孔孟門人，他信的是成王敗寇而不是忠厚仁德……一將功成萬骨枯，或許終有一天，他會以手中長劍開闢一片全新的江山，踏著屍山血海重建一個鐵血皇朝。

面對當朝三大首輔、永安宮太后以及蕭綦手中重兵，原本搖擺不定、欲擁戴子澹即位的老臣，紛紛倒戈，稱小皇子即位乃是天經地義。

帝后大殤，天下舉哀。

宮中舊的白紗還來不及換下，又掛起了新的黑幔——帝后入葬皇陵之日，我駐足空蕩蕩的乾元殿上，已不會流淚。目睹一次又一次生離死別之後，我的心，終於變得足夠堅硬。

曾經垂髫同樂的子隆哥哥和宛如姊姊，終被沉入記憶的深淵，留在我心底的名字只不過是先帝和明貞皇后。

新皇登基大典相隔一月舉行。

大殿之上，金碧輝煌的巨大龍椅之後掛起了垂簾。宮女強行攙扶著太皇太后升殿垂簾，我抱著小皇帝，坐到了姑母身側。

蕭綦以攝政王之尊，立於丹墀之上，履劍上殿，見君不跪。群臣三跪九叩，山呼萬歲之聲響徹金殿。

或許那丹墀之下的每個人心中都在揣測，不知他們真正跪拜的，究竟是那小小嬰兒，還是那一人之下萬人之上的攝政王，不知誰才是這九重天闕真正的主宰。

我的目光穿過影影綽綽的垂簾，望向三步之遙的他。他玄黑朝服上赫然繡滿燦金九龍紋，王冠巍峨，佩劍華彰，垂目俯視丹墀之下的眾臣，輪廓鮮明的側臉上，隱現一絲睥睨眾生的微笑。他彷彿不經意間回首，目光卻穿透珠簾，迎上我的目光。

我知道他的劍下染過多少人的鮮血，也知道他腳下踏過多少人的骨骸，正如我的一雙手也不再潔淨。自古成王敗寇，這權力的巔峰上永遠有人倒下，永遠有人崛起。

此刻，我身處金殿之高，俯瞰腳下匍匐的眾生，而落敗的宛如和敬誠侯，卻已墜入黃泉之遙，淪為皇位的祭品。

我只能由衷地慶幸，此刻站在這裡的勝者是蕭綦，站在他身側的女子是我。

一切塵埃落定，京城陰冷的冬天也終於過去了。

為了照料小皇上，我不得不時常留在宮裡，整夜都陪伴在這孩子身邊。也許真的是母子連心，自宛如去後，這可憐的孩子好幾日哭鬧不休，連奶娘也無可奈何。唯獨在我懷中，才肯稍稍安靜。他開始依戀我，不論進食還是睡覺，都要有我在旁邊，常常擾得我徹夜不能安眠。

蕭綦如今一手攝政，政務更加繁忙。朝中派系更替，局勢微妙，門閥世家的勢力不斷被削弱，寒族士子大受提拔。然而從寒族中選拔人才畢竟不是一朝一夕之事，經國治世也不是軍中武人可以辦到的，仍然還需倚仗門閥世家的勢力。

瑣事紛擾不絕，我們也各自忙碌，竟沒有機會將心中隔閡解開。每當上朝時，我總隔著一道垂簾，默默凝望他的身影，他的目光也會不經意間掠過我。

初春暖陽，照著御苑裡碧樹寒枝，分外和煦。難得天氣晴好，我和奶娘抱了靜兒在苑子裡散步。

按皇室的規矩，小孩子要在滿月的時候才由父皇賜命，靜兒卻沒有機會得到父親給的名字。

內史請太皇太后示下的時候，姑母還是渾渾噩噩念叨著那八個字，琴瑟在御，莫不靜好，於是，我決定讓這孩子的名字，就叫作靜。

這些日子總算讓他慢慢習慣了和奶娘睡，不再晝夜不離地纏住我，我想著這兩日也就該回王府了，長久留在宮裡總不安穩。

奶娘抱著孩子，忽然驚喜地叫：「呀，皇上在笑呢。」

一看之下，那孩子瞇著一雙烏亮的眼睛，真的咧開小嘴，在對我笑。心中陡然湧上濃濃溫柔，我看著這純真無邪的笑容，竟然捨不得移開目光。

「他笑起來好漂亮呢。」我欣喜地接過孩子，一抬頭，卻見奶娘和一眾侍女朝我身後跪下，俯身行禮——蕭綦卓然立在暖閣迴廊之下，面帶淡淡笑意，身邊沒有一個侍從，也不知道在那裡站了多久，看了多久，我竟一直沒有發覺。

我怔怔地望著他，沉溺在他溫柔目光中，一時間忘記了言語。他緩步走來，容色溫煦，難得沒有慣常的冷肅之色。奶娘忙上前抱過孩子，領著一眾宮人悄無聲息地退下。

「好久不見妳這樣開心。」他看著我，柔聲開口，帶了些許悵然。

我低了頭，故作不在意地笑道：「不過是王爺好久不曾留意罷了。」

「是嗎？」他似笑非笑地瞧著我。「王妃這話聽來，竟有幾分閨怨的意味。」

我一時紅了臉頰，許久不曾與他調笑，竟不知道如何回應。

「隨我走走。」他莞爾一笑，牽了我的手，不由分說攜了我往御苑深處走去。

林徑幽深，庭閣空寂，偶爾飛鳥掠過空枝，啾啾細鳴回繞林間。細碎枯葉踩在腳下簌簌作響，我們並肩攜手而行，各自緘默，誰也不曾開口打破這份沉寂。

他握著我的手，十指糾纏相扣，掌心格外溫暖。我心頭百轉千迴，往日無數次攜手同行的情景掠過眼前，千言萬語到此刻都成了多餘。

「昨晚睡得可好，可有被孩子纏住？」他淡淡開口，一如素日裡閒敘家常。

我微笑。「現在靜兒很乖了，不那麼纏人，這些天慢慢習慣和奶娘睡了。」

「那為何一臉倦容？」他的手指扣緊，讓我挨他更近一些。

我垂眸沉默了片刻，終於鼓足勇氣，脫口而出：「因為，有人令我徹夜無眠。」

他駐足，目光灼灼地看著我。

「每當想到此人，總令我憂心牽掛，不知該如何是好。」我蹙眉嘆息。

他的目光溫柔，灼熱得似要將人融化。「那是為何？」

我咬脣道：「我曾經錯怪他，十分對不住他……也不知他是否仍在怨我。」

蕭綦陡然笑出聲來，眉梢眼底都是笑意。「傻丫頭，誰會捨得怨妳！」

一時間，只覺料峭輕寒盡化作春意和暖，我仰頭笑看他，見他笑得自得，不由起了玩心，忽而正色道：「爹爹真的不會怨我嗎？」

蕭綦的笑容僵在臉上，那一霎的神色讓我再也忍俊不禁，陡然大笑起來……

腰間驀地一緊，被他狠狠拽入懷中。他惱羞成怒，一雙深眸微微瞇起，閃動著懾人怒色。我咬脣輕笑，揚起臉來，挑釁地望著他。他俯身逼近我，薄脣幾欲覆到我脣上，卻又輕飄飄地掃過臉頰，溫熱氣息一絲絲撩撥在耳際。

我渾身酥軟，竟無半分力氣抵擋，微微閉了眼，迎上他的脣……然而過了良久，毫無動靜。我詫異地睜眼，卻見他似笑非笑地睨著我。

「妳在等什麼？」

我大窘，恨恨地推他，卻被他更緊地環住。

他的脣，驟然落在我耳畔、頸項、鬢間。我閉目伏在他胸前，終於說出心底盤桓許久的話：「如果我真的不能生育，你會不會另納妻妾？」

他雙臂陡然收緊，將我更緊地擁在懷中。「我在寧朔向妳許諾過的話，若是妳已忘了，我便再說一次！」

「我從未忘記。」我抬眸凝視他，不覺語聲已發顫：「可是，我若從此——」

「不會的！」他厲聲打斷我，目光灼灼，不容半分置疑。「天下之大，我相信總有法子醫治妳！中原、漠北、南疆……窮盡千山萬水，但凡世間能找到的靈藥，我統統為妳尋來。」

「如果永遠找不到呢？」我含淚凝望他。「如果到老到死，都找不到……你會不會後悔？」

「若真如此，便是我命中註定。」他的目光堅毅篤定，喟然嘆道：「我一生殺伐無數，即便孤寡一生也是應得之報。然而上天竟將妳賜予我……蕭某此生何幸，就算讓老天收回了別的，我們至少還有彼此！將來我老邁昏庸之時，至少有妳陪著一起老去。如此一生，我已知足。」

如此一生，他已知足，我亦知足。

我痴痴地望著他的眉，他的眼，他的鬢髮……無處不是此生痴戀。心底暖意漸濃漸熾，化作明媚的火焰，焚盡了彼此的猜疑和悲傷。

淚水滾落，止不住地滑下臉龐，我緩緩微笑。「你曾說要共赴此生，從此不許反悔，就算我悍妒、惡疾、無子，七出之罪有三，也不准你再反悔。」

他深深動容，一語不發地凝視我，驀然握住我的手。眼前寒光一掠，尚未看清他的動作，佩劍便已還鞘。我手上微痛，低頭看去，卻只是極小的傷口，滲出一點兒猩紅血珠。他掌心傷口也有鮮血湧出，旋即與我十指交握，掌心相貼，兩人的鮮血混流在一起。

蕭綦肅然望著我，緩緩道：「我所生子女，必為王儇所出，即便永無子嗣，終此一生，亦不另娶。以血為誓，天地同鑑。」

第三卷

風雨長路

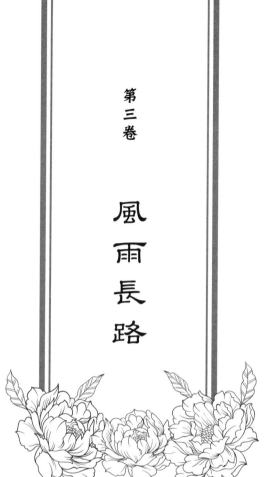

新恩

這一場變故之後，整個宮闈都冷寂了下來。

先皇卒亡與姑母的中風，令父親深感悲痛，對姑母的怨憤隨之煙消雲散。經過連番劫難，父親對權勢似乎再無從前的熱忱，對蕭綦的敵意也緩和了許多。

在這連番的爭鬥中，我們已經失去太多的親人，也都已經疲憊不堪，再不忍心繼續傷害身邊之人。

到底是血濃於水，骨肉相連，親人之間再深的隔閡，也總有化去的一天。

只是，從前那些美好的時光終是一去不返了，我和他們之間已有了一道永遠的溝壑。父親再不會把我當作他羽翼呵護下的嬌女，再不會如從前一般寵溺我，回護我。

如今在他眼裡，我是王氏的女兒，更是蕭綦的妻子，是與太皇太后一同垂簾於朝堂之上，真正掌管著整個宮闈的女子。

轉眼一年間，爹爹蒼老了許多，談笑間依然從容高曠，卻再沒有從前的傲岸神采。無論多麼強硬的人，一旦老去，總會變得軟弱。

在他最孤立無援的時候，我默默地站在了他的身後，和他一起守護每一位家人，守護這個家族。

姑母曾說，男子的天職是開拓與征伐，女子的天職卻是庇佑和守護。每個家族都會有一些堅韌的女性，一代代承襲著庇佑者的使命……

冥冥之中，我和父輩的位置已經互換，漸漸老去的父母和姑母，開始需要我的照拂，而一直在他們庇護下的我，卻已成長為這個家族新的庇佑者。

最近父親總是提起故鄉，提起叔父。自叔父逝後，嬸母帶著兩個女兒扶靈還鄉，再未回返京城。父親也離開故鄉琅琊多年，如今年事已高，更是思鄉情切。他一直希望有朝一日放下紛擾事務，一人一蓑一木屐，遁遊四方，寄情山水之間，踏遍錦繡河山。

我明白父親的心意，宦海沉浮一生，如今心灰意冷，歸隱田園或許是他最好的選擇。唯一遺憾的是，母親終不能原諒父親，也再不願離開慈安寺。

父親亦不再強求，他最後一次和我同去探望母親，默然凝望她背影良久，嘆道：「人生至此，各有歸依，緣盡亦是無憾了。」

當時我已覺得有些異樣，父親從前總愛說，阿嫵最解我意，我們父女原本就最是意趣相投——只是我沒有想到，父親的去意如此堅決，決定來得如此之快。

數日之後，父親突然遞上辭官的摺子，不曾與任何人辭別，悄然留書一封，只帶著兩名老僕，一箱藏書，便掛印封冠而去。

我得了消息，和哥哥一起馳馬追出京郊數十里，直至河津渡口，卻見一葉孤舟遠泛江上，篷帆漸隱入水雲深處……

父親就這樣拋下一身塵羈，孤身遠去。

居廟堂則顯達，泛江湖亦高曠，到今日我才真正地佩服了父親。

母親得知父親辭官遠遊的消息，一言不發，只是撚著佛珠默默垂眸。然而徐姑姑次日卻告訴我，母親徹夜無眠，念了一整宿的經文。

不久之後，總算迎來久違的喜事，懷恩終於迎娶了玉岫，成為我的妹婿，我又多了兩名親人，縱然沒有血緣之親，亦令我覺得珍貴。隨後，哥哥的侍妾又為他生下一個男孩，這已是他的第三個孩子。

喜氣沖淡了憂傷，日復一日，風雨褪盡的帝京又回覆了往日的繁華。

時光過得飛快，轉眼小皇上已經咿呀學語，可惜他天生體弱，還遲遲不能學步。

每當我聽到他含糊地叫我「姑姑」，看到他無邪笑容，仍會覺得淡淡心酸。

這日蕭綦很晚才回府，卸下朝服，披上我遞過來的外袍，神色略見疲憊。我轉身去取參茶，卻被他攔腰攬回身側，輕輕圈在臂彎。

他隱有憂慮的神情讓我覺得不安，依在他胸前，輕聲問道：「怎麼了？」

「沒事，陪我坐會兒。」他微微闔了眼，下巴輕抵在我的額頭上。

聽到他似滿足又似疲倦的一絲嘆息，我心裡微微酸楚，抬起手臂環在他腰間，柔聲道：「還在為江南水患煩心嗎？」

蕭綦點頭，臉上僅有的一絲笑容也斂去，沉沉嘆道：「如今政局未穩，叛軍偏安江南，遲遲未能出兵討伐。眼下水患又起，黎民流離失所，可恨滿朝文武竟無一人敢站出來擔當！」

我一時默然，心緒隨之沉重。今歲入春以來，河道頻頻出現異常之兆，近日多有經驗深厚的州府官吏上奏，春夏之際恐有嚴重水患，朝廷宜早作防範。然而滿朝官員都誠惶誠恐，誰也不敢站出來擔此大任，令蕭綦大為震怒，卻又無可奈何。

我沉吟良久，想起昔年叔父在時，治理江南水患曾有大功，如今叔父不在了，曾跟隨他治理河道的臣工卻無一人堪當大任。

蕭綦嘆了一聲，淡淡道：「我倒是看中一個人選，卻不知此人是否有此抱負。」

我怔了怔，腦中忽有靈光一閃，驚愕地望向蕭綦。「你是說……哥哥？」

當年，哥哥曾跟隨二叔巡視河患，督撫水利，目睹了兩岸百姓因年年水患所受的流離之苦。

回京後，他翻閱無數典籍，埋頭水利之學，更親自走遍大江大河，採集各地民情，寫下了洋洋數萬言的《治水策》遞上朝廷。

然而父親一向只當他是不務正業，從未將他一介貴冑公子的治河韜略放在眼裡。

那年江河決堤，百姓死傷無數，萬千家園毀棄，一眾官員皆因治河不力遭到貶謫。自此滿朝官吏再也不敢輕易坐上河道總督的位置。

然而那年，哥哥卻瞞著父親，上表求薦，自願出任此職，那摺子自然是被父親壓下，回頭被他一頓嚴斥。

父親說，治河大任事關民生，開不得半分玩笑，豈是你能胡鬧的。後來此事傳了出去，被當作朝野笑談，沒有人相信，哥哥那樣的風流公子也能夠勝任粗雜繁重的治河大任。

從那之後，哥哥便打消了這個異想，從此縱情詩酒，再不提什麼治河治水。

然而萬萬沒料到，這個時候，蕭綦竟然想到了哥哥。我一時間愣怔，心中千頭萬緒，百感交集。蕭綦含笑瞧著我，亦不說話，神色高深莫測。

「如此大事，你貿然起用哥哥，就不怕朝中非議？」我想了想，試探地問他，心中另一重思慮卻未說出口——萬一哥哥沒有成功，非但蕭綦要受萬民所指，王氏的聲望也將大受打擊。

蕭綦卻是淡然一笑。「就算眼下難免非議，我也要冒險一試。」

「為什麼偏偏是哥哥？」我蹙眉看他。

「以王夙的才智，相信他定能擔當此任，只是眼下卻不知他是否有此抱負……」蕭綦目光深邃，喟嘆道：「長久以來，世家親貴多有疑懼牴觸之心，不肯為我所用。若是王夙此番能有所作為，亦能顯出我對世家子弟並無偏見。」

我沉默片刻，嘆道：「那也是人之常情，有了謝家的前車之鑑，只怕各個世家都已膽寒生懼，眼下自保唯恐不及，哪裡還有心思出頭。」

蕭綦劍眉深蹙。「亂世之下，若非鐵血手段，怎能令這些門閥貴冑懾服？」

「以殺止殺雖不是上上之策，但若能以小殺止大亂，那也是值得的。」我深深地看著他，將手覆上他手背，柔聲道：「我知道你是對的。」

蕭綦動容，滿目欣慰感慨。「有妳知我，便已足夠。」

我淡淡一笑，心下已明白過來。「若是哥哥出任河道總督，受你破格起用，自然會令其他世家消除疑懼，放下成見，明白你一視同仁之心，是這樣嗎？」

「不錯！」蕭綦含笑讚許。

我卻略略遲疑。「但不知哥哥又是如何想法……」

「能否讓他全力赴任，這便要看王妃的能耐了。」蕭綦揚眉看著我，目中笑意深點。

我恍然大悟，原來繞了半天，這才是他真正的用意……這可惡的人！

翌日，我只帶了貼身侍女，輕車簡從，悄然來到哥哥在城郊的別館。

站在這幽雅如閬苑仙境一般的別館門口，我忍不住嘆了口氣，哥哥實在是妙人，太懂得逸樂享受。

他總是能找到那麼些奇人巧匠，將這小小一處別館，營建得冬暖夏涼，巧奪天工。一路行去，還未到堂前，就聽得旖旎絲竹之聲，飄飄不絕於耳。

但見薔薇盛開的臨水檻邊，哥哥面色微醺地閉目倚在錦榻上，玉簪鬆鬆綰起髮髻，幾綹髮絲慵然散垂下來，一身白袍勝雪，衣襟微微敞開，露出頸項間白皙如玉的肌膚，連身側那兩名美姬也比不上他此刻妍態。

我緩緩步入檻內，他仍不睜眼，那兩名美姬忙欲行禮，被我抬手止住。

哥哥微微翻身，閉目慵然道：「碧色，上酒——」

我將指尖伸入案上杯盞，沾了些酒，併指朝他俊雅面龐彈去。

酒一灑上他的臉，哥哥驚叫一聲，翻身而起。「朱顏，妳這可惡的丫頭！」他一呆，看清楚眼前人，頓時驚喜大叫：「阿嫵，是妳！」

兩名美姬慌忙上前，左邊羅帕右邊香巾，忙不迭為他擦臉。

我卻笑吟吟地扯了他宮錦白袍的袖口，不客氣地指去指尖酒漬，挑眉笑道：「似乎我來得很不是時候？」

他一臉無奈，嘆道：「妳就不能對我溫柔一些嗎？好歹也是堂堂王妃了，還這麼淘氣。」

我轉目去看那兩名美人，一個紅衣豐豔，一個綠裳妖嬈，都是麗色照人。

哥哥端了玉杯，又倚回錦榻上，斜目看我。「妳是來賞美人，還是專程來找我搗亂的？」

「美人要賞，懶人也要管。」我劈手奪過他手中酒杯。「別以為父親不在，便沒有人管得了你。」

哥哥翻身坐起，駭然笑道：「這是哪家悍婦走錯了家門？」

我瞪著他，瞪了半晌，終究心裡一酸，垂眸嘆道：「哥哥，你現在越發懶散了。」

哥哥一怔，側過臉去不再說話。侍女捧了流光青玉壺上前，注滿我面前的銜珠杯。

哥哥淡淡一笑。「來，嘗嘗我今年的新釀。」

我就脣淺抿了一口，只覺清冽芬芳，異香纏綿，脫口讚道：「好香的酒！」

哥哥得意非凡。「妳再細品一品個中滋味。」

這酒初入口時幽香纏綿，隱約有春風拂闌，夜露瑩徹，桃花繽紛的風流，分明只是一點兒飄忽清洌的酒意，入喉卻綿柔不絕，暖暖融進四肢百骸裡去，不覺雙頰已是微熱。

我嘆息一笑。「芳菲四月，深淺紅妝，倚欄思人，落英滿裳。」

哥哥大笑。「品得好，得此四句相讚，不枉我辛苦採集一番的武陵桃花……我家阿嫵，真妙人也！」

「這是桃夭釀？」我驚喜道：「你果真釀成了？」哥哥昔年甚愛桃花的嫵媚，我們曾一起試釀了許多次，卻總是做不成這桃夭釀。想不到時隔經年，他竟悄悄釀成了。若論心思奇巧風流，恐怕天下再找不出一人能勝過哥哥。

他倚在榻上，笑睥深深，我佯嗔道：「若不是今日撞個正著，你還想私藏多久？」

哥哥懶懶一笑。「一壺酒有什麼希罕，我一介閒人，也就精於享樂之道罷了。」

我欲反駁，卻不知該說什麼，一時默然無語。哥哥倒是興致極高，又喚來歌姬，重新斟酒，與我對坐暢飲。

一杯杯醇酒飲下，漸覺飄然，我們皆有些忘形，隨著廊下絲竹擊節互歌。琴伎款款撥著一曲江南小調，悠揚輕快，不覺又勾起少年往事。

「拿琴來。」我微醺著起身，回睥朝哥哥戲謔一笑。「妾身斗膽獻藝，邀公子相和一曲。」

哥哥連聲稱妙，立即喚來侍妾，奉上他那支名動京華的引鶴笛。我的清籟古琴並未從王府帶來，便隨意取了樂姬的瑤琴，信手撫去，音色倒也清正。

我凝神垂眸，指下輕挑，弦上餘音猶自宛轉，流水般琴韻已嫋嫋而起。

清韻初起〈上陽春〉，宛轉跳脫的曲調裡，一縷空靈的笛聲徐起，與琴音相逐引，宛如蹁躚雙蝶，逐著四月柳梢，在春風中相戲。忽而琴音一轉，自那春光明媚的四月天，飄搖直入斜雨霏霏的秋日黃昏，日暮月沉，天地晦暗，笛聲亦隨之低抑幽咽，百轉千迴，道不盡離別惆悵，訴不完落花傷情。

哥哥傾身朝我看來，目光恍惚，有剎那的失神，笛聲隨之一黯。我無動於衷，指下陡然用力，劃過一串金鐵般肅殺之音，硬生生驚破那哀怨頹靡的笛聲，帶起朔漠黃沙的蒼茫，長河滔天的豪邁。

我的琴音越拔越高，飛揚處似遊俠縱橫、仗劍江湖，激昂處如將軍百戰、馳馬沙場。而笛聲漸漸力乏，幾次轉折之後，已跟不上我的音律。錚然一聲裂響，琴弦崩斷，笛聲隨之喑啞。

哥哥冠玉般面龐，罩上一層異樣的嫣紅，眸底一片震驚，執笛的指節隱隱發白。我亦氣血翻湧，冷汗透衣，似耗盡全身力氣，一時說不出話來。

「阿嫵，妳的琴技精妙至此，哥哥再也跟不上了。」哥哥轉頭看我，悵然一笑，神情有些恍惚。

我抬眸望向他，緩緩道：「意由心生，曲隨心轉，引鶴笛依然是天下無雙，可是哥哥，你的心呢，它還和從前一樣高曠自在嗎？」

哥哥一震，卻是避開我的目光，轉頭不答。

我驀然推琴而起，捧起那具斷了弦的瑤琴，摔在階下。裂琴之聲驚得檻外枝頭飛鳥四散，左右侍妾慌忙俯跪在地，不敢抬頭。

「哥哥！這平庸的瑤琴只能藏於閨閣，吟風弄月，當不起磅礡之音。而引鶴笛生來不是凡品，豈能將它埋沒在脂粉群中，終日與靡靡之音為伍！」我與他四目相對，分明在他眼底看到一掠而過的愧色。

哥哥沉默良久，長嘆一聲：「再好的笛子，終究是死物。」

「那要看它遇上怎樣的主人。」我望著哥哥。「笛子是死物，人卻是活的，只要仍有抱負，終會找到自己的方向，一直走下去，再遠的地方也難不倒哥哥！」

哥哥回頭動容，深深地看著我。

我迎上他的目光，微笑道：「哥哥是阿嫵自小佩服的人，從前是，以後也是！」

次日，哥哥主動求見蕭綦。

這是他們第一次單獨面談，於公於私，於情於理，我都知道哥哥對蕭綦的敵意，也知道蕭綦對哥哥的成見。然而我沒有踏足書房，任由他們一談便是整整兩個時辰，誤了晚膳的時間也不自知。

這是豫章王與王大人的對談，也是兩個男人間的交鋒。世間男子無論身分貴賤，心底總有他們自以為不可動搖的一套道理，與女子的思慮截然不同。我不想置身於這微妙的天平中間，與其左右為難，不如聽任他們用男人的方式去解決恩怨。

翌日，聖旨下，任王夙為河道總督、監察御史，領尚書銜。

一時間，朝野譁然，流言紛起，幾乎沒有人看好哥哥的治河之能。朝臣們一面議論著豫章王重用妻族，一面對新任的河道總督滿懷疑慮。而哥哥終於從父親光環下的名門公子，一躍成為朝堂上眾所矚目的新貴。

面對各式各樣的目光，哥哥僅以微笑相對。

江南水患甚急，不容一日耽擱。就在聖旨頒下三日後，哥哥啟程赴任。蕭綦和我親自送他至京郊，京中親貴重臣紛紛隨行。

哥哥著天青雲鶴文錦朝服，玉帶高冠，策馬過長橋，在橋頭駐馬回望，遙遙對我微笑。此去千里路遙，前途多艱，哥哥將要面對的風雨艱辛，只怕不是我所能想像。望著他的身影漸行漸遠，淚光終於迷濛了眼前……

我又想起當年登樓觀望犒軍，遠遠看見父親蟒袍玉帶，位列百官之首，我曾取笑哥哥，問他什麼時候也能如此風光……想不到，時隔數年，哥哥真的成為本朝開國以來最年輕的尚書，鮮衣怒馬出天闕，轟動了帝京。

轉眼夏去秋來，哥哥離京已經大半年，也許是上天相佑，今夏偏旱，水患並不如預料中的嚴重。個別州郡的水患也在哥哥的防範控制之下，並無重大災患，河道疏浚十分順利，堤防的修築也進展極快。然而哥哥卻上書朝廷，稱今冬明春之際，才是最為嚴峻的時候，半分不能鬆懈。

這個秋天過得很快，木葉飄盡的時候，我收到了一份從皇陵送來的摺子——皇叔子澹的侍妾蘇氏，為他誕下了第一個孩子，是個女孩。按照皇室規矩，需上表請太皇太后賜名，才算承認了這個孩子皇室正統的名分。

上呈太皇太后的摺子照例遞到我手中，捏著那一道薄薄的朱綾摺子，我在剎那間失神。

他已有了侍妾，有了女兒……子澹，子澹！已經時隔五年，每每念出這個名字，為什麼心裡還是會空空陷落下去，恍若被一隻看不見的手捏住。

他離京那日的情形恍惚仍在眼前，那一天柳絮紛飛，細雨如絲，我們卻都沒想到，此去皇陵竟是漫漫五年。如今天闕翻覆，物是人非，往日一切成灰。然而福兮禍兮，誰又說得清楚，若是沒有這五年的幽禁，若是他身在皇城，只怕早已捲入嫡位之爭，今日是否還活在世上也未可知。

自先皇駕崩，謝氏伏罪之後，他已成了無足輕重的一個人。曾有人向蕭綦進言，索性除去子澹，永絕後患。蕭綦卻慮及連番屠戮，已令世家親貴心寒齒冷，若一味趕盡殺絕，反而失去了朝野人心。

不久，蕭綦將子澹從辛夷塢釋回皇陵，撤去了原先的監禁，算是還他自由之身，只是不能再踏出皇陵半步。

一片枯葉被風吹入簾櫳，輕旋著落在那摺子上，我一言不發，緩緩將摺子合攏。當年離別的時候，他還是翩翩少年，如今卻連女兒都有了……惆悵之餘，我心底竟有淡淡欣慰，甚而有一絲解脫的輕鬆。想來他在皇陵，孤苦寂寞，能有紅顏知己長伴身側，也令我稍覺心安。

只是，心底終究有一絲莫名悵惘，若再由我給他的女兒取名，更是絕佳的嘲諷。

思及此，我無聲嘆息，命宮中女官將摺子轉去太常寺，由掌管宗室禮制的官員擬了名字再呈上來。隨即我又傳召少府寺監，命他以公主之制預備賀儀送往皇陵。

明燭將盡，已到就寢的時辰，我在鏡前卸下釵環，長髮如雲散落，垂至腰間。

蕭綦只著寬鬆的絲袍，從後面環住了我，挺拔堅實的身軀與我相貼，僅隔薄薄絲帛。我臉頰一熱，肌膚漸覺發燙，轉身勾住他的頸項，手指沿著領口滑下，輕輕摩挲著他衣上蟠龍刺繡。蟠龍是皇族王公的章飾，飛龍卻是只有皇帝才可用。不知道什麼時候，他衣襟上的蟠龍會換作傲視九天的飛龍……我知道這一天並不會太遠。

他的手滑進我絲袍底下，滑過腰肢，緩緩移至胸前，掌心的溫熱灼燙我每一處肌膚，令我頓時酥軟。我喘息漸急，微微咬脣，仰頭望向他。他目光幽深，眼底浮動著情慾的迷離，俯身漸漸靠近……幾近窒息的長吻之後，他放開我的脣，薄削嘴脣掠過頸項，驀地含住我的耳垂。

我呻吟出聲，卻聽見他低低開口：「皇叔的孩子可有備好賀儀？」

我一顫，陡然清醒過來，直直迎上他犀利的目光，心中頓時抽緊。「那是個女孩。」我惴惴開口，喉間有些乾澀。

「我知道。」他淡淡一笑，目光卻毫無溫度。

我心頭一鬆，果然是太過緊張，唯恐他容不下又一個皇位繼承者。

既然他已知道那是個女孩，且是一個失勢皇叔的庶出女兒，卻為何有此閒心特意一問。

「怎麼，妳似乎很擔心？」他的語聲越發冷了下去，目光鋒銳如刀。

我怔了怔，心念電轉間，驀然明白過來……莫非，他在跟一個剛剛出生的孩子較勁吃醋？

當年我與子澹青梅竹馬的舊事他是知道的，只是這些年我們心有靈犀地緘默，對此閉口不提，我以為他早已將那段往事忘記了。

我駭然失笑，索性一口承認下來。「不錯！那孩子生在偏寒的皇陵，又是庶出，身世堪憐，所以我格外憐惜，連賀儀也是按公主之制備下的，王爺認為有何不妥？」

蕭綦見我承認得如此爽快，一時反倒無語，沉了臉色問道：「僅僅是憐惜？」

我眨眼笑道：「不然你以為是什麼，愛屋及烏？」

他啞然，被我搶白得一臉尷尬，眼底陡然有了怒意。

「我和子澹曾有兩小無猜之情，這你是知道的。」我挑了挑眉，坦然含笑，看著他臉色漸漸鐵青。「那個時候，你並不知道世上有個女子叫王儇，我也不知道世上還有一個男子叫蕭綦。那時我以為身邊之人已是最好的，卻並不知道真正愛戀一個人，和兩小無猜的親近是完全不同的。」

蕭綦依然冷冷地看著我，唇角緊繃，可眼底分明已有了掩不住的溫暖笑意。「怎樣不同？」

我踮起足尖，仰頭在他頸項間印下蜻蜓點水般細吻，曼聲輕笑道：「怎樣不同……你試試看不就知道了？」

「試試看？」他的呼吸驟然急促，冷峻面孔再也強繃不住，低笑道：「這可是妳說的！」

他手臂一緊，驀地將我橫抱起來，大步向床帷間走去。

舊憾

午後初晴，不覺又到初冬時節。

我自小畏寒，每當秋冬時節總是多病，前些時候偶染風寒，竟一病半月。今日似乎好了許多，聽蕭綦說靜兒一直吵鬧著好久不見姑姑，便打起精神入宮看他。

甫一邁進殿門就聽見靜兒歡快得意的笑聲，我抬眸看去，頓時驚惱交加——他竟騎在奶娘背上，拍打著奶娘在殿上「騎馬」，口中兀自駕駕有聲，周圍一眾宮女團團簇擁，爭相給小陛下助威，在乾元殿上鬧成一團。連我走近殿門，也沒有一個內侍通稟。

「皇上！」我冷冷開口。「你在做什麼？」

滿殿宮人驀然見我立在門前，慌得亂糟糟跪了一地，參拜不迭，一個個再不敢抬頭。

靜兒瞧見了我，一下從奶娘背上跳下，咯咯笑著朝我奔過來。「姑姑抱抱！」

我看他腳步還踉蹌不穩，忙迎上去，張臂抱住了他。他立即緊緊地摟著我的脖子，說什麼也不放開。我只得吃力地抱起他，臂彎隱隱發沉，當初小貓一般大的孩子已經長得這麼大了。

我板起臉看他。「陛下今天不乖，姑姑說過不許自己亂跑，不許跌跤，你有沒有記住？」

靜兒烏溜溜的圓眼睛飛快一轉，低下頭去不說話，小臉卻埋在我胸前，撒嬌地使勁蹭。

「陛下！」我狼狽地拉開他，不知他從哪裡學來這般精怪。這麼小的孩子也懂得察言觀色——知道我對他寵溺，便每次都賴皮撒嬌。只有蕭綦在旁邊，他才肯乖乖聽話。

奶娘遞上一件團龍繡金的小披風，柔聲笑道：「王妃一來陛下就高興，連跌跤都不怕了。」

我將靜兒抱在膝上，轉眸看向奶娘，淡淡道：「是誰教陛下將人當馬騎的？」

奶娘慌忙跪下，叩頭道：「王妃恕罪！奴婢再不敢了！奴婢原只想哄得陛下高興……」

「哄陛下高興？」

我挑眉正欲斥她，卻聽靜兒仰頭咯咯笑道：「騎馬馬，王爺騎馬馬，陛下也要！」

我恍然明白過來，上次蕭綦曾抱他騎馬，從此他便念念不忘了。教他叫姑父教了許久，他偏只記得左右都叫王爺，也學得一口王爺王爺地叫，聽我們都叫他陛下，便以為自己的名字就是陛下。我一時啼笑皆非，本來沉了臉要數落他，也忍不住笑出聲來。

靜兒見我笑了，頓時得意頑皮起來，在我懷中左右扭動，伸手去搆我鬢邊搖曳顫動的珠釵。我正聽奶娘將靜兒的起居情形一一詳稟，不留神間，被他一手扯住鬢髮，抓下了那支髮釵。

奶娘慌忙將他接過，他笑嘻嘻地抓著那支鳳頭銜珠釵，不肯鬆手。

我鬢髮散亂，拿他無可奈何，卻聽奶娘笑道：「真是個風流天子呢，小小年紀就會唐突佳人了。」

奶娘的話引得眾人掩口失笑，靜兒兀自握著髮釵手舞足蹈，好似得到了心愛的寶貝。

我嘆口氣，只得起身重新梳妝。「將髮釵拿過來，別讓陛下玩這些東西。」

奶娘忙俯身去取珠釵，靜兒卻左右躲閃著不肯給，奶娘無法，只得道：「陛下再不給，奴婢可要斗膽冒犯了。」

「妳敢！」靜兒嬌細嗓音尖叫著，倒有幾分子隆哥哥當年的蠻橫。

我苦笑著轉身，對鏡散開髮髻，正待梳頭，陡然聽得背後一聲慘呼，左右宮人紛紛尖叫。

我霍然回頭，驚見靜兒舞著釵子劃過奶娘臉龐，從眼眶到臉頰，被尖利釵尾劃出深深血痕！

奶娘滿臉鮮血，痛叫著捂臉跌倒！左右都被驚呆了，一時間沒人回過神來，靜兒自己也被嚇住，驀地轉身便跑。

「來人，快攔住陛下！」我失聲驚呼，扔了玉梳朝靜兒追去。

左右侍從慌忙圍上前去，靜兒見此情狀越發害怕，掉頭往殿外玉階跑去。內侍都已奔進殿來，門口竟無人值守，殿前侍衛隔得又遠，竟眼看著靜兒跌跌撞撞往玉階奔去。

我心頭驚跳，暗覺不妙，脫口道：「攔住他，攔住——」

話音未落，那小小身影在階上一晃，立足不穩，一頭撲了下去！

「皇上！」左右宮人一片駭然驚叫，殿前大亂。

我腳下虛軟，跌倒在地，渾身劇顫，半晌說不出一句完整的話：「太醫……快宣太醫！」

一名內侍從階下抱起了孩子，慌忙奔回殿中，孩子癱軟在他臂彎不哭不動。

我心下全然涼透，手足皆軟，被宮女扶至跟前一看，只見孩子臉色慘白如紙，嘴脣泛青，鼻孔中淌下一道殷紅的血。

五位太醫院長史診視完畢，剛從殿內退出，蕭綦便聞訊趕到了。

我忙從椅中起身，急問太醫：「陛下傷勢如何？」

太醫們面面相覷，各自神色惴惴，為首的傅太醫皺眉稟道：「回王妃，陛下尚未醒來，經微臣等檢視，陛下內腑骨骼均無大礙，但頭頸觸地時震傷了經脈，血氣阻滯，風邪內侵，積鬱——」

蕭綦打斷他，沉聲問道：「究竟有沒有性命之危？」

傅太醫顫聲道：「陛下性命無礙，只是，只是微臣不敢妄言！」

我心頭頓時揪緊，蕭綦冷冷道：「但說無妨！」

「陛下年紀尚幼且先天不足，體質本已羸弱，經此重創恐怕再難復原，即使往後行止如常，也會神智遲鈍，異於常人。」老太醫以額觸地，冷汗涔涔而下。

我頹然跌回椅中，掩住面孔，恍如墜入刺骨寒潭。蕭綦亦沉默下去，只輕輕地按住我肩頭，半晌才緩緩開口：「可有救治的餘地？」

五位太醫都緘默無聲，蕭綦負手轉向那九龍屏風，兀自沉思不語。一時間，殿上沉寂如死，四面濃重的陰影迫得人喘不過氣來。

蕭綦抬手一拂，待太醫和左右都退下之後，緩步來到我跟前，柔聲道：「禍福無常，妳不必太過自責。」

我黯然撐住額頭，說不出話，亦沒有淚，想去看一眼靜兒卻全然沒有力氣。

「振作些，眼下妳我不能亂了方寸。」蕭綦俯下身來握住我肩頭，語聲淡淡，充滿果決力量。

我恍惚抬眸，與他目光相觸，心頭頓時一震，萬千紛亂思緒瞬間被照得雪亮。眼下朝堂宮闈剛剛開始安穩，人心初定，再禁不起又一輪的動盪波折。一旦皇上傷重的消息傳揚出去，朝野上下必定掀起軒然大波。

皇上好端端地待在寢宮，何以突然受傷，誰又會相信真的只是意外？縱然蕭綦權勢烜天，也難堵悠悠眾口，更何況一個痴呆的小皇帝，又怎麼擔當社稷之重——若是靜兒被廢黜，皇位是否要傳與子澹？若是子澹登基，舊黨是否會死灰復燃？

我定定地望著蕭綦，雙手冰涼卻被他用力握住，從他掌心傳來的溫暖與力量令我漸漸恢復鎮定，心頭卻越發森寒。

他望著我，淡淡問道：「皇上受傷一事，還有哪些人知道？」

「除了五位太醫，只有乾元殿宮人。」我艱澀地開口。

蕭綦立即下令封閉乾元殿，不許一名宮人踏出殿門，旋即將五位太醫再度召入內殿。

「本王已探視過皇上，傷勢並不若傅太醫所說的嚴重。」蕭綦面無表情，目光一一掃過諸位太醫，深沉莫測。「各位大人果真確診無誤嗎？」

五位太醫面面相覷，入冬天氣竟也汗流浹背。傅太醫伏跪在地，鬚髮微顫，汗珠沿著額角滾落，顫聲道：「是，老臣確診無誤。」

我低低開口：「事關重大，傅大人可要想清楚了。」

一直戰戰兢兢跪在後頭的張太醫突然膝行到蕭綦面前，重重叩頭。「啟稟王爺，微臣的診斷與傅大人有異，依微臣看來，陛下傷在筋骨，實無大礙，調養半月即可痊癒。」

另一名醫官也慌忙叩首。「微臣與張大人診斷相同，傅大人之言，實屬誤診。」

傅太醫身子一震，面色瞬間蒼白，卻仍是低頭緘默。

剩下兩位太醫相顧失色，只躊躇了片刻，也頓首道：「微臣同意張大人之言。」

「傅太醫，您認為呢？」我溫言問他，仍想再給他一次選擇的機會。

白髮蒼蒼的傅太醫沉默片刻，抬首緩緩道：「醫者有道，臣不能妄言。」

我掉過頭無聲嘆息，不忍再看他白髮銀鬚。

蕭綦的臉色越發沉鬱，頷首道：「傅大人，本王欽佩你的為人。」

「老臣侍奉君側三十餘年，生死榮辱早已看淡，今日蒙王爺謬讚，老懷甚慰。」老太醫直起身子，神色坦然。「但求王爺高量，容老臣的家人布衣返鄉，安度餘生。」

「你放心，本王必厚待你的家人。」蕭綦肅然點頭。

當夜，傅太醫因誤診之罪服毒自盡。乾元殿一干宮人皆因護駕不力而下獄。我將皇上身邊的宮人全部替換，任以心腹之人。

小皇帝失足跌傷的風波至此平息，傷癒後依然每日由我抱上朝堂，一切與往日無異。只是這粉妝玉琢的孩子，再也不會頑皮笑鬧，從此痴痴如一個木頭娃娃。朝臣們每天仍舊遠遠參拜著垂簾後的小天子，除了心腹宮人，誰也沒有機會接近皇帝。

原本靜兒每日都要去永安宮向太皇太后問安，自此之後，我以太皇太后需靜養為由，只逢初一十五才讓皇上去問安，永安宮中也只有數名心腹宮人可以接近皇上。姑母身邊有個名喚阿越的小宮女，當日臨危不亂，親身試藥，此後一直忠心耿耿，辦事也穩妥仔細。正巧玉岫嫁後，我身邊始終缺個得力的人，便將阿越召入王府，隨侍在我左右。

靜兒的痴呆，成了宮闈中最大的祕密，只是這個祕密也不會掩藏得太久。一個年少的孩童或許還看不出太多蹊蹺，隨著他一天天長大，真相遲早會大白於天下。然而這中間一、兩年的時間，已足夠蕭綦部署應對。

隆冬過後，南方雪融春回，剛剛過了除夕，宮中四下張燈結綵，正籌備著最熱鬧的元宵燈會。

就在這喜慶昇平的時日，攝政豫章王下令，興三十萬大軍南征，討伐江南叛黨。

當日子律與承惠王兵敗逃往江南，投奔了封邑最廣、財力最厚的建章王。趁著京中這兩年政局動盪，蕭綦無暇他顧，江南宗室亦得以苟延殘喘。自諸王之亂後，南方宗室偏安一隅，長久與京中分庭抗禮，王公親貴擁兵自重，世家高門的勢力盤根錯節。近年來吏治越發腐壞，民生堪憂。

子律南逃之後，蕭綦表面按兵不動，不予追擊，暗地裡一面穩定京中局勢，一面關注著南方政局，自年初開始調遣部署，厲兵秣馬，悄然做好了南征的準備。只待時機成熟，一朝揮軍南下，誓將南方宗室徹底清除。

原本蕭綦定在春後南征，然而半月前，扼守出京必經之路的臨梁關，兩日之內接連擒獲七名間者。除兩人自盡未遂，一人傷重而亡外，另外四人均供出了幕後主使。

京中奉遠郡王與江南建章王暗通訊息，充當南方宗室安插在朝廷的耳目，察覺了蕭綦有意南征，立即派人飛馬向南邊馳報，卻堪堪撞在了臨梁關守將唐競手中，無一漏網。

這唐競正是蕭綦麾下名頭最響亮的三員大將之一，素以陰狠凌厲聞名，更有「蝮蛇將軍」的綽號。昔日在軍中一手創建黑幟營，專司培養間者，堪稱天下間者的師尊。

此人原本留守寧朔，後被召回京中。蕭綦命他親自刑訊此案，諸多宗親豪門紛紛牽涉入案，朝野為之震動。

饒是再鐵硬的間者落在這酷吏手上，也是生不如死，更何況養尊處優的世家親貴。

正月初七，唐競上表彈劾，歷數奉遠郡王覬覦皇室、謀逆犯上等八條大罪。

正月初十，京中群臣聯名參奏，懇請攝政王興師討伐，以正社稷。

正月十一，攝政王頒下討逆檄文，命虎賁將軍胡光烈率十萬前鋒南征。

四日後的元宵宮宴，京中王公親貴，文武重臣齊聚，將是一年一度最受矚目的盛會。

「這一段玉階鋪上繡氈，每隔十步設一盞明紗宮燈。」玉岫攏著狐裘，俏生生立在那裡，領著一群宮人張羅布置，一襲寶藍宮裝襯得她膚光瑩潤，眉目姣妍。

我徐步走到她身後，含笑道：「辛苦了，宋夫人。」

玉岫回頭，忙屈身見禮，嗔笑道：「王妃又來取笑奴婢！」

「總是不記得改口，妳我已是姑嫂了，還說什麼奴婢。」我笑著挽了她的手。「這陣子全靠妳幫著操持，若沒有妳，我哪裡顧得過來。」

「我能有今日的福分，全是王妃的恩賜，玉岫怎麼能忘本。」她輕嘆一聲。「我自小生得粗笨，也沒別的本事，只盼著王妃不嫌棄，讓我一輩子跟在您身邊，玉岫也就知足了。」

我莞爾道：「傻丫頭，妳若一世跟著我，懷恩又怎麼辦呢？」

玉岫粉頰飛紅，眉目含情。「那個呆子，才不要提他！」

「這幾日軍務繁忙，懷恩也很是操勞吧？」我搖頭笑道。

玉岫遲疑點頭，眉間浮上一絲憂慮。「最近他倒是天天忙，卻不知為了什麼，整日黑口黑面，好像跟人鬥氣似的，問他也不肯說。」

我心下雪亮，自然明白宋懷恩為何氣悶。

日前蕭綦任胡光烈為前鋒主將，統兵十萬南征，卻將他留在京中，毫無動靜。他兩人向來是蕭綦的左膀右臂，論資歷戰功皆不分高下，且素來性情不合，胡宋相爭已是朝中盡人皆知的事。如今胡光烈一人占了鋒頭，讓宋懷恩怎麼嚥得下這口氣。

昨日早朝他已按捺不住，當眾請戰，卻被蕭綦不動聲色地擱下。我亦不明白蕭綦這次作何打算，或許是時機未到，抑或留下宋懷恩另有重任。

這一番思量，自然不便對玉岫直說，我只笑了笑，溫言寬慰她：「誰沒個喜怒起伏的時候，妳也不必在意。男人也如孩子一樣，哪怕貴為將相公侯，偶爾也還是要哄哄的。」

玉岫瞪大眼。「孩子？怎麼會呢？」

我抿脣笑而不答，她卻是個較真的性子，越發琢磨得迷迷糊糊，小聲嘀咕：「哪有這麼大的孩子……」

阿越在我身側噗哧一聲笑出來，她與玉岫年紀相仿，兩人素來交好，玉岫羞窘之下，掉頭朝她啐去。「這小妮子，哪天王妃給妳也挑個好夫婿，可就有得妳笑了！」

阿越咯咯笑著，躲到我身後，我忍俊不禁。只有與她們在一起，才記得自己也是韶華年紀，才能偶爾如此嬉笑。

正笑鬧間，一個低沉帶笑的聲音從身後傳來：「何事如此開心？」

蕭綦緩步負手走來，輕裘緩帶，廣袖峨冠，不著朝服時別有一種風儀，愈顯氣度雍容，清峻高華，卓然有王者之相。我揚眉而笑，目光上上下下打量他，不掩讚許。

他被我看得啼笑皆非，當著左右不便言笑，只淡淡道：「又在琢磨什麼？」

我正色嘆道：「可惜這般好儀容總被冷面遮去，也不知有沒有女子暗暗仰慕……」

玉岫和阿越退在一旁，聞言不禁掩口失笑。蕭綦重重咳嗽一聲，瞪我一眼，又不便當眾發作，只得轉過頭去掩飾尷尬。

「玉岫也在此嗎？」他似不經意地看到玉岫，溫言一笑。玉岫忙見禮，向他問安。蕭綦若有所思地看了看她，溫言問道：「懷恩近來可好？」

「多謝王爺掛念，外子一切安好。」玉岫在蕭綦面前依然拘謹，回答得一板一眼。

蕭綦一笑。「懷恩是個直性子，閒來也該修修涵養了，有些事不可操之過急。」

玉岫臉紅，慌忙俯身道：「王爺說得是。」

暖爐熏得內殿和暖如春，雖已到深夜，也不覺得冷。

蕭綦在燈下翻閱公文，我倚在一旁的貴妃榻上，閒閒地剝著新橙，不經意間抬眸，看見他淡淡側影，忽覺心中一片寧定，怎麼看都看不夠。我走到他身側，他卻無動於衷，凝神專注在那小山般堆積的文書上。

我忽起玩心，將一瓣剝好的橙瓣遞到他脣邊。他目不轉睛，只是張口來接，我卻陡然收回手，讓他銜了個空。

「淘氣！」他將我攬到膝上，硬將橙瓣銜了去。我就此賴在他膝上，無意間轉眸，卻看到了案上攤開的奏疏，又是宋懷恩請戰的摺子。

我俯身略看了看，挑眉問他：「你真不打算讓懷恩出征？」

蕭綦將奏疏合起摺在一旁，似笑非笑道：「軍機大事，不可洩漏。」

「故弄玄虛。」我轉過頭，懶得理他，心知他在故意吊我胃口。

蕭綦笑著攬緊我，笑容莫測高深。「懷恩自然是要出戰的，不過不是現在，眼下我還要等一個人。」

「等誰？」我一怔，想不出還有什麼人比宋懷恩更適合領軍南征。

他眼底笑意莫測，淡淡道：「屆時妳自會知道。」

「就會裝神弄鬼。」我撇撇嘴，一拂長袖，自他膝頭離開。

他扣住我手腕，將我拽回懷中，含笑凝視著我。「只這兩日，此人也該到了，相信必會給妳驚喜。」

我猜測他所謂的驚喜，卻摸不著半分頭緒……想來應該是哥哥吧，卻不知哥哥與南征能有什麼關係。

連著兩日春寒，夜裡突降大雪，轉眼到了正月十五，元宵宮筵就在當晚。

午後探望了姑母，她今日的氣色精神都不錯，晚上應當可以出席，我也放下心來。

從永安宮出來，見宮道積雪甚深，宮人們正在灑掃，便繞道從側廊而行。轉過西廊，不經意間窺見牆頭一片紅梅怒綻，耀人眼目……竟然是景麟宮的梅花又開了。

我怔怔駐足，望著那探出牆頭的寒梅，一時有些恍惚。

景麟宮的主人已經一去五年，想不到人事全非，舊物依然。

這宮門平日深鎖，恰好今日開了門，兩名內侍正在門前清理掃雪。我嘆息一聲，不覺抬步走進那閒置已久的宮院。地下薄薄積雪，映得天地間素白一片，儼然清淨無垢的神仙之地，唯獨那幾株老梅，虯枝繁花，傲雪綻放，豔到了極致，反倒讓人心裡生出一絲淒然。

往事紛紜，如幻似夢，不經意間回眸，那綽然身影竟在此刻真切浮現。

我又見到了他，恰如當年蘊雅風儀，披一襲銀狐裘斗篷，風帽半掩，青衫翩翩，自那寒梅深處踏雪而來……連幻影也會這般真切，近在咫尺與我相望，彷彿伸手可及。

一陣風過，梅花簌簌灑落在他肩上，他抬頭，風帽滑落……質若冰雪孤潔，神若寒潭清寂，只淡淡抬眼的一瞬，已奪去天地間至美光華。

空庭閒闔，落梅紛飛，暗香縈繞如縷。

四目相交的剎那，時光迴轉，歲月如逝水倒流。

記憶裡溫潤如玉的少年，與眼前孤清落寞的男子疊印在一起，如幻如影，若即若離。他靜靜地望著我，幽遠目光穿越了離合悲歡，似水流年，凝定在此刻。

一瓣落梅沾著碎雪，隨風拂上他鬢角，那烏黑的髮間，隱隱有一絲灰白。五年的幽禁歲月，讓昔日俊雅無儔的少年，已經早生了華髮。

他半啟了脣，隱約似要喚出一聲「阿嫵」，語聲卻凝在了脣邊，終究化作一聲微不可辨的嘆息。

「王妃。」

他低聲喚我，這聲音曾無數次喚過我的名，那些低喃淺嘆，年少情濃的記憶，都隨著這一聲低喚，如潮水般湧現——只是，他叫我「王妃」，這淡淡二字卻似潮水裡裹挾的冰稜，生生刺進血肉，痛得人張不了口，發不出聲。

我緩緩垂下目光，平靜地向他行禮，微笑道：「不知皇叔今日回宮，王偎失禮了。」垂下目光，我再看不見他的神情，終於能夠從容地開口。

「子澹奉召回朝，未能及早知會王妃。」他亦淡定回應，語聲寧定得沒有一絲波瀾。

沉寂的庭苑，只聽得風動梅枝，雪落有聲，我與他卻是相對無言。彼此相隔不過數步，卻已經隔了一生，一世，一天地。

紛亂腳步和重物觸地的聲響令我瞬間回過神來，但見侍衛抬著幾樣簡單的箱籠，已經進了宮門。兩名內侍在前頭領路，當著子澹面前竟高聲催促，十分倨傲無禮。

領頭的內侍陡然瞧見我也在此，面色頓時一變，慌忙奔到跟前，滿面諂笑。「參見皇叔！王妃萬安！」

我略蹙了蹙眉。「皇叔今日回朝，景麟宮為何還是這個樣子？」

內侍忙回稟：「小人也不知皇叔今日便到，倉促間沒來得及灑掃，小人這就去辦！」

「是嗎？」我掃了他一眼，淡淡道：「我還以為，這是要等著我來動手。」

「小人不敢，小人罪該萬死！」內侍慌忙跪下，叩頭不止。

這宮裡的奴才最是勢利，誰得寵，誰失勢，捧哪個，踩哪個，向來毫不含糊。昔年光彩奪人的三殿下，如今已是孑然潦倒，性命尚且捏在他人手裡，哪還有半分皇子威儀，回到這趨炎附勢的宮廷，只怕是任人魚肉了。

我心中艱澀，仍強顏笑道：「皇叔風塵勞頓，請先移駕尚源殿歇息，待景麟宮稍事整理，打點齊整了再搬過來，可好？」

子澹微微一笑，唇邊竟牽出一絲細紋，更顯得那笑意淒涼。「如此便有勞王妃。」

我默然轉過頭去，曾經那樣親密的兩個人，如今已疏離得如同陌路。

忽見他身後轉出一名宮裝少婦，懷抱小小襁褓，走到我跟前，低頭垂頸，屈膝重重跪下。

「妾身蘇氏，拜見王妃。」

這輕細語聲落入耳中，我怔住，竟有些回不過神來。我凝眸看去，見她身形窈窕，秀髮如雲，那身粉錦貢緞的宮裝雖是上好的衣料，卻顯得有些舊了，頭上珠翠也極少……想來這幾年，子澹實在過得很是苦寒。

我心裡刺痛，忙溫言道：「蘇夫人不必多禮。」

那女子緩緩抬頭，鵝蛋臉，新月眉，明眸含怯，紅脣輕抿，這張姣好的容顏熟悉得怵目驚心。

錦兒，蘇錦兒，侍妾蘇氏。

我萬萬沒有想到，為子澹誕下女兒的那名侍妾，竟是我在暉州遇劫失散的貼身婢女蘇錦兒。

錦兒只望了我一眼，立刻低下頭去，目光與我相交一瞬，分明有瑩然淚光閃過。

「王妃……」

我怔怔地看著她，又看向子澹，竟說不出話來，一個字也說不出來。

子澹深深地看了我一眼，移開了目光，只悵然一笑。「錦兒很是記掛妳。」

阿越趨前一步，欲攙扶錦兒，她卻不肯起來。我忙俯身扶住她纖瘦肩頭，展顏微笑，眼前卻湧上水霧。「真的是妳嗎，錦兒？」

「郡主，奴婢對不起妳。」她終於抬起頭來，昔日豐潤如玉的臉龐已變得纖巧瘦削，眉目宛轉含愁，與從前判若兩人。

自從暉州遇劫，與她失散，那之後再沒有她的音訊。一別兩年，如今她竟帶著孩子，和子澹一起歸來。

我怔怔地看著她，分明驚喜欣慰，卻又隱隱悲酸，半晌才輕輕嘆道：「回來了就好。」

她懷中襁褓突然傳出嚶嚶哭聲，驀地驚醒了我——眼前一切都已變了，我卻兀自沉溺於往日，分不清今夕何夕，渾然忘了眼下的處境！

原來這就是蕭綦給我的驚喜，這就是他要等來的人，他在等著看我如何應對舊人舊情，看我究竟是驚是喜……寒意絲絲侵來，凝結於心，只餘無盡寒意。

「怎麼了，孩子可是凍著了？」我忙垂眸一笑。「先到暖閣歇著，再慢慢敘話不遲。」

子澹頷首一笑，目中劃過一抹不易察覺的傷感，旋即歸於無形。

我匆匆轉身，低頭在前引路，不敢再看他，只恐被他的目光洞穿了偽裝的笑顏。

進得暖閣，那孩子越發哭鬧，大概是餓了。

「宮裡有奶娘，傳奶娘來吧。」我看了看錦兒懷中襁褓，掉頭吩咐阿越，不知為何，竟不願多看那孩子一眼。

錦兒忙道：「不勞奶娘，這孩子一直是我自己帶，也不慣生人。」

他們竟連奶娘也沒有，真不知這些時日是如何過來的。

錦兒抱了孩子去裡間餵奶，外間只剩我和子澹，對坐無言。沉默片刻，我微笑道：「太皇太后已經給小郡主擬了名字，是單名一個玟字，皇叔若滿意，便可賜命了。」

子澹端了茶盞，修長蒼白的手指輕叩青瓷茶托，靜了半晌，淡淡道：「她叫阿寶。」

我心口一緊，手上輕顫，盞中茶水幾乎潑濺出來。阿寶，他的女兒叫作阿寶……

「阿寶，妳便叫作阿寶好了！」

「我才不要叫這麼難聽的名字，子隆哥哥討厭！」

「妳既然扮作小丫頭，難道還能叫上陽郡主？」
「其實……阿寶也很好聽啊。」
「子澹你也不幫我！每次都是我扮丫頭，不玩了！」
「阿寶，阿寶，小氣鬼……」

那麼多年了，我竟還記得，他也記得。

濃濃酸楚襲上鼻端，我霍然抬眸，淡淡道：「這個名字不好聽。」

昔年我們一起玩鬧，錦兒亦常常跟在左右，她豈能不明白這個名字的深意。哪個女子願意以另一個女子的暱稱為自己女兒命名，就算不能抗拒，心中也必然是不甘心的。

「錦兒很好……」我望向子澹，眼中不覺已泛起淚水。「你，切莫辜負了她。」

子澹定定地看著我，唇畔漸漸浮現出一抹蒼涼笑容。「他，待妳可好？」

他終究還是問了不該問的話。我無奈地望著他，為何直到如今他還學不會機變自保，他可知這宮闈危機四伏，自己性命早已捏在他人手裡。

我漠然起身，彷彿不曾聽見他方才之言，欠身道：「皇叔風塵勞頓，王儇不便叨擾，晚些時候再來探望。」

「王妃，奴婢已將一應衣飾用具送去景麟宮了，要不要再多撥些人過去侍候？」阿越一邊靈巧地幫我更衣梳妝，一邊低聲探問。

我閉上眼。「不必，就照常例辦。」

「是，那晚上宮宴，皇叔的席位也還是照舊安排？」我略一點頭。

「蘇夫人身邊還是撥些奶娘、嬤嬤過去吧？」我嗯了一聲。「小郡主好像還——」

「夠了！」我陡然睜眼，拂袖將面前妝檯上的物什統統掃落。

阿越和一眾宮人慌忙跪下，我耳中嗡嗡作響，全是皇叔、蘇夫人、小郡主……一字字盤旋不去，擾得我心煩意亂，莫名不安。越是竭力想要揮開這陰雲，越是有人在耳邊一次次提起，似乎所有人都在等著看戲，看我如何應對這冰冷的一幕。

「不必折騰了，皇叔此番不會長住。」我頹然嘆息，揮手讓她們都退下。蕭綦等來領兵南征的人，原來是子澹。

我閉目澀然一笑，不錯——討伐子律，還有誰比皇叔子澹更合適？讓他掛上統帥的虛名，以皇室的名義領兵南征，如此一來，就算屠盡江南宗室，也不過是皇室操戈，自起殺戮，與攝政王蕭綦全無關係。

屠戮宗室是萬世難洗的惡名，蕭綦這一招借刀殺人，實在高明之至。

我撐著妝檯，身子不由自主地顫抖。

原以為讓子澹留在皇陵，就算偏寒寂寥，也好過置身這是非紛爭之地。至少他還有錦兒和幼女相伴，至少可以平安到老。

然而一紙詔書，終究將他帶回到這物是人非的宮城，只怕他還不知道，眼前等著他的，將是一場手足相殘的慘事。

子澹，我該怎麼辦，明知道等待你的將是萬劫不復之災，我卻無力阻止。

「叩見王爺。」侍女們的聲音從宮門口傳來。

我霍然轉身，抬手一掠鬢髮，挺直了後背，靜靜地望向門口。

蕭綦踏入內室，挺拔身形被明燭之光照耀，籠上一層淡淡光暈。他已著上金章華綬的禮服，王冠嵯峨，廣袖上騰躍雲霄的金龍，長鬚利爪，龍睛點染朱砂，炯炯逼人，赫然不可直視。他負手立在我面前，影子投在漢玉蟠龍的地面，長長陰影似將一切籠罩。

眼前之人是我的夫君，亦是天下的主宰，無人可以忤逆他的意志。

他走近我，帶著一如往常的淡定笑容，眼底斂去了鋒芒，愈覺深不見底。我挺直後背，仰首屏息，靜靜地望著他走近，近得可以觸及彼此的氣息。

他的目光能令陣前大將當眾冷汗透衣，即便是殺人如割草的七尺男兒，也擋不住他洞悉一切的凌厲目光。

我平靜地迎上他的目光，並不閃避，任由他的雙眼將我內心洞穿——寒梅林中故人相見，連我自己都意想不到，竟是如此清醒平淡。

一直不敢想，子澹歸來之日會激起怎樣的波瀾，直到他真的站在我面前，猝不及防之下，我才清楚看見自己的心。過往種種，已如昨日長逝，曾經的傷口上早已長出新的血肉，覆蓋了一切痕跡。人心是最柔軟亦最堅硬的地方，我終於明白，屬於子澹的那扇心扉已經徹底鎖上。

蕭綦審視著我的眉目神情，我亦思量著他的喜怒心意，四目凝對之下，我們無聲對峙，時光也彷彿凝滯。

他的眼神漸趨柔和，修長的手指穿過我散覆肩頭的長髮，將一束髮絲握在掌心，含笑嘆息：「我娶了天下最美的女子。」除此，他還擁有天下至高的權力、最為忠誠的勇士、最神駿的戰馬、最鋒利的寶劍……世間男子渴求的一切，他幾乎都已擁有。

而另一個人恰好相反，他已一無所有，曾擁有過的一切都已失去。

我深吸一口氣，握了蕭綦的手，將他掌心貼上我的臉頰，微微一笑。「天下最好的一切都已在你手中，別的，已是無足輕重。」

他輕輕扳轉我身子，從背後環住我，與我一起看向巨大而光亮的銅鏡，鏡中儷影爭輝，將明燭燈影的光芒盡壓了下去。

「這一生，妳只許站在我的身旁。」他語聲低沉，緩緩吻上我光裸的脖頸，一點一點吻下去。那鏡中的女子眸色迷離，青絲繚繞，從胸口到面頰迅速染上一層薔薇色……我再沒有力氣支撐，軟倒在他懷抱，咬唇忍回心底的酸澀。

此時此地，縱有再多委屈也不能開口，不能將他激怒。我已失去太多親人，不能再失去一個子澹。

然而，我不知道，究竟什麼時候我們才能放下一切，再不用彼此猜疑。

一聲清越悠長的鐘聲遙遙傳來，那是入夜報時，命各宮掌燈的晚鐘。已是掌燈時分，宮筵的時辰快要到了。宮燈高照，茜紗低垂，侍女們遠遠退去。

「還不梳妝，要我幫忙動手嗎？」蕭綦含笑看我，終於將我放開。

我垂眸一笑，親手拈起象牙嵌金梳，緩緩梳過長髮，綰作如雲宮髻。蕭綦負手立在身後，溫柔地笑看我梳頭。

最後一枚鳳釵斜斜插上髻間，我從鏡中凝視蕭綦，靜默片刻，淡淡道：「今日見著子澹，我很高興。」我的話發自肺腑，由衷感喟：「我的親人已經不多，能夠見著子澹平安歸來，過往種種，塵埃落定，也算了結了一樁罣礙。」

蕭綦似笑非笑，手指勾住我鬢旁幾綹散落的髮絲，悠然道：「妳還欠我一個問題。」

我轉眸一想，不覺失笑，他竟對那句「總之不一樣」的戲言耿耿於懷。我斂了笑容，深深看著他。「青梅竹馬是可以同歡笑，共無邪的夥伴，恰如兄弟知己；愛侶則是禍福生死都不離不棄，彼此忠貞，再無他念……這便是我所謂的不一樣。」

蕭綦目光深邃，久久不語，默然將我攬入懷抱。

我不知道這一番話能否消除他心中芥蒂，只暗自忐忑，亦慶幸眼前是我的愛人而非敵人。

陡然下頷一緊，蕭綦抬起我的臉，笑意裡透出殺機。「可我偏偏嫉妒。」

我呆住，幾疑自己聽錯，他是說嫉妒嗎？如此桀驁豪邁的一個人竟親口說出「嫉妒」二字。

「我嫉妒他早遇見妳，竟敢比我早了十幾年。」他臉上沒有一絲笑容，眼底戾氣忽重。

這孩子氣的話，卻一本正經從他口中說出，令我怔了片刻，才陡然大笑起來，直笑得喘不過氣。

「誰叫你自己來得遲。」我伏在他胸前，一時悲喜交集。「遲了這十幾年，往後就用你一輩子來償還。」

蕭綦還未回答，屏風外卻傳來阿越的催促聲：「王爺、王妃，時辰已近，是否起駕入宮？」

我們靜了下來，兩人均不語不動。我伏在他懷中，深深藏起臉龐，半晌才開口：「子澹，真要南征嗎？」

蕭綦淡淡反問我：「妳不願意？」

我不敢抬頭看他的眼睛，緊閉了眼，心如刀割。「我以為，他不會願意。」

蕭綦笑了笑，緩緩道：「他若順從旨意，我可保他陣前無恙；若是抗旨，那就不必再回來了。」

搖光殿憑水而立，殿閣玲瓏，碧簷金闌倒映流光，入夜燈影與水中倒映的點點星輝相交融，迷離搖曳，恍如瓊苑瑤臺。茜紗宮燈沿殿閣迴廊蜿蜒高掛，珠翠環繞的嬌嫋宮婢擎著上千支巨大明燭，每隔五步，侍立左右，照得大殿明華如畫。龍涎沉香膏的馥郁香氣，飄渺縈繞，行過九曲迴廊，熏得人履襪生香。

琉璃杯，琥珀盞，金玉盤，滿座王孫親貴，錦衣華章，蘭麝幽香遍傳遠近，環珮之聲入耳旖旎。殿上鐘樂悠揚，宛轉絲竹響遏行雲。

殿前龍椅空置，水晶簾捲，簾後錦榻上的太皇太后，早已昏昏睡去。靜兒由我抱至殿前接受眾臣朝拜，稍後便讓奶娘抱了回去。

蕭綦坐於首席，席前迎奉祝酒之人絡繹不絕。我矜然含笑，隨著他一次次舉杯，仰首飲盡的剎那，目光掠過杯沿，斜斜落至對面。

對面子澹神色恍惚地端起白玉杯，獨自倚坐案後，蒼白容顏染上一抹微醺的紅。

他以皇叔之尊同樣位列首席，席前卻是冷冷清清，素日交好的名門親貴紛紛避之唯恐不及。

我握緊手中水晶杯，心底微微地痛，蕭綦的話一遍遍盤旋心頭，那甘醇美酒入喉盡化作苦澀。

不經意間，子澹回眸迎上我的目光，神色淡淡，隱有一絲纏綿掠過眼底。

我手上一顫，杯中瓊漿灑出，濺上衣袖。侍立在側的宮女慌忙上前，幫我拭去衣上酒漬。

此刻不知有多少雙眼正在看著我，看著他，看著蕭綦……我們都不能有半分行差踏錯。

我靜靜地望著他，企盼他能看懂我眼中的擔憂與歉疚。他卻移開了目光，脣畔牽起一抹飄忽的笑，逕自斟上一杯酒，仰頭一飲而盡。

我黯然垂眸，恍惚的瞬間，忽又有人趨前祝酒。「微臣恭祝王爺福壽齊天。」

福壽齊天，這話好生唐突大膽。我微微蹙了眉，卻見眼前這人眉目清朗，風儀雅致，身穿御史大夫服色，原來是他——允德侯顧雍的姪孫，顧家這一輩裡僅存的男兒，當日與子澹交遊甚密的風流名士顧閔汶。
我淡淡一笑，轉眸看向他身後的少女，那少女娉婷紫衣，螓首低垂，依稀窺得相貌不俗。
「顧大人請。」蕭綦神情倨傲，微微頷首舉杯，顯然並不欣賞這句唐突的奉承。
顧閔汶有些尷尬，旋即微笑側身，引出身後的少女。「舍妹顧采薇，素仰王妃風華，今日初次入宮，特來拜見王妃。」紫衣少女盈盈下拜，纖腰款款，我見猶憐。
曾聽說過宜安郡主的女兒、顧雍的嫡孫女，是以工詩善畫而聞名京華的美人，我凝眸看去，柔聲笑道：「原來是采薇，我亦久聞妳的才名。」
顧采薇緩緩抬起頭來，明眸似水，綠鬢如雲，好一個出塵的麗人。
見我打量她，她亦目不轉睛地望著我，眼中掠過欽羨，垂眸柔聲道：「王妃龍章鳳姿，天人之質，采薇心嚮往之。」她態度謙恭，言語卻是不卑不亢，令我多了幾分好感。
我含笑點頭，卻見顧閔汶面露得色，悄然窺看蕭綦，諂笑道：「舍妹對王爺英名亦是欽慕久矣。」
顧采薇垂眸斂眉，聞言更是深深低頭，頰生紅暈。而蕭綦聽了此話，仍是倨傲慵然，目光掃過眼前麗人，並無停留之意。
可嘆堂堂顧氏竟淪落到如此地步，自顧雍病故，昔日名門公子非但趨炎附勢，更無恥到以美色討好權臣。

我心下雪亮，不由冷冷一笑，再看這顧采薇頓覺可憐可惜。她卻似鬆了口氣，抬眸望向我，目光閃閃動人。

「顧氏門庭鐘毓，果然人才輩出。」我不忍見她難堪，便溫言笑道：「聽聞妳善畫，不知師從何人。」

顧采薇粉頸低垂，頰上紅暈更甚，輕聲道：「采薇曾受江夏郡王指點。」

江夏郡王，我一怔，旋即粲然笑嘆。「原來是家兄收的好弟子，難得難得。」

「舍妹蒲柳之姿，蒙王妃謬讚，實在惶恐之至。」顧閔汶神色尷尬，似不肯死心，抬頭卻觸上我冷冷目光，只得訕訕領了采薇退下。

我回眸看向蕭綦，見他似笑非笑地瞧著我，眼底大有狡黠得意。

酒至半酣，宴到盛時，眾人都已醺然，蕭綦起身，抬手罷了樂舞，滿殿笑語歌樂頓時歸於沉寂。

蕭綦負手立於玉階之前，環視四下，神色冷肅。「蒙天祚之佑，吾皇隆恩，今日得與諸公共慶良宵，安享盛世升平，乃予之幸也。然江南之亂未平，予等朝夕不能安寢。所幸今日皇叔回朝，吾皇得肱股之助，實乃天下蒼生之幸。」

群臣頓首，齊頌吾皇萬歲。

「我南征前鋒已至江左，萬事俱備，三軍待發。此番伐逆任重道遠，非皇室高望之人，不足以當主帥之任。」蕭綦的目光掃過群臣，滿殿鴉雀無聲，子澹垂眸端坐，臉上不辨喜悲。蕭綦的目光終於落在他身上。「而今放眼滿朝文武，唯皇叔眾望所歸。」

子澹不語不動，蒼白的臉上毫無波瀾，似早已預見了這一刻的來臨。他是永遠不懂得反抗的人，即便到了這樣的時刻，也只是以沉默來抗拒，而這沉默之下，卻已懷了赴死的決心，殿外夜風吹動水晶簾，簌簌的清冷聲音，一下下敲擊在心頭。

殿上很靜，死一般的寂靜。蕭綦冷冷負手，一言不發，靜候著子澹的回答。

我望著子澹，默然咬唇隱忍心中焦急，卻恨不得奔上前去將他搖醒——子澹，沒有用的！即使你以沉默抗拒，也挽回不了這定局。聖旨早已經擬好，猩紅的玉璽也已加蓋上去。此刻蕭綦還有耐心，還肯給你一線生機，只要你能順從，他便答應我不會奪你性命……子澹，求你開口，求你接受這旨意！

蕭綦的目光一分分陰冷下去，殺機迸現。

再不能拖延，我顧不得多想，霍然站起。一時間滿殿皆驚，每個人的目光都投向我。子澹終於抬眸，靜如死水的眼底泛起悸動波瀾，淡無血色的脣微微翕張，卻沒有發出一絲聲音。

我端了酒杯，徐步行至子澹面前，眼角瞥見一道焦慮關切的目光，是宋懷恩。

此刻滿殿的人都在等著看，看我如何為昔日愛侶求情。

我雙手舉杯，直視子澹，微微含笑道：「得皇叔之助，是我社稷之福，百姓之福，王儇恭祝皇叔旗開得勝，平安歸朝！」

子澹定定地望著我，面孔在瞬間褪盡血色。我對他驚痛目光視若無睹，只將酒杯雙手奉至他眼前，不留半分退讓的餘地。

片刻的僵持，於他是生死相懸，於我卻是愛恨之隔。子澹終於伸出手，接過酒杯，指尖與我微微相觸，只頓了一頓，驟然仰頭，杯傾酒盡。

眾人齊聲高頌：「恭祝皇叔旗開得勝，平安歸朝！」

我靜靜地垂目而立，不看子澹，不看蕭綦，亦不管任何人的目光。

就讓世人皆當我涼薄無情，就讓子澹從此恨我……子澹，我只要你懂得，與其愚蠢地死去，不如堅強地活著。

從前是你告訴我，世間只有生命最為可貴，也是你告訴我，人要惜福，更要惜命——你教我的，請你一定要做到。

翌日，聖旨下。

拜皇叔子澹為平南大元帥，宋懷恩為副帥，領軍二十萬，征討江南逆黨。

締盟

我召玉岫入府，將一只通體晶瑩無瑕的鏤雕麒麟碧璽瓶賜給了她。「麒麟瓶，寓意平安威武，妳替我轉交懷恩，祈望天佑平安，早日得勝回朝。」我撫著瓶身，淡淡微笑。

玉岫感激地接過玉瓶，屈身下拜。「多謝王妃。」

我握了她的手，一字一句道：「告訴懷恩，我在京中等候他們平安歸來。」蕭綦的允諾，我終究還是不夠放心。兩軍陣前，或許一切都有可能發生。千里之外，我不知道還有沒有能耐保護他周全。

子澹是恬淡如水的一個人，骨子裡卻藏著凜冽如冰的決絕，此去江南只怕他已懷有必死的決心。

我一面暗中吩咐龐癸，以侍衛的身分跟隨子澹南征，貼身保護他的安全；一面將子澹託付給宋懷恩，要他務必帶著子澹平安回來見我。

除去蕭綦的寵愛，我終究還得握有自己的力量。

身為女子，我不能躍馬陣前，親自開疆拓土，也不能立足朝堂，直言軍國大事。從前，我以為失去了家族的庇佑，就一無所有。

如今我才明白，家族賜予我的寶物並非榮華富貴，而是與生俱來的智慧和勇氣，令我得以征服天下最有權勢的男子，征服天下最忠誠的勇士。

男人征伐天下，女人征服男人，古往今來，這都是天經地義的法則。

今日的王儇已非昨日嬌女，我要天下人再不敢小覷我，無論何人都不能操縱我的命運。

南征之日在即，而元宵宮宴之後，我再沒有踏足景麟宮，也再沒有見到子澹。

錦兒雖與我久別重逢，也只在當日匆匆一見，之後要事紛至，我亦沒有心思與她敘舊，抑或我還未能想好怎樣面對她。如今，她已是子澹的侍妾，是他女兒的母親……再不是昔日隨侍我左右的小丫頭。

是夜，宮中來人說靜兒又發熱咳嗽，我忙入宮探視，守著他入睡後才離開乾元殿。

剛剛步下宮前的玉階，忽聽侍衛一聲暴喝：「是誰！」

左右侍從立即將我團團圍在中間，燭火大亮，但見偏殿簷下一個黑影，被蜂擁而上的禁軍侍衛圍住，刀劍寒光乍現。

「王妃救我，我要見王妃！」驚慌的嬌呼陡然響起，竟是錦兒的聲音。

我喝住侍衛，疾步趨前，果然是錦兒被侍衛的刀劍架住脖頸，狼狽跌倒在地。

「怎麼是妳？」我一時驚詫莫名。

她臉色蒼白，涕淚縱橫。「奴婢想求見王妃，不欲被皇叔知道，是以悄然等候在一旁……」

我蹙眉嘆了口氣，令阿越扶起她。「蘇夫人以後有事，命宮人通傳即可……也罷，妳隨我來。」

我領著她與心腹侍女避入殿內，心中大致猜到，她必是為了子澹南征的事來求我。屏退了左右侍衛，我不動聲色地坐下來，淡淡道：「蘇夫人有事請講。」

錦兒陡然跪倒，失聲泣道：「郡主，錦兒求您大發慈悲，求求王爺，別讓皇叔出征，別讓他去送死！」

「住口！」我料不到她竟如此口無遮攔，忙截住她話頭。「這是什麼話，皇叔出征在即，豈可如此胡說！」

「這要一去，他哪裡還回得來！」錦兒不顧一切地撲到我腳邊，戚然望著我。「郡主，您就沒有一絲慈悲之心嗎？」

我氣急，渾身發顫，竟忘了如何反駁，只厲聲道：「錦兒，妳瘋了嗎？」

她拽住我的衣袖，泣不成聲。「難道郡主就毫不顧念過往的情分……」

我耳邊嗡的一聲，只覺血往上衝，想也不想便是一記耳光，揚手摑去。「給我住口！」

錦兒跌倒在地，半邊臉頰通紅，呆呆地望著我，再不哭叫。

「蘇夫人，妳聽仔細了！」我盯著她雙目，一字一句道：「皇叔出征是奉旨討逆，必會旗開得勝，平安歸來，絕不會死在陣前。」我盯著她驚駭欲絕的面孔。「可妳方才的話若是傳揚出去，卻會立刻為他招致殺身之禍！」

錦兒癱軟在地上，渾身發抖，語不成調：「錦兒知罪，是錦兒莽撞無知……求郡主——」

我再一次截斷她的話。「錦兒，妳要記住兩件事，往後再不許提到『過往情分』四個字，此其一；其二，我已是豫章王妃，往後不必再稱郡主。」

她不再開口，只一瞬不瞬地盯著我，目光幽幽變幻。我側首嘆息，不願再多說，揮手讓她退下。

她緩緩退到門口，忽然轉身，冷冷地看我。「王妃，您就這麼不願提起從前，恨不得將過往一切都拋開嗎？」

我閉了眼，只覺深深疲憊，甚至不願再看她一眼。「阿越，送蘇夫人回去，今後沒有我的令諭，不得踏出景麟宮半步。」

錦兒陡然笑了起來，掙開阿越。「王妃放心，錦兒不會再給您惹麻煩了！」

我漠然拂袖，轉身往殿外而去。

「就算錦兒背叛了王妃……」錦兒一面被宮人拖走，一面兀自慘笑。「但皇叔絕沒有半分對不起您！」

正月二十一，正午吉時，子澹率眾出武德門，遠赴征程。

蕭綦率百官登臨城頭，遙遙相送。在司祀頌告聲中，蕭綦肅然舉起酒樽，上祭蒼天，下祀後土，餘酒潑灑向四方。

我立於他身後，從高高的城頭俯視子澹遠去，那銀盔雪甲不染微塵，在軍陣之中格外醒目，宛如薄雪飄落盾甲，轉眼便被黑鐵潮水般的軍隊淹沒，漸漸遠去無蹤。

他始終不曾回望城頭，那單薄孤清的身影，決絕地消失在我眼前。

轉眼三月，初春連綿的陰雨整整下了十餘天。

整個京城都被籠罩在綿愁不絕的風雨中，瑟瑟終日，宮中也越發的陰冷。京城每到春秋時節，總有那麼十天半月陰雨連綿，令人鬱鬱難歡。

前些天又染了風寒，原以為是小恙，卻不料纏綿病榻，一躺就是數日。自兩年前那場大病過後，一直未能復原，無論如何調養仍是虛弱，太醫認定我的身子仍然不能承擔生育之累，那藥也是一日未曾間斷。

午後睡起，我朦朧倚在軟榻上，一時胸口窒悶，掩口連連咳嗽。忽覺一隻溫暖有力的大手擱在我後背，輕輕拍撫。我勉力笑了笑，扶了他的手，倚倒在他懷中，冰涼的身子頓時被濃濃暖意包圍。

「好些了嗎？」他輕撫我的長髮，滿目愛憐。

我點頭，見他一臉倦容，眼裡隱有紅絲，一時心中不忍。「你自己忙去，不必管我，誤了正事又要熬到半夜。」

「那些瑣事倒不要緊，倒是妳才叫人放心不下。」他嘆了一聲，替我攏了攏被衾。近日南征大軍在輿陵磯受阻的消息傳來，令人憂煩焦慮，他更是一連數日未曾睡過好覺。

正欲問他今日可有進展，卻聽簾外傳來通稟：「啟稟王爺，諸位大人已在府中候著。」

「知道了。」蕭綦淡淡答道，卻是無動於衷。

我看向簾外的急風驟雨。「南邊還是僵持著嗎？」

「這些事用不著妳胡思亂想，自己好生歇著。」蕭綦笑了笑，幫我攏起散落的鬢髮，徑直起身離去。

我望著他背影，心中思緒紛亂，盤桓許久的話，到了脣邊卻又遲疑。哥哥的書信還在枕下，取出又讀了一遍，薄薄的一紙書信，捏在手中，竟重逾千斤。

南征大軍一路南下，勢如破竹，到了輿陵磯，卻遭遇連日大雨，江水暴漲，先前預備的小艇根本無法渡過湍急的江面。而輿陵守將棄城南逃時，已預知雨季將至，竟將沿岸高大樹木盡數伐去，令我軍不能造船渡江，以致在輿陵磯被困多日。

胡光烈的十萬前鋒，與敵方對峙已久，糧草將盡，急盼大軍來援。如果輿陵磯不能強渡，唯一的辦法就是繞道滑州。滑州是晉安王封地，地勢險峻，易守難攻，若非晉安王開城借道，要想強行攻城，恐怕比渡江更難。而晉安王與建章王更有姻親之盟，一面假意上表朝廷，聲討逆臣，以忠良自居；一面卻又扼守滑州，拒不開城，對朝廷陽奉陰違，實在可恨之至。

哥哥在信中稱，拖延多年的楚陽大堤，在他到任後幾經艱難，終於修築落成。楚陽大堤一旦建成，下游危害多年的洪澇之患，幾乎化解大半，可謂功在千秋，澤被蒼生。這道大堤非但是哥哥的心血，更是投入無數財力，耗費數千河工血汗所成。

然而我也知道，正是大堤連日搶工，而三條導引副渠還未來得及完工，才使得上游江水遇雨暴漲，無法洩洪，江水上漲到前所未有的程度，阻礙了大軍渡河。

連日暴雨，毫無消停之勢，為今之計只有毀堤洩洪，能令江水回落。築堤難，毀堤更難，一旦毀堤，就意味著楚陽兩岸近三百里平原將被盡數淹沒，萬千百姓將遭遇滅頂之災，稼穡毀棄，家園不再……那哀鴻遍野的慘景，令我不寒而慄。

眼下宋懷恩與子澹困守在輿陵磯，於數日前上奏蕭綦，要求立即毀堤洩洪，讓大軍渡河。哥哥得知此事，一面緊急上書朝廷，一面修書給我，要求無論如何不能毀堤，務必再給他一些時間，將導引渠完工。

然而，我們都不知道三條導引渠究竟還需多久的時間，也不知道南征前鋒還能不能等到那麼久。

蕭綦陷入兩難之境，孤軍陷入江南的十萬前鋒，是與他出生入死多年的同袍將士，若後援再不能趕到，勢必陷他們於絕境，蕭綦斷不能棄十萬將士生死於不顧。然而楚陽兩岸百姓何罪，若是要以生靈塗炭、家園毀棄為代價，這樣的戰爭贏來也會伴隨著千古罵名。

我們都在徘徊掙扎，前方戰事與河岸百姓生死，到底孰輕孰重？為了權位征伐，值不值得付出無辜百姓的性命，去贏得一場同室操戈的戰爭？

而哥哥的心血一旦被毀，治河反釀大禍，這又讓他情何以堪，更讓他如何承擔這千古罵名？

夜裡咳了半宿，好不容易平歇下來，剛闔了眼迷糊睡去……忽聽一陣急促步履聲，值夜侍衛的聲音低低傳來：「啟稟王爺，邊關加急軍報傳到，十萬火急！」

我霍然睜眼，卻見蕭綦已經翻身坐起，披衣下床。「呈上來！」

殿外光亮隨即大盛，侍從匆匆而入，跪在簾外。「邊關火漆傳書，請王爺過目。」

蕭綦接過那道火漆鮮明的書函，蹙眉打開。房中一片沉寂，隱隱透出令人窒息的緊張。我探身起來，掀起床帷，但見明燭之下，蕭綦面色漸漸凝重，如罩寒霜，周身似有凌厲殺氣彌散開來，令我心頭陡然一緊。

殿外夜雨淅瀝，天色仍是漆黑一片，風雨聲裡涼意逼人。

「北邊怎麼了？」我忍不住出聲探問。

蕭綦回首看我，面色和緩了些，逕自取過外袍穿上。「沒什麼大事，時辰還早，妳再睡會兒。」

我望著他冷峻面容，驀然發覺這些日子他似乎瘦削了些，眉目輪廓越發深邃如鐫。這偌大江山盡壓在他一人肩上，縱是鐵鑄的人也會疲憊。

一時間心頭酸澀，我不由嘆道：「非得這麼急嗎？這才三更，早朝再議也不遲。」

蕭綦沉默了下，淡淡開口：「南突厥犯境，軍情如火，延緩不得。」

我心頭大震。「突厥人？」

「區區南突厥倒不足為患。」蕭綦冷哼一聲。「可恨的是，南邊竟敢與外寇勾結！」

就是數日前，南突厥五千騎兵掠襲弋城，擄掠牛羊財物無數。邊關守將出兵追擊，將突厥騎兵逐出弋城，卻在火棘谷遭遇突厥大軍阻截，無功而返。南突厥王親率十萬鐵騎，兵臨城下，虎視眈眈，揚言一雪當年之恥。

邊關守將向寧朔求援，而寧朔駐軍一半已調遣南征，並駐防在京畿周邊重鎮，如今兵力空虛，僅與突厥十萬騎兵相抗倒是無虞，但南突厥背後勢必還有援軍，若是與北突厥合力南侵，只怕邊關情勢堪虞。

當年蕭綦任北疆守將，歷經數場大戰，終將突厥逐出邊境，退縮漠北。老突厥王傷重不治，不久即病逝，由此引發王族爭位，使突厥分裂為二，北突厥勢弱，遠徙北方，自此與中原斷絕往來，南突厥經此重創，元氣大傷，多年不敢越過漠北半步。

此後數年間，中原皇室動盪，內亂頻生，蕭綦忙於權位之爭，無暇北顧，給南突厥以喘息之機，伺機吞併漠北弱小部族，加緊蓄養兵馬，終於釀成大患。

然而，比這更壞的一個消息，卻是我軍間者潛入敵營，發現突厥王帳下竟有南方宗室使臣，非但以重金協助突厥出兵，更與突厥立下盟約，由南方宗室拖住南征兵力，突厥趁機北侵，對中原形成南北夾擊之勢。

南方宗室此舉，分明是引狼入室，為了爭奪權柄不惜將國土割裂，將北方邊陲拱手讓給外寇。

雨水從房簷如注流下，簾外雨幕如織，天際黑雲沉沉。

我立在窗下，披了風氅，仍覺得陣陣陰冷。南突厥，南突厥……恍惚似回到了蒼莽北地，那個白衣蕭索的身影隱約浮現眼前。

阿越上前，一面輕輕將風簾放下，一面笑道：「窗邊風大，王妃還是回房內歇著吧。」

我自恍惚中收回思緒，回眸看了看她。「阿越，妳是吳江人氏吧？」

「奴婢幼年在吳江長大，後來才隨家人遷往京城。」她含笑答道。

我踱回案前，沉吟道：「吳江鄰近楚陽，那一帶水土滋沃，民生可還富饒？」

阿越遲疑道：「說起來水土倒是極好，只是連年水患成災，有錢的人家大多都遷徙了，只留下平常百姓，非但有水患之苦，還要受貪官盤剝。」提及家鄉之苦，她越說越是不忿：「好不容易躲過天災，卻躲不過人禍，每年名為治水，不知要搜刮多少錢財，鄉野父老都說，人禍猛於水……」

南方吏治腐敗，早有所聞，聽她這般說來仍是令我心中沉痛。人禍猛於水，如今南方內亂，北面外寇入侵，若論為禍之烈，豈是水患可比。

我曾經猶疑，到底值不值得為了一場同室操戈的戰爭，而令百姓付出慘重代價。然而，眼下突厥入侵，這場戰爭已不再是同室操戈，而是外禦強寇、內伐國賊之戰。比起疆土淪喪、社稷傾覆的代價，我們寧願選擇另一種犧牲。

蕭綦決定再給哥哥半月時間，並令宋懷恩調撥軍隊趕往楚陽，全力搶修管道，若半月之後引渠未成，便由宋懷恩立即毀堤，任何人若敢違抗，軍法處置。

數日後，南方宗室的使臣趾高氣揚地入京，要求議和，實則挾勢相脅。太華殿上群臣肅穆，我抱了小皇帝坐在垂簾後，蕭綦朝服佩劍立於丹墀之上。使臣昂然上殿，呈上南方藩王聯名上表的奏疏，要求劃江分立，子律南方稱帝。此人言辭倨傲，舌綻蓮花，極盡口舌之能，揚言十日之內，朝廷若不退兵，北境無力禦敵，突厥鐵騎將長驅直入。群臣聞之激憤，當庭與之相辯，怒斥南方諸藩王為國賊。

蕭綦拿起內侍呈上的奏疏，看也不看，揚手擲於階下。廷上眾人皆是一驚，隨即默然肅立。

「回去告訴諸王——」蕭綦傲然一笑。「待我北定之日，便是江南逆黨覆亡之時！」

階下肅靜片刻，眾臣齊齊下拜高呼：「吾皇萬歲！」

使者陰鷙色變，訕訕而退。我從簾後望見蕭綦挺立如山的身影，不由心緒激蕩，這萬里江山有他一肩承擔，縱然風雨來襲，亦無人可撼動分毫。

連日來，北境戰事如荼，突厥騎兵連日強攻，四下燒殺掠境，後援兵馬陸續壓境，守城將士拚死力戰，傷亡甚重。所幸唐競已率十萬援軍北上，不日就將抵達寧朔。

南北兩面同時陷入僵持，戰報如雪片般飛馬送到，我一次次期盼南邊傳來哥哥的消息，卻一次次希望落空。

夜闌更深。我坐在鏡前，執了琉璃梳緩緩梳理長髮，神思一時恍惚。半月的時間已經所剩不多，這區區十餘天，於我們、於哥哥、於楚陽兩岸百姓、於北境守軍、於南征前鋒大軍都是漫長的煎熬。然而哥哥遲遲沒有消息傳回，也不知引渠能否如期竣工……

想著一旦毀堤的後果，我心中陰霾越盛，手中用力，竟硬生生將那琉璃梳折斷成兩截。不祥之感頓時如潮水湧上，再無法抑制心中恐懼，我陡然拂袖，將面前珠翠全部掃落。

「阿嫵！」蕭綦聞聲，丟了手上摺子，疾步過來掰開我掌心，這才驚覺斷梳的裂面已將掌心劃破一道淺淺血痕。

我轉身撲進他懷抱，一言不發，身子微微發抖。

他默然嘆息，只用袖口拭去我掌心血絲，素色絲袍染上殷紅。聽到他平穩有力的心跳，我心中恐懼漸漸平定，喃喃道：「這場仗什麼時候才能打完，什麼時候才有安寧？」

他俯身輕輕吻在我額頭，帶著一絲疲憊的嘆息。「我相信很快會有捷訊。」

蕭綦果然言中，次日雖沒有傳來我盼望已久的音訊，卻發生了一起出人意料的變故。

突厥密使悄然入朝，求見攝政王蕭綦。此人來得十分隱祕，竟是繞過北境，從西北而入，一行人喬裝成西域商賈，直至入關之後才被識破。本以為是突厥奸細，為首之人卻自稱是王子密使，要求覲見攝政王。當地官吏果真從他身上搜出突厥王子密函，當即命人一路押送至京中。

突厥斛律王子在密函中稱，當日與蕭綦有過盟約，如今他羽翼已成，趁突厥王南侵，正是奪位之機。苦於手中兵力微薄，不敢貿然起事，願向中原借兵十萬，約定功成之後，立即從北境撤兵，割贈秣河以南沃野，按歲貢納牛羊馬匹，永不犯境。

崇極殿上，突厥密使入見，不僅帶來王子的印信為證，更呈上一件特殊的禮物。高大濃髯的突厥密使垂手立在一旁，用流利的漢話稟道：「這是敝國王子進獻給豫章王妃的禮物。」

那只錦匣被奉到我面前，我抬首望向蕭綦，他卻面無表情，只微微頷首。

我緩緩掀開了錦匣，裡面是一朵雪白奇異的花，分明已經摘下多時，依然色澤鮮潤，蕊絲晶瑩。

「這是敝國霍獨峰之上所產的奇花，歷雪不衰，經霜不敗，百年開花一次，乃天下避毒療傷聖品。敝上言道，此物本該兩年前奉上，因故遲來，望王妃見諒。」賀蘭箴仍然記得那一掌，更以這般隱晦的方式為當日擊傷我賠罪。

那花蕊中隱隱有光華流轉，我撥開合攏的花瓣，赫然見一枚璀璨明珠藏於其中。

當年大婚之時，宛如姊姊贈我玄珠鳳釵，釵上所嵌玄珠，天下只此一枚。

那支釵子，被我拔下刺殺賀蘭箴，未遂失手，從此無蹤。

如今，玄珠重返，似是故人來。

正值兩國交戰之際，一個來歷不明的密使，一封詭祕的信函，一件奇特的禮物——帶來一個大膽得近乎荒謬的請求，一時間，如巨石入水，激起千層波瀾。

提及突厥王子，世人只知一個忽蘭，卻不知有斛律。斛律王子，這個只聞其名的神祕王儲，幾乎沒有人清楚他的來歷。

暴戾善戰的忽蘭王子是突厥王的嫡親姪子，生父當年喪於蕭綦陣前，自幼由叔父撫養長大，與突厥王情同親生，性情亦如出一轍。

而傳聞中的斛律王子，病弱無能，不識騎射，在崇仰武力的突厥族人看來，一個不會騎馬打仗的男人，比女人還懦弱，比幼童還無用。

然而正是這個無勢無名的沒落王子，卻在此時向蕭綦請求結盟，不惜藉助世仇大敵之手，弒父割地，換取他的王位。

朝中眾臣紛紛質疑，有人懷疑這根本就是突厥人的騙局，欲將我軍誘入敵後，分而擊之；有人不信那廢物似的斛律王子有翻覆王權之能，借兵與他，無疑自投死路。

朝堂之上，尤以御史大夫衛儼反對最為激烈。蕭綦不置可否，暫將此事壓下，延後再議。突厥使者亦暫押驛館，由禁軍嚴密看守，任何人不得擅自出入。

斛律真，我喃喃念出這個陌生的名字。

「說起來，妳我倒要感謝這位故人。」我一驚，竟不知蕭綦何時到了身後。

他語聲淡淡，目中神色莫測，望著我笑道：「若不是他將妳帶來寧朔，妳我不知何時方能相見。」

我亦笑了笑，每當想到那個白衣蕭索的身影，心中總是感慨。想起他送來的花與明珠，眼前竟浮現那月下寒夜的一幕，一瞬間臉頰微熱。

「賀蘭箴倒是個漢子。」他負手一笑。「結盟之事，妳怎麼看？」

我沉吟片刻，緩緩道：「你與賀蘭箴當日的盟約，必然不能讓朝臣知曉。此番他依約向你借兵，我倒覺得可信。」

蕭綦微露笑意，頷首示意我繼續說下去。

我卻有剎那遲疑，沉默半晌方道：「此人恨你入骨……只是王位的誘惑想必比仇恨更大。即便今日與你結盟，日後必然還會反噬。」

「不錯，仇恨與利益，本就是世間最穩固可靠的東西。」蕭綦笑意冰涼。

我垂眸一嘆：「仇恨，果真如此可怕嗎？」

「我的阿嫵至今還不識得仇恨的滋味。」蕭綦含笑看著我，神色卻十分複雜，笑謔中隱有唏噓。「但願這一世，妳永遠不要知道這滋味。」

我深深動容，有這樣一個男子守護在我身邊，縱是風刀霜劍，又何足為懼。

「賀蘭箴與我結盟，所圖並非僅止王位。」蕭綦微微一笑。

我一時茫然，心念轉動，駭然抬眸道：「他仍是為了復仇？」

「比起我，突厥王才是他更大的仇人。」蕭綦嘆道：「昔年我與他數度交鋒，此人堅毅善忍，無論為敵為友，都是難得的對手。」

那雙陰狠隱忍的眼睛再度從我眼前掠過，那個人心裡到底埋藏著怎樣可怖的恨，他蟄伏突厥多年，故意示弱於人，以求在強敵手下存活。心中卻早早存了殺心，只待一朝機會來臨，便是他揚眉復仇之日，到時父兄親族皆為血食，以饗他多年大恨。

我暗自惴惴，凝望蕭綦道：「你果真要與賀蘭箴結盟？」

「他為螳螂，我為黃雀，何樂而不為？」蕭綦薄削的脣邊挑起冰涼笑意。

「十萬大軍送入突厥，一旦賀蘭箴翻臉發難，後果不堪設想。」我蹙眉遲疑道。

蕭綦負手不語，良久，淡淡道：「如果是妳，與人共謀，憑什麼取信於人？」

我略一思索。「憑利！」

蕭綦大笑。「說得好，所謂恩義信用不過是個幌子，世人所圖，終究是個利字——利，便是最可信賴的盟約。」他踱至案旁，鋪開案上的皇輿江山圖，廣袤疆土在他手下一覽無餘，他傲然微笑。「十萬大軍借他容易，屆時是否收回，就由不得他賀蘭箴了！」

我心中霍然雪亮，脫口道：「反客為主，化敵為友？」

蕭綦嘉許地看著我，目光灼灼逼人。「不錯，縱是仇敵亦未嘗不可信賴，此番我便再助他一次！」

次日朝堂之上，蕭綦同意了突厥斛律王子的借兵之請，盟約就此立定。一旦計成，北境之危立解，我趁機求懇蕭綦，再給哥哥寬限一些時間。

今年南方的雨季格外漫長，我擔心哥哥無法及時完工。然而蕭綦再不肯動搖半分，軍令如山，不得更改。

半月期限轉瞬即至，我們到底沒有等到哥哥的佳訊，毀堤已成必然。宋懷恩從楚陽傳回的最後一封奏疏稱，他已領兵進駐，做好毀堤的準備。我卻不能眼睜睜地看著哥哥功虧一簣，他所需要的只是時間，哪怕再多一點兒時間也好！

和蕭綦爭執了半日無果，他有他的固執，我有我的堅持，彼此各不相讓。我們從未有過這般激烈的爭執，他最終拂袖而去，再不肯聽我懇求。

我頹然枯坐於房中，眼看天色漸漸暗了，王府四下亮起燈火，宮燈搖曳於風中，明滅不定……我知道今晚再不下令，就再也沒有機會阻止了。

於公於私，萬千百姓的性命與哥哥孤注一擲的心血，如烙鐵時刻貼在心頭，然而朝廷律法與陣前之危更如無形的刀刃逼在我頸項。

直到這一刻，我終於真正懂得姑母的那句話——「男子的使命是開拓與征伐，女子的使命便是守護與庇佑」。我的手中不僅握有哥哥、子澹和整個家族的安危，如今更握住了萬千黎民的性命！我比任何人都清楚這兩難之選的後果，且機會只有一次，縱然徒勞，縱然冒險，我也必須一試！

案上燭光搖曳，我終於將心一橫，伏案提筆。

締盟之事進展順利，數日後突厥使臣即將歸朝，我朝十萬大軍隨即繞道西疆，與斛律王子裡應外合，從背後直襲突厥王城。

明桓殿上，蕭綦設宴款待即將歸朝的突厥使臣。

胡樂悠揚，席上舞姬彩衣翻飛，一曲胡旋，豔驚四座。我含笑舉杯，向座下使臣微微傾身為禮，突厥使臣目光發直，呆了一刻才回過神來，慌忙舉杯。

蕭綦與我相視一笑，殿上群臣舉杯同飲，四下歌樂昇平。忽見一名朱衣內侍疾步趨前，在蕭綦身側低聲稟奏了什麼。

蕭綦不動聲色地點頭，依舊命左右斟酒，言笑晏晏，看不出絲毫異色。唯獨我知道，當他心中有事時，脣角會不經意地抿緊，看似一抹不易察覺的微笑。我垂眸，端了酒杯，指尖微微顫抖。

曲終宴罷，從明桓殿回府，宮人挑燈在前引路，緋紅紗宮燈一路逶迤。從宮中回府的一路上，蕭綦始終沉默，不曾與我說過一句話。我心中已然明白了幾分，縱然早已做好最壞的打算，事到臨頭仍是冷汗透衣，彷彿一道繩索繞上咽喉，將收未收，令人心懸一線。

車駕到府，我步下鸞車，初春的夜風仍有幾分寒意，酒意被風一激，立時有些眩暈。往日蕭綦總會親自過來扶我，此刻他卻頭也不回，徑直拂袖入內。

我怔怔地立在原地，從指尖到心口都是一片冰涼。阿越趨前扶了我，低聲道：「夜裡涼了，王妃快些進去吧。」

一路穿過內院，站在臥房門前，身後空庭幽寂，門內燈影搖曳，我卻沒有勇氣推門進去……早知道會有這一刻，無論什麼結果，總要自己承擔。

我閉了閉眼，對左右侍女木然道：「你們都退下。」

步入內室，一眼見到他負手立於窗下，我默然駐足，掌心滲出冷汗，心直直下墜。「已有結果了嗎？」我疲憊地開口。

「妳想知道什麼結果？」他的語聲淡淡，不辨喜怒。

我咬脣，挺直背脊。「阻撓軍令是王儇一人之罪，與他人無涉，無論結果如何，我亦一力承擔。」

蕭綦霍然轉身，滿面慍怒。「阻撓軍令是流徙之罪，妳憑什麼來一力承擔？」我窒住，未及開口，陡然被他伸手抬起下巴，他眼中怒意騰騰。「就憑我對妳一再容讓，百般寵溺，妳便有這天大的膽子，阻撓我軍令？到此刻還不知悔悟！」

當日我以一封密函，搶在毀堤期限之前送到楚陽，迫令宋懷恩再多寬限五日。我知道十萬前鋒已經孤軍深入江南，援軍延遲一日，他們的傷亡就加重一分。區區五日，已是我所能爭取的極限！假如拖延了毀堤出兵的時機，引渠還是未能築成，我亦無悔當日的決定。所有罪責，由我一人承擔即可，絕不能禍及哥哥。

照蕭綦的反應看來，既已知道我阻撓軍令，想必哥哥終究未能成功。我心中已涼，身子一分分僵冷，反而鎮定如常，坦然迎上他的目光。「我既下了決心，便未存半分僥倖……是罪是罰，任憑你處置便是。」

「妳！」蕭綦盛怒，怒視我半晌，狠狠拂袖轉身，再不看我一眼。

我卻已無心與他爭吵，心中只恍恍惚惚想著……哥哥怎麼辦，治河大業功虧一簣，叫他情何以堪！方才剛剛壓下的酒意被冷汗一激，只覺頭痛欲裂，我撐了額頭，轉身步出內室，也不知道要往哪裡去，只想一個人靜一靜，想一想。

手腕一緊，我被猛地拽回，立足不穩地跌進他懷抱，旋即身子一輕，被他抱在臂彎，徑直往床榻而去。

失望黯然之下，我不願再與他爭吵或是廝磨，只掙扎著推他，卻怎麼也掙脫不開。

「王偎！」他驀地喝出我的名字，令我頓時呆住，被他捏住了手腕，牢牢地按在枕邊。

剎那間手腕痛徹筋骨，我狠咬了脣，不令自己痛呼出聲。

他俯身冷冷地看著我。「妳很幸運，這次賭贏了。」

我一時回不過神，怔怔地看著他，不敢相信方才聽到的話。

「妳有一個才幹卓絕的哥哥和一個忠心耿耿的妹婿，替妳化解了大禍。」蕭綦冷肅無情的臉上，終於露出一絲欣悅。「王夙與宋懷恩率領三千兵士日夜搶修，搶在毀堤期限過後三日，終於築成導引渠。開閘之日，河道分流，繞過楚陽，兩岸百姓逃脫大劫，大軍亦順利渡河！」

一時間，大悲大喜，驟起驟落……哥哥真的成功了，近百年來，從未有人成功實現的導引之法，竟然被他做成了！

我陡然哽咽，萬般辛酸忐忑在這一刻盡化作淚水滾落，再顧不得什麼爭執責罰，只想立刻奔到哥哥面前，親眼看一看他築成的河堤。

「還哭什麼，妳已經拗贏了！」蕭綦眼底怒色終於化作無奈，長嘆一聲道：「我怎麼就遇上了妳這女人！」

不管他再怎麼罵，我僅是哭泣，放任自己在他面前肆無忌憚地哭泣，已經很久不曾痛快地哭過……隱忍了太久的悲酸委屈，都在這一刻化作喜極而泣的眼淚。

他見我越哭越厲害，先是無奈，繼而無措，一面替我拭淚，一面啼笑皆非道：「好了好了，我不說了還不行嗎？」我被他懊惱神情引得破涕為笑，他嘆口氣，正色凝視我，眉宇間隱有後怕。「阿嫵！妳可知道，不是每一次都會如此幸運！假如阿夙未能成功，一旦延誤軍機，釀成大禍，妳將擔下何等的罪責？」

「我知道。」我抬眸凝視他。「可若真的毀堤，於公於私我都不能坐視不理，就算罪責重大，也值得冒險一試。我亦知道軍政大事不可妄加干預，唯獨這次不一樣……」

「還要嘴硬！」蕭綦餘怒又起，瞪了我半晌，沉沉嘆息。「妳既是我妻子，自當進退與共，即便軍政大事我也從未迴避過妳。可凡事皆有分寸，這一次妳實在太過莽撞，尤其不該隱瞞我！」

我心知理虧，老老實實地低下頭去，垂眸不語。

「我對妳實在太縱容！」他冷哼一聲，卻已沒有了怒意。「如今妳可知錯了？」

我微微點頭，他卻不依不饒，依然皺眉看著我。

「知錯了。」我只得低聲開口，心中卻是不甘不願，憤憤地睨他一眼，抬手拭去眼角殘留的淚水。

卻聽他倒抽一口涼氣，驀地捉過我的手，臉色頓時變了。我這才發覺，方才手腕被他握住的地方，竟有了青紫痕跡。

「怎會這樣……」他捧起我的手腕，滿面懊悔，威嚴模樣蕩然無存。我咬了咬唇，伏在他懷中委屈不語，暗自鬆了口氣。

早知道他是拿我沒有辦法的！

人說多事之秋，今年的春天卻是個風波不斷的多事之春。

所幸南方終於傳回捷報，楚陽大堤築成，百年治水大業終見成效。

受困在輿陵磯的後援大軍順利渡河，積蓄多日的士氣陡然暴漲，一舉殺過江南，攻城掠地，銳不可當，不出三日即趕到懷寧城下，與胡光烈前鋒大軍會合。一夜之間，朝野振奮。

哥哥因治水之功，加封王爵，由郡王晉為江夏王。

與突厥斛律王子的盟約已締成，十萬大軍遠赴西疆，然而朝中仍有不少頑固老臣勸諫反對，極力要求撤回西征兵馬。其中尤以光祿大夫沈仲勻反對最為激烈，竟在朝堂之上，連連叩頭死諫，血流披面。隨後，此人又在家中絕食，以死相抗。

蕭綦震怒之下，將他沈氏族人一百七十餘口全部下獄，如若他絕食身死，便讓全族之人一併相殉——此令一出，朝臣皆被蕭綦雷霆手段震懾，再無人敢非議妄言。

沈仲匀也是一代名士，在官場日久，漸漸圓熟世故，當年也曾攀附於父親門下。我自小便與他熟識，卻從未想到，他竟有如此風骨。都說世家敗落，文人失節，然而面臨外寇入侵之際，這文士的骨氣終究還是逼出來了。

這沈仲匀就此令我刮目相看，也令蕭綦暗自讚嘆，雖惱恨他食古不化，卻也不會當真殺他族人。

蕭綦以此為餌，逼得迂腐的沈老夫子與他立下賭約，暫且懸命待死，等這場仗打出個究竟，若果真敗了，再死不遲。蕭綦應諾，屆時絕不連累他的族人，老頭子這才悻悻作罷，隨後果真在家閉門待死。

說來好笑，也只有蕭綦才想得出這種辦法，來對付堂堂當朝名士——可見對待迂腐之人，最簡單無賴的法子反而有效。

似乎連天公也感應了人心，終於收去連綿月餘的陰雨。天際陰霾散盡，庭院裡杏花初綻，已經是春回人間，芳菲四月了。

哥哥離京已經一年了，待他陸續完成了治河瑣事，不久也該返京了。

按宮制，又到了更替服色、換上春衣的時候。如今六宮無主，本該由皇后或太后來指定的服制，只得由我與少府寺一同署理。

鳳池宮前，阿越領著幾名宮人，呈上今年新貢的各色錦緞紗羅供我過目，待我選定樣式顏色之後，再按照品階等級裁製新衣，依序賜給內外命婦。

一幅幅華美得令人眩目的織品，鋪開在殿前，將原本典雅清約的鳳池宮，渲染上一層層五光十色的華彩。

鳳池宮原是母親未嫁時的寢殿，後來一直空置，至我幼時常常留宿宮中，這鳳池宮也就成了專供我出入歇宿的地方。

看著娉婷的宮女們行走在雲錦紗羅之間，衣袂飄舉，恍如雲中仙姝。幾名活潑的小宮女嬉笑其間，有人用吳儂軟語唱起〈子夜歌〉；有人踏歌起舞，往日冷清的鳳池宮頓時春意盎然。見我含笑靜觀，她們愈發活潑起來，又有幾人大方地加入進去……宮中已許久不見這般歡悅景象。

我禁不住阿越她們的慫恿，玩心大起，也步入其中。

隨著宮人宛轉歌喉，我又記起了生疏多年的舞步，彷彿重回少女之時，足尖點地，揚袖旋步……眼前繽紛飛掠，化作流光明彩，依稀韶年如夢。

宛轉歌聲不知什麼時候停了下來，我環顧四下，卻見眾人伏跪了一片，鴉雀無聲。蕭綦站在殿門口，痴痴地看著我，彷彿神魂俱失。

四月清風微醺，拂面而過，吹起四下紗羅飄渺。他徐步穿過繽紛雲錦，來到我跟前。

我急旋而止之下，有些目眩，被他穩穩扶住。左右宮人悄無聲息地退開，遠避到殿外。

他纏綿迷離的目光怦然觸動我心，我仰首含笑望著他，以指尖輕拂過他胸膛、頸項、下頷……他微闔了眼，任憑我的手指一路滑過，氣息卻是漸漸急促。

「別鬧，我還有事在身。」他努力板起臉來，握住我的手，不許我再撩撥捉弄。這副正經模樣越發激起我的征服之心，順勢滑入他懷抱，勾住他的頸項，眼眸輕睇。「有什麼事，比我更要緊？」

他目光迷亂，驟然俯身吻下……良久糾纏，彼此情難自禁之際，我喘息著抽身退開，笑睨著他。「王爺不是還有要事嗎？」

他濃眉一揚，目中熾熱如火，我笑著轉身便逃，卻被腳下堆疊的錦羅絆住，立足不穩之下，被他不由分說拽倒在一地錦繡堆中……糾纏間，各自意亂情迷，巨幅的瑰麗雲錦將我們層層裹住，諸般羈絆都被拋開，只願就此墜入彼此眼中，永世沉淪。

纏綿過後，蕭綦慵然躺在錦榻上，衣襟微敞，含笑看我梳頭整妝。殿前凌亂的錦緞綾羅，猶帶著片刻前的旖旎春色。

我綰好髮髻，赤足走到殿前，在滿地散亂的綾羅中翻撿尋找。

「妳找什麼？」蕭綦詫異地問我。

我低了頭，只顧翻找。「有段布料不見了。」

他笑起來。「什麼希罕的布料，讓妳這樣在意。」

我終於找到那半幅藕色布料，信手披在肩上，轉身朝他一笑。「找著了，你瞧，好不好看？」

蕭綦笑道：「天人之姿，穿粗布也是美的。」

「誰叫你看人了，是看這布料！」我嗔笑，揚起那幅似麻非麻、半絲半葛的布料讓他細看。

蕭綦勉為其難地瞥了一眼，信口敷衍：「還好。」

我側首笑看他。「這是織造司今年新貢上來，給宮女們裁衣用的，過去從未有過。這蠶絲裡摻入了上好的細麻，織就的衣料同樣柔軟細密，卻比平常絲帛廉價一半有餘。」

他點了點頭，饒有意趣地看著我。「倒也能省下些用度，難得王妃也有勤儉持家之心。」

我不理他的調笑，挑眉道：「假若讓內外命婦都換用這種布料為服制呢？」

他一怔，旋即目光閃動，若有所悟。

「王爺不妨猜猜，如此一來能減省朝廷多少用度？」我斜睨了他，淺笑不語。

蕭綦皺眉，對這個問題全然一頭霧水。

「足足三十萬兩銀呢。」我笑道。

「三十萬！」蕭綦一驚。「用度有如此之巨？」

我正色道：「不錯，宮中歷來奢華成風，內外命婦盡皆效仿，每年僅用在脂粉穿戴上的財力，就足夠一個州郡百姓的吃喝了。」

蕭綦的臉色漸漸凝重，沉吟片刻道：「原來如此……如今南北各起戰事，雖然國庫充盈，尚無糧餉之虞，但能未雨綢繆，盡量節減開支用度，那是再好不過。」

他深深地看著我，滿目嘉許欣慰。「難得妳想得如此周全。」

我轉眸一笑。「不過眼下朝政動盪，難得春回景明，人心稍定，京中親貴一向奢靡慣了，若強行裁減衣帛用度，難免有悖人情。還需想個妥當的法子，令他們心甘情願地照辦才好。」

不久便是一年一度的親蠶禮，每年仲春由皇后主祭，率領眾妃嬪命婦向蠶神嫘祖祭祀祈福，祈佑天下蠶桑豐足，織造興盛。

耕織乃民生之本，每年的親蠶與穀祀兩大祀典，歷來備受皇家重視。按照祖制，皇后主持祭祀之時，必須以黃羅鞠衣為禮服，佩綬、蔽膝、華帶與衣同色，相應衣飾俱有嚴格的規制。其餘妃嬪命婦的助蠶禮服，也由錦羅裁製，紋樣佩飾按品級予以區分。

過去每年春天我都穿上青羅鸞紋助蠶服，跟隨母親參加親蠶禮。然而今年，我卻要代替姑母登上延福殿祀壇，親自主持親蠶大典。

太常寺長史不厭冗長地一樣樣報上祀典所需禮制器具。我一面聽著，一面凝眸細看那份奏表。

報至主祭禮服時，長史面有難色，小心試探道：「不知主祭禮服，是否也照常制置備？」若按常制，那便是皇后特定的禮服了。

如今朝中上下均以攝政王為尊，所謂一人之下萬人之下，所差不過是個虛名。本朝歷代皇后多出身於王氏，久而久之，王氏便有「后族」之稱。皇家禮官素來最善於迎奉上意，此番必然以為我會穿上皇后禮服。

我淡淡抬眸。「今年事出特例，太皇太后因病不能主持祭典，實不得已而代之。服色雖小，攸關禮制事大，不可僭越。」

「微臣知罪！」長史連連叩首，復又遲疑道：「只是王妃以主祭之尊，若只著助蠶服，也恐於禮不合。」

「既然兩種服色都有不妥，那就另行裁製吧。」我不動聲色，將奏表擱置一旁。

次日，我讓阿越將新禮服的圖樣，連同指定的衣料交給少府寺，命其三日內製成。

宣和二年季春，太史擇日，享先蠶氏於壇，豫章王妃代皇后行親蠶禮。

侍女奉上新製的親蠶禮服，素紗內單，外罩雲青絲帛長衣，下著煙青流雲裳，廣袖削腰，繁瑣的佩綬羅帶一律免去，僅在圍裳中垂下纖長飄帶，形如鳳尾。周身無繡無華，裙袂處織出淡淡的鸞鳳暗紋，襯以環珮瓔珞。

阿越將我長髮梳起，綰作傾鬢緩鬢，髻上加飾步搖。

我端詳鏡中容顏，拈筆沾了一抹金箔朱砂，在額間淡淡描過。

妝成，出鳳池宮，肩輿四面垂下紗幄，仗衛內侍前導，行至延和宮東門。

諸命婦早已於宮門迎候，均著繁盛禮服，高髻金飾，錦繡非凡。眾人趨前，行禮如儀，稱頌吉辭。

內侍掀起垂幄珠簾，我伸手搭在導引女官臂上，緩緩步下肩輿。此時晨曦方現，霞光普照，莊穆的祀壇沐浴在隱約金光之中。

我登上玉階，立定在晨光之下，衣袂飄舉，肅然焚香祈告。

隨後，女官引領眾人至桑苑，內侍奉上銀鉤，我率先受鉤採桑，諸內外命婦以次效仿，各自採桑，盛入玉奩之中，至此禮成降壇。最後由內侍引入蠶室，略略看過今年的新蠶，便至後殿品茗敘話。

諸位王公親眷坐在我身側，彼此素來熟識，當下也不拘禮。

眾人紛紛對我的服色妝容大加稱羨，我淡然微笑，卻閉口不提更替服制之事。

到底還是有人忍不住，好奇探問道：「王妃這身禮服不同往年式樣，衣料似絲非絲，似麻非麻，從來未曾見過，不知是何方進貢的珍品？」

我溫言笑道：「倒不是遠來的希罕物，只是織造司今年新貢，從前是沒有的。我瞧著喜歡，便裁來做了禮服。」

眾人恍然，難掩豔羨之色。左首的迎安侯夫人尤其欣嘆不已，我轉眸看她，含笑道：「夫人若是喜歡，回頭我叫人送些到府上。」

迎安侯夫人欣喜不已，連連稱謝。

眾人豔羨之色更濃，令迎安侯夫人甚是得意。

不出三日，織造司來報，稱近日各府貴眷紛紛向織造司求取新帛。

我早已吩咐過，無論何人求取，新帛概不准外流。眾人的胃口被吊了個十足，私下探問也問不出個究竟，越發好奇心癢。十日後，宮中頒下更替服制的懿旨，諸命婦朝服自此棄用綺羅，一律改用新帛。

一夜之間，從宮中到京城，人人皆以穿新帛為榮，綾羅綺繡反淪為下品。

而我沒有想到的是，不只新帛風靡了京華，連我一時興起描畫在額間的紋樣，也迅速傳遍坊間，無論仕女民婦皆以此為美。

難得春日晴好，我閒坐廊下，信手撥動清籟古琴，心下又想起了哥哥。

阿越輕巧地走到身邊，低聲道：「奴婢已將王妃賜下的衣飾送往景麟宮，蘇夫人收下後很是感激，囑奴婢回話，想當面來跟王妃道謝。」

我淡淡應了一聲。「不必了，妳平日常去走動，有事多多照應即可。」

「是，奴婢明白。」阿越遲疑了一下子，欲言又止。我不動聲色，低頭撫過琴弦，卻聽阿越低聲道：「奴婢瞧著小郡主，好像不大對勁。」

「小郡主有何事？」我一怔，原以為是錦兒有所怨言，卻不料是孩子有事。

阿越蹙眉道：「蘇夫人原說小郡主感染風寒，不讓人探視，奴婢唯恐王妃擔心，便執意看了看小郡主……」

「如何？」我蹙眉問道。

她遲疑片刻，露出茫然神情。「奴婢覺得，小郡主的眼睛竟似瞧不見人。」

我一驚非輕，立刻站起身來，一面傳喚御醫，一面吩咐車駕往景麟宮而去。

自從錦兒被禁足，我就再沒有踏入景麟宮，更沒去看過她和那孩子。每每想到她那日的言行，便覺得心寒煩亂，再也無法將她當作昔日的錦兒，怎麼看都是一個陌生的蘇夫人。至於她與子澹的事，我至今不知，也永遠不想知道。

踏入景麟宮，錦兒已聞訊迎了出來，似乎沒料到我會突然而至，神色冷淡且慌亂。我無意與她寒暄，直言探望小郡主，命奶娘立刻抱了小郡主出來。

錦兒臉色立變，慌忙說道：「孩子剛剛睡下，切莫將她吵醒了！」

我蹙眉看她。「聽說小郡主感染風寒，我特地傳了御醫前來探視。難道孩子病了這麼些天，夫人一直不曾傳喚御醫？」

錦兒臉色發白，低頭不再說話，手指卻狠狠絞緊。見她這般神色，我越發生疑，正欲開口，卻見奶娘抱著孩子從內殿出來。

錦兒搶步上前欲奪過孩子，卻被阿越攔住。奶娘徑直將孩子抱到我面前，我遲疑了下，接過那兀自熟睡的孩子，心中頓時百味莫辨。

這是我第一次抱著子澹的孩子，一想到這孩子身上流著和子澹同樣的血，我便不知該歡喜還是心酸……子澹，他終究還是我心底一處觸不得的裂痕。

懷中女嬰有一張秀氣可人的小小面孔，沉睡間似一朵含苞的蓮花。我靜靜地看著她，心中漸覺柔軟，不由伸出手指輕撫她粉嫩臉頰。

她小嘴微張，嚶嚀有聲，慢慢張開了眼睛。纖長睫毛下，那雙大而圓的眼睛木然地望向我，眼珠一動不動，原本該是烏黑的瞳仁裡，竟蒙上一層令人心驚的灰。

她似乎察覺出這是一個陌生的懷抱，頓時哇的一聲哭出來，四下扭頭尋找母親，那雙眼睛始終木然，不曾轉動一分。

我抬眸看向錦兒，手足陣陣發冷，卻是一句話也說不出口——這孩子分明已經盲了，她的母親卻絕口不提，更不讓御醫來診治！

「孫太醫，你當真瞧仔細了？」我盯著伏跪在地的御醫，冷冷開口。

沉寂如死的內室，左右都已屏退，奶娘抱走了哭鬧的小郡主，只剩御醫和我的貼身侍女。

孫太醫是宮中老人，閱歷深厚，天大的變故也見識過，此刻卻匍匐在地，面色鐵青，僵了半晌才回稟道：「王妃明鑑，微臣雖愚鈍，這般淺顯症狀尚不至於看錯！小郡主的眼睛的確是被人下藥灼傷，以致失明！」老太醫的語聲也因憤慨而顫抖——下藥灼傷，這般殘忍的手段簡直駭人聽聞，誰會對一個未滿週歲的女嬰下此毒手？

「是什麼藥，可還有救？」我咬了咬牙，心中的憤怒如烈火騰起，不可抑止。

孫太醫鬚髮微顫。「此藥只是極常見的明石散，但下毒手法十分殘忍。照傷勢看來，應當是以藥粉化在水中，每日滴蝕，漸漸造成灼傷，並非陡然致盲。所幸眼下發現得早，小郡主尚有微弱知覺，及時救治，或許還能留存少許目力。」

這樣的傷即便治好也是半盲，這孩子的一雙眼，竟是就此廢了！我默然轉身，陡然拂袖將案上茶盞掃落在地。

明石散是宮裡最常見的藥散，每間宮室都會用來摻在熏香之中，以避蚊蟲。這藥散清香無毒，雖可驅散蟲豸，對人卻無大礙。然而誰又想得到，將藥粉化在水中滴眼，卻可以緩慢灼傷眼眸，致使眼珠毀壞，終生失明！

即便是兩軍陣前，面對流血驚變、橫屍當場的慘況，也不曾令我如此驚駭憤怒。什麼人，對一個小小嬰孩有這樣深的怨恨，竟能在侍衛森嚴的景麟宮下此毒手，更在我的眼皮底下公然傷害子澹的女兒！

「來人！」我冷冷回頭，一字一句道：「即刻封閉景麟宮，但凡接近過小郡主的宮人，一併刑囚！」

景麟宮內侍衛、宮人連帶雜役，一併被囚禁在訓誡司，近身服侍小郡主的宮女和奶娘，全都跪在殿前，由訓誡司嬤嬤一個個審訊。悲泣慘呼之聲，透過屏風傳來，一聲聲清晰入耳，如尖針直刺人心。但凡宮中之人，無不清楚訓誡司的手段，落在那些嬤嬤手裡，比死亡更加可怖。

我端坐椅上，不語不動，冷冷地看著跪在跟前的蒼白婦人。這個鬢髮散亂、神情恍惚的婦人，就是與我一起長大，曾親如姊妹的錦兒嗎？

她跪在跟前已經近一炷香時間，彷彿變成啞巴一般，死也不肯開口。

暉州失散之後，到底發生了些什麼，讓昔日巧笑嫣然的錦兒變成了如今的模樣？

我僅是沉默地看著她，亦不開口逼問，寧願外面的宮人供出更可怕的主謀，也不願意印證我的猜想。外頭慘呼聲漸漸低微，錦兒的臉色越發蒼白，身子搖搖欲墜，卻仍抵死強撐。

過了片刻，訓誡司的徐嬤嬤步入屏風，俯身回稟：「啟稟王妃，奶娘袁氏、宮人彩環、雲珠均已招供，供詞謄錄在此，請王妃過目。」

錦兒身子一顫，猛地抬起頭來，與我目光相觸，整個人似被抽去了筋骨一般。

阿越接了那頁供詞，低頭呈遞於我，悄然退至一旁。室內彌散著淡淡的蘅芷香氣，幽冷沁人。薄薄一頁供詞，看得我遍體生寒，雙手顫抖不已。

奶娘供出，小郡主每晚與蘇夫人同睡，從未在旁人身邊過夜，每到夜晚，常在蘇夫人房裡大聲哭鬧，半宿方歇。

彩環供認，蘇夫人月餘前稱寢殿陳舊，多有蚊蟲，曾命她向內務司討要明石散。

雲珠供出，她曾無意中發現小郡主眼睛有異，蘇夫人卻稱無礙，不准她聲張。

我反覆將那幾句供詞看了又看，終於將這一頁薄紙劈面摔向蘇錦兒，喉頭哽住，竟說不出話來。

錦兒顫然撿起那頁供詞，看了兩眼，肩背陣陣抽搐，整個人似瞬間枯槁下去。

我寒聲問：「果真是妳？」

錦兒木然點頭。

我抓起案上茶盞，用盡力氣摔向她。「混帳東西！」

瓷盞正正砸在她肩頭，潑溼了她半身，碎片劃過額角，一縷鮮血淌下她慘白面頰，怵目驚心。

阿越忙跪下來，一迭聲地勸我息怒。

「妳到底是不是她的母親，妳還是不是人？」我語聲喑啞，憤怒得失去常態。

錦兒緩緩抬起頭來，眼中一片血紅，映著面頰血痕，異常可怖。

「我是不是她的母親？」她嘶聲重複我的話，陡然厲聲大笑。「我寧可不是！妳以為我願意生下她，生下這個孽種，跟我一樣受盡苦楚嗎！」

孽種，這兩個字如火舌一般燙到我。我霍然站起，全身僵冷如墜冰窖。「妳說她是什麼？」

錦兒慘笑道：「我說她是孽種，跟我一樣的孽種！」

我倒抽一口冷氣，腳下一軟，跌坐回椅上。

錦兒生在樂舞教坊，本是一個舞姬的私生女兒，直至她母親病死，也未告訴她生父是誰。樂坊裡這樣的孩子並不少見，通常男孩送人，女孩留下，長大後不是成為樂伎，就是被達官貴人收作婢妾。錦兒卻十分幸運，七歲那年被徐姑姑偶然看到，憐她孤苦，便帶進府來做了侍女。

此刻，她卻一字一句，明明白白地說出來，這女孩是孽種，跟她一樣的孽種。我望著她，全身陣陣發涼，在心中盤桓過無數次的疑問，終於艱澀脫口：「錦兒，告訴我，暉州離散之後，到底發生過什麼？」

她脣角陡然一抽，瞳仁緩緩收縮，慘然笑道：「郡主，妳真想知道嗎？」

我起身走近她，抽出絲帕將她額角血跡拭去，心下一時不忍。「妳起來說話。」

她恍若未聞，依然跪跌在地，半仰了頭，拽住我的袖子。「殿下叫我從此忘了此事，再不必對旁人說起……可是，郡主想要知道，錦兒怎能隱瞞！」

她的笑容令我心裡發涼，不覺退後一步，抽出袖子。「錦兒，妳先起來。」

「妳還記得，在我十五歲生辰時，問過我的心願嗎？」她目光緊緊地盯著我。

我記起來，那時我們已經去了暉州，在她年滿十五那天，我許諾替她達成一個心願。然而她始終不肯說，只說自己的心願都已經達成。那時我僅以為她是孩子心性，什麼都不懂得。

錦兒幽幽一笑。「那時我的心願，便是跟隨在殿下身邊，一輩子侍奉他。」

我怔怔地看了她半晌，閉了眼，無聲嘆息。

那些甜美的歲月，她默默地跟在我身邊，沒有人注意到她的存在，在我和子澹的天地裡，她如同一個不出聲的擺設。可我們都忘了，她也是一樣的豆蔻年華，也一樣有少女萌動的春心。

當日我在暉州遇劫，一連數日生死不知，她惶恐之餘，只想到將此事盡快告知子澹，又唯恐子澹接到我遇害的消息，不堪悲痛。她覺得這個時刻，必須有人陪在他身邊，便不顧一切地趕了去。

一個孤身弱女，千里迢迢從暉州趕往皇陵……想起當年怯弱膽小的錦兒，竟不知她哪來的勇氣。

那時子澹還未遭到幽禁，雖然遠在皇陵，仍是自由之身。

錦兒說到此處，神色淒婉卻又溫柔無限。「我千辛萬苦去了皇陵，真的見到了他，想不到他那麼高興，看到我，竟然高興得流淚！」

她眼中光彩綻放，似又回到與子澹重逢的那一瞬間。「看到他那樣高興，我再不忍心將噩耗告訴他。當時也不知怎麼鬼使神差，我竟騙了他，就想暫時瞞住他，不讓他傷心難過……我說，是郡主命我來此侍奉殿下，從此留在殿下身邊，他也半分不疑就信了。」

「皇陵偏遠閉塞，直到三個月後，我們才輾轉得知郡主脫險的消息。殿下也知道了我當日的謊話，他卻什麼都沒說，也沒有怨我。那時我便下定決心，從此生生世世都跟在殿下身邊。之後他被軟禁，被監禁，我都寸步不離陪在他身邊，只有我，再沒有旁人……」錦兒語聲平靜，唇角噙著一絲甜美笑容，猶自沉湎在只屬於她和子澹的回憶中。

「本以為這一生就是這樣了，我伴著他，他伴著我，就在皇陵孤老一生也好……」錦兒的語聲驟然尖促，彷彿被人掐住脖頸。「後來他被單獨囚禁，不准女眷隨同，我單獨住在別室，每日只能探視他一次。有天夜裡，喝醉酒的軍士闖進我房中……」

錦兒啞聲說不下去，我也再聽不下去，耳中嗡嗡作響，心中驚痛到無以復加。子澹，他那幾年的軟禁生涯竟悽慘至此，竟至遭受這樣的侮辱，連他的侍妾也被醉酒士兵姦汙！

「過後呢？」我閉了閉眼，隱忍心中痛楚，追問錦兒：「那個軍士現在何處？」

錦兒神色漠然。「死了，那蠻子已被宋將軍處死了。」

「蠻子？宋懷恩也知道此事？」我驚問。

「知道。」錦兒幽幽一笑。「宋將軍是好人，待殿下多有照拂，可恨的只是那些禁軍……此事過後，宋將軍終於將那些禁軍撤走，將殿下身邊都換成了他的士兵，我這才不再擔驚受怕。」

我明白過來，她說的是姑母最早派去的禁內侍衛，盡是京中坐食皇糧的兵痞，其中不乏胡人血統的蠻子——當年哲宗皇帝曾將各族出色的武士編入禁軍，組建了一支奇怪的衛隊，並一代代傳延下來。從此禁軍中也有了胡人血統的蠻子士兵，不過這些胡人多年生活在京中，與漢家通婚，言辭起居都與漢人無異。

子澹身邊發生這樣的事，可恨懷恩竟不告訴我。

錦兒顫聲道：「原本我是死也不會讓殿下知道此事，可是，可是……我竟……有……」

我已然猜到了最壞的結果，再不忍聽她親口說出。「於是，子澹給了妳名分，讓妳將孩子生下？」

錦兒掩面哽咽。「殿下說，終究是一個無辜生靈……」她陡然抬眼，直勾勾地望向我。「這般仁慈的一個人，你們怎能那樣待他？旁人欺他辱他，連妳也辜負他！跟了個有權有勢的豫章王，就忘了一心一意待妳的三殿下，妳可知他在皇陵日日夜夜都牽掛妳，時時想著妳，就如我時時想著他，他卻只當我是妳的丫鬟，從不當我是他的女人……就算有這空頭的名分，我卻什麼都不是！」

她目光如刀，一聲聲，一句句，都剜在我心頭。

「我生的女兒，他口口聲聲叫她阿寶，連我的女兒也逃不出妳的影子……豫章王妃，妳憑什麼被他念念不忘？一個親手推他去送死的狠毒女人，也配讓他念念不忘？」她越說越激憤，漸漸神色扭曲，狀若瘋狂。左右宮人將她按住，她仍掙扎著要逼近我跟前。

我默然聽著她的喝罵，只覺滿心悲哀，半晌無言。

「妳的女兒長了一雙肖似胡人的眼睛，越長大越是明顯，所以妳便狠心將她眼珠灼去？」我站起身來，最後一次寒聲問她。

她似被人猛地抽了一鞭，顫抖得說不出話，悲咽一聲，軟軟昏厥過去。

這樁皇室醜聞一旦傳揚出去，子澹將聲名盡毀，皇室也將顏面掃地。如果換作姑母，必然會毫不猶豫地處死錦兒和孩子、全部宮人，將這樁祕密永遠掩埋地下。然而面對錦兒，面對那可憐的孩子，我終究做不到這樣的狠絕。

次日，景麟宮五名知情宮人被處死，小郡主被送入永安宮，交由仔細可靠的宮人照料。

蘇氏則被以觸犯宮規為由，逐出宮廷，謫往慈安寺修行思過，終生不得踏出寺門。

哀別

南征大軍自渡江之後，步步進逼，從水陸兩線夾攻，對南方宗室的勢力逐一合圍殲滅。

叛軍主力被逼退到易州以北，遭遇前後大軍合圍，再無退路可逃。走投無路之下，各路叛軍內訌，反覆無常的晉安王自恃不曾正面與朝廷交戰，企圖擒住子律，藉此向蕭綦獻媚請降，以求自保榮華。

內亂中，晉安王夜襲行宮，殺了子律一個措手不及。子律在一眾死士護衛下，單騎出逃，趕往承惠王軍中，急調大軍反撲。

兩軍激戰一天一夜，晉安王精於權謀，戰陣之上卻不敵承惠王驍勇，終被誅殺於陣前，叛軍自此大亂。

為保軍心，以建章王為首的江南宗室，只得倉促將子律推上皇位，在易州築起高臺，草草登壇祭天，奉子律南面稱帝。

消息傳來，滿朝文武為之憤然。子律稱帝，終於將篡位之罪坐實，蕭綦只等著這一時機，好將江南宗室一舉清除。

翌日，一道詔書公告天下，江南諸王擁戴叛臣篡位謀逆，罪在不赦，欽命南征大軍即刻平叛，逆黨首惡及相關從犯，無論身分爵位，一併誅殺，不得姑息。

春末夏初，午後已經微微有些悶熱，湘妃竹簾半垂，隔開了外面灼人的陽光，篩下細碎光影，一道道灑在書案上。

我執了紈素團扇，倚在蕭綦身側，一邊替他輕輕搖扇，一邊側首看他批閱奏摺。又是一份大破南方叛軍的捷報，奉遠郡王的殘部被追擊至郗川，大半歸降，其餘盡殲。蕭綦合上摺子，流露出一絲笑意，鬢角卻有微微的汗珠。南方大局已定，子律兵敗潰亡只在早晚而已。

我恍惚想起那個孤僻的孱弱少年。三個皇子之中，子隆糊塗莽撞，子澹逆來順受，唯獨他卻在宮變之日，冒死逃出皇城，南下起兵反抗。連我亦意料不到，最後堅持了皇室驕傲與勇氣的人竟然是他。

若不是生在這亂世，他或許會成為一位博學賢明的親王，而不是如今受人唾棄的逆臣賊子。

他和子澹流淌著相同的血脈，當他的頭顱被利刃斬下，送到主帥帳前，面對著自己的嫡親手足，他可會瞑目？而雙手從未沾染過鮮血的子澹，純善如白玉無瑕的子澹，卻要從血海屍山裡踏過，走向最殘酷的終點，親手取下兄長的頭顱，來終結這場戰爭。

明明是初夏午後，卻有涼意透骨而過。

愈經離亂，愈知珍惜……我無聲嘆息，收回恍惚的思緒，抽出絲帕替蕭綦拭去鬢邊汗珠。他抬首對我笑笑，復又專注於奏摺之中。

「歇一會兒吧，這麼些摺子一時也看不完。」我柔聲勸他。

「這都是要緊的事，拖延不得。」他頭也不抬，手邊那疊厚厚的摺子堆得似小山一般。

我無奈而笑，擱了團扇，信手取過幾冊摺子翻看。

最近捷報頻傳，十萬大軍繞道西疆，經商旅小道，越過流沙大漠，從背後奇襲突厥王城，猶如一柄尖刀，直插突厥心腹。突厥王久攻不下，更兼內外受敵之困，士氣已有潰散之象。

而我軍後援充足，邊關將士奉命只守不攻，早已鬥志難捺，不斷上表請戰——這一疊奏疏裡，倒有一半都是請戰的。我一份份看去，不由深深微笑。

「看到什麼這樣高興？」蕭綦擱了筆，抬頭一笑，將我攬到膝上。我將幾份請戰的奏疏拿給他看，他亦微笑。「時機未到，不過已經快了。」

那巨幅的輿圖上，一片浩瀚邊荒又將燃起慘烈的戰火。斛律王子，賀蘭箴……這一戰之後，我們又將是敵是友？我怔怔地望著那輿圖，一時間心緒起伏，莫辨喜憂。

「南方戰事將息，子澹也快要回京了。」蕭綦忽而淡淡笑道：「如今蘇氏被逐，皇叔至今沒有正室，還需及早為他冊立正妃才是。」

錦兒的餘生都將在青燈古佛下度過，而這已是我能給她的最大的慈悲。或許遁入空門，對她亦是一種解脫。

只是阿寶的去留，卻成了我最大的難題——她留在宮中始終是個大患，卻也再不能跟著她的母親，而子澹自顧不暇，只怕也照管不了這個孩子。

一時之間，我也想不出兩全之計，只能暫時留她在宮中治療眼疾。

蕭綦對錦兒的事並不在意，只覺孩子十分無辜，囑我留心看顧。

然而子澹冊妃之事，由蕭綦親口提出，我亦懂得他的心意……他終究還是介懷的，或許只有子澹娶了妻，才能令他消除疑慮。

子澹幽禁皇陵多年，以致誤了婚娶，至今也不曾冊立正妃。如今連錦兒也不在了，他身邊也的確需要一個女子照拂。只是蕭綦所謂的妥當之人，不外乎軍中權臣或其他心腹之家的女子。

「子澹此番班師回朝，若能再擇配佳人，自然是喜上加喜，只是一時之間，要選配門庭合適的女子，也不是這般容易。」我故作輕描淡寫，嗔笑道：「反正也不急在這兩日，那麼些閨秀佳麗，叫人挑得眼花，總要慢慢來的。」我口中這般笑謔著，心裡卻無端泛起酸澀。

耳邊一熱，卻是蕭綦的手指在我鬢邊撫過。「熱了嗎？看妳這一身汗……」也不待我回答，他便撥開我領口，露出微汗的肌膚。我側首垂眸，一時間不敢與他目光對視，竭力驅散心中那個青衫寥落的影子。蕭綦卻不再追問，彷彿方才的話題不曾提及，不知何時竟將我外袍解開，褪下拋在一旁。

「你別鬧！」我驚呼一聲，閃躲著他不規矩的手。

「出了這一身汗……」他笑得十分無賴，不由分說將我橫抱起來。「不如讓我侍候王妃沐浴。」

蘭湯池裡水霧氤氳，白芷睡蓮的花瓣漂浮其間，幽香襲人，泡在這池水中，令人半分不想動彈。

我懶懶地倚著溫潤的石壁，仰頭半張了口，等他將櫻桃一粒粒餵到我的口中。

水珠掛在他濃黑飛揚的眉梢，半溼的髮髻鬆鬆綰住，水霧飄渺之間，別有一分落拓不羈的風流神韻……他似笑非笑地看著我，手持一粒櫻桃，漫不經心地遞過來，卻在我張口的剎那縮回手去。

我足尖一點，藉著水波蕩漾之力，如游魚般滑掠而出，纏住他雙雙跌入一片水花飛濺中。我被他狼狽的樣子逗得大笑，忘了閃躲，笑聲未歇，卻被他探手抓住……

一室旖旎，春色無限，慵懶的暮春午後，時光亦在纏綿間悄然流過。

南征勝局將定，為激勵將士軍心，朝廷下旨犒賞——晉子澹為賢王，宋懷恩為大將軍，胡光烈為武衛侯，其餘將士均加封晉階，厚賜金銀無數。

子澹一直領著皇叔的虛銜，至此才算有了王爵。從前他以皇子的身分住在宮中，如今有了王爵，按例便要另行開府。

尚繕司擇了京郊幾處棄置已久的宮苑報上來，打算從中挑選一處翻修以做賢王府。然而，出乎眾人意料，蕭綦竟下令將宮外最精巧奢華的一處皇家行館——芷苑賜予子澹為府，重新修繕，大興土木，極盡堂皇富麗之能事，其豪奢處令京中王公豪族盡皆咂舌。

起初人人皆以為，蕭綦將子澹逼上戰陣，必然是借刀殺人，令他死在陣前，以絕後患。可惜他們都看低了蕭綦的心胸和手段。

蕭綦鐵腕平定了江南叛軍，雖將宗室最後的勢力徹底清除，卻不能就此與整個皇族決裂。無論在京中還是江南，王公親貴都有著盤根錯節的勢力，殺不絕也拔不完。一旦朝政穩定，經世治國，穩定民心，還要藉助他們的力量。

此時此刻，蕭綦對子澹的優渥有加，無異於給世家親貴都服下了一粒定心丹。

自從宮中傳出風聲，要在世家中挑選佳人冊立為賢王妃，一時引得議論紛紛，各大世家均在觀望揣測。

站在塵封已久的芷苑門前，我久久駐足。

這皇家宮苑出自一代名匠之手，背依紫宸山，枕傍翠微湖，與宮城遙遙相望，占盡上風上水。

多年前，這裡本來不叫這個名字，直至成宗皇帝將此處賜給了子澹的母親，寵冠後宮的謝貴妃，因她閨名裡有個芷字，從此改名芷苑。

謝貴妃生性愛靜，體弱多病，一向不慣在宮中居住。那年因了成宗皇帝的默許，搬來這裡休養，多日不曾回宮問安，由此觸怒姑母，引出一場軒然大波。那之後，她鬱鬱回到宮中，不出半年就病逝了。從此，斜風細雨的芷苑，娉婷豆蔻、青衫翩翩的歲月，就此漸行漸遠。

心口一絲微微的疼痛，牽動渺渺前事，恍然已如隔世。

「王妃。」阿越輕細的聲音，將我自恍惚中喚醒。立在修整一新的玉階上，我仰頭凝望，蟠龍匾上金漆鮮亮的「賢王府」三字堂皇奪目。

我回頭對身後諸命婦淡淡一笑。「耗費了這許多心思，賢王府總算是落成了，今日特意邀了諸位一同過來賞園，也看看今朝名匠營造的手筆，比之當年如何。」

眾人紛紛附和稱讚，一路行去，果然處處佳景，盡顯絕妙匠心，叫人讚嘆不已。

昔日熟悉的景致，一幕幕映入眼簾，每經過一處，就似時光倒回了一分。這裡曾是謝貴妃居住過的地方，如今重回故園，也算是僅能給她一分安慰了。

我默然垂首，一時間心中黯然。卻聽身後隱隱有清脆笑語，回身看去，只見隨行女眷中一片紅袖綠鬟，幾名妙齡活潑的女孩自顧嬉笑，鬧作一團。

身側的迎安侯夫人順著我的目光看去，忙笑道：「女兒家總是這般俏皮，失儀之處，還請王妃恕罪。」

我一笑轉眸，卻不多言。

這些個女孩都是賢王妃的備選閨秀，今日也是特意讓她們一道隨行賞園。

走了一段，我漸漸有些疲乏。

阿越見此忙道：「前面水榭清涼，王妃跟諸位夫人不如稍事休息，納涼賞蓮，也是樂事。」

我頷首一笑，偕眾人步入水榭。

初夏濃蔭，涼風習習，水榭裡一片鶯聲笑語，蹁躚衣袂帶起暗香如縷。名門佳人，王侯千金，一個勝一個的嫋娜嬌妍，放眼看去，怎一個亂花迷眼。

曾經，我也是這般無憂無慮。

一陣清風撩起耳畔髮絲，我抬手拂去，不經意間見一名淡淡紫衣的女子，獨自憑欄而立，嫋弱身影在這錦繡叢中分外寥落。

那紫衣女子盈盈立在欄杆旁，望著池中星星點點盛開的白，神情幽遠，兀自出神。

我凝眸看向那娉婷身影，不知為何，自第一次在元宵夜宴見了她，便隱約覺得熟悉，分明不曾見過，卻好似故人一般。我心中微動，移步走到她身後，淡然笑道：「喜歡這白嗎？」

顧采薇回眸一驚，忙屈身見禮。

我莞爾道：「南方水澤最多這花了，這時節，想必處處綻放，最是清雅。」

「是，南方風物宜人，很是令人嚮往。」顧采薇低垂了頭，語聲輕細，頰邊卻笑意深深。

我不動聲色地掃了她一眼，轉眸看向一池白，曼聲道：「登白兮騁望，與佳期兮夕張。」

顧采薇驟然雙頰暈紅，輕咬了嘴脣，一語不發。我如何看不透這女兒家的心思，她是睹物思人，想起了我那遠在江南的哥哥。

可惜這世上姻緣，又有幾人如意——她這一番相思，怕是要空付流水了。且不論以哥哥的門庭地位，註定不能迎娶一個沒落門庭的女子為妻。就算拋開門庭，只怕哥哥也是無心再娶。當年與嫂嫂的一段恩怨，時隔經年，他都不曾放下。可嘆世事弄人，偏偏讓每個人都與最初的眷戀擦肩而過。

顧采薇猶自垂首含羞，我不忍再看她，輕嘆一聲：「花雖美，終究隨波逐流，與其空懷悵惘，不如珍重所有。」

她抬首，怔怔地望著我，一雙流波妙目轉瞬黯然，似被陰雲遮蔽了星辰。到底是個冰雪聰明的女子，我心中微酸，輕拍了拍她手臂，心中憐惜又多幾分。

除去顧采薇，其他名門閨秀卻無一人讓我看得入眼，偏偏她又心有所屬。

我擱了手中名錄，定定地對著一盞明燭出神——或許是子澹在我心中太過完美，皎皎如同天上月，放眼凡塵再無一人可匹配；抑或是我太自私，固執地守護著那份已經不屬於我的情懷，捨不得讓旁人分享了去。捫心自問，我對錦兒的所為，並非不介懷。

想起了錦兒，又想起阿寶的眼疾毫無起色，越發心煩意亂。

我起身踱到門邊，見天色已黑，阿越又一次催促：「王妃還是先用晚膳吧，王爺還在議事，一時也不會回府，這得等到什麼時候去了。」

我全無胃口，莫名煩亂，索性屏退了左右侍女，獨自倚回錦榻，拿著一卷書悶悶地翻看。

不知不覺睏意襲來，隱約似飄浮在雲端，周遭霧茫茫一片，不知身在何處。

顧盼間，驀然見到母親，一身羽衣霓裳，明華高貴。她對我微笑，神情恬淡高華，隱有眷戀不捨，我張口欲喚她，卻發不出一點兒聲音。轉眼間，母親衣袂拂動，凌空飄舉，竟徐徐飛升而去。「母親！」我失聲大叫，猛然醒了過來。眼前羅帷低垂，紗幔半掩，我不知何時躺在了床上。

床幔掀起，蕭綦趕了過來。「怎麼了？方才還睡得好好的。」

「我夢到母親……」我只覺茫然若失，卻說不出心中是什麼滋味，方才的夢境彷彿還在眼前。

「想念妳母親，明天就去慈安寺瞧瞧她。」蕭綦拿過床頭外袍給我披上，又俯身替我穿上鞋子。「方才見妳睡得沉，沒有叫醒妳，現在也該睡餓了吧？」他一面抱我下床，一面喚人傳膳。

我懶懶地依在他懷中，側首看他，似乎很久沒見他這般喜形於色。「什麼事這樣高興？」

他淡淡一笑，輕描淡寫道：「今日生擒了忽蘭。」

突厥王最青睞的忽蘭王子，號稱「突厥第一勇士」，也是賀蘭箴最忌憚的對手。此番生擒了忽蘭，如同斷了突厥王一條臂膀，對突厥軍心撼動之大，士氣打擊之重，自然可想而知。然而更重要的是，忽蘭被生擒，恰成了牽制賀蘭箴最有力的籌碼。忽蘭一天不死，賀蘭箴即便登上王位，也一天不能心安。萬一賀蘭箴翻臉毀諾，我們亦可掉頭與忽蘭結盟，置他於腹背受敵之境。

猶記當年在寧朔，蕭綦與忽蘭聯手將賀蘭箴逼至絕境，卻又放過賀蘭箴，令他回歸突厥，成為威脅忽蘭的最有力棋子。

至此，我不得不嘆服蕭綦的深謀遠慮，亦感嘆這世間果真沒有永久的盟友，也沒有永久的敵人。

如此捷報，令人大感振奮，我連晚膳也顧不得用，纏著蕭綦將生擒忽蘭的經過細細講來。

建武將軍徐景琿率三千兵馬出陣，以血肉為餌，捨命相搏，誘使忽蘭王子所率的八千鐵騎一路直追，一路且戰且退，將敵軍全部誘入鶻子峪。守候在此的三千弓弩手猝然發動伏擊，峪口兩千重甲步兵截斷敵軍後援，將突厥人堵在谷中。

徐景琿率部折返，前鋒鐵騎如雷霆般殺到，直衝敵軍心腹。後路重甲兵士均白刃棄甲，各執刀斧殺入敵陣，予以迎頭痛擊。

鶻子峪一戰，從正午殺到黃昏，徐景琿身負八處重傷，麾下將士死傷逾兩千，而八千突厥騎兵近半被屠，主將忽蘭王子與徐景琿交戰，被斬去一臂，負傷墜馬，旋即被擒。

其餘突厥將士見大勢已去，紛紛棄械歸降，僅餘不足千人的小隊拚死逃出，直奔軍中報信。

那一番風雲變色的血屠之景，饒是蕭綦淡淡講來，亦足以驚心動魄，令聽者膽寒。

遙想當時情狀，我屏息失神，不覺手心盡是冷汗，長長吁了口氣。「這徐景琿真是神人，身負八處重傷，還能力斬強敵於馬下！」

蕭綦大笑道：「如此虎將，在我麾下何止徐景琿一人！」

窗外清冽月色，映著他臉上豪氣勃發，堅毅側臉彷彿籠上一層霜，那蟠龍王袍上的金龍，彷彿隨時會躍入雲霄，森然搏人。恍惚間令我錯覺，似又回到了蒼茫肅殺塞外邊關。

看慣了朝堂上莊穆雍容，習慣了煙羅帳裡百般纏綿，我幾乎淡忘了當年的震懾，淡忘了眼前之人，才是真正從刀山血海裡踏過，歷經了修羅地獄，仗劍踏平山河，一步步登上這九重天闕的殺伐之神。

一夜無夢，卻幾番從朦朧中醒來，總覺心緒不寧。輾轉直到天色將明，我才迷糊睡去。剛闔了眼，倏地就敲過了五更。

陡然聽得外頭一陣腳步匆忙，值宿內侍在外面撲通跪下，顫著嗓子通稟：「啟奏王爺王妃，慈安寺來人奏報——」

我一驚，莫名的緊窒攥住心口，來不及開口，蕭綦已掀簾坐起。「慈安寺何事？」

「昨夜三更時分，晉敏長公主薨逝了。」

母親去得很安詳，連宿在外屋的徐姑姑也沒有聽見半分動靜。她就這樣靜靜地去了，素衣布襪，不染纖塵，躺在檀木禪床之上，眉目寧和，彷彿只是午間小睡而已，一個不經意的動作都會將她驚醒。

「公主從來沒有睡得那樣遲，入夜還到庭中站了半晌，望著南邊出神，回房又念了半宿的經文。奴婢催她就寢，她卻說要念足九遍經文給小郡主祈福，少一遍都不行。」徐姑姑怔怔地捧著母親的佛珠，眼淚簌簌落下。「公主她，是知道自己要去了吧。」

我默然坐在母親身邊，伸手撫平她衣角的一道淺褶，唯恐手腳太重，驚擾了她的清眠。

滄桑歲月，褪去了昔日國色天香的容顏，積澱為澄靜的光華，如玉中透出，照亮周圍的每一個人。

母親是真正的金枝玉葉，只能活在錦繡琅苑之中，永世不能沾染塵垢，也承載不起半分沉重和黑暗。或許她真是謫入凡塵歷劫的仙子，如今終於脫了塵籍，羽化歸去。也許只有在清淨無塵，沒有恩怨利欲，沒有離合悲苦的地方，才是她最後的歸宿。

我靜靜地凝望母親聖潔睡顏，捨不得移開目光，捨不得離開她身旁。幼年往事紛紜而至，母親的一顰一笑，一聲低喚，一句叮嚀，歷歷如在眼前。

她在的時候，我總是怕她嘮叨，總覺諸事纏身，沒有閒暇和心力來陪伴她。母親從來不會埋怨，哪怕望眼欲穿地盼望我們，也只是默默地守望在遠處，永遠體諒我們的不易。

我知道她還想讓我再陪她去湯泉宮，知道她想去皇陵拜謁先祖陵寢，知道她想時常看到哥哥的兒女……這些我都知道，卻總是在無休止的煩擾中拖延過去，總覺得這些不是要緊事，母親反正會等著，任何時候都有她在我身後等著……

我從未想到，有一天她會驟然撒手離去，連追悔的機會都不給我。

親手為她更衣整妝，為她梳起髮髻……幼時都是母親為我做這一切，而我卻是最後一次親手侍候她。握著玉梳，我的手顫抖得無法舉起，一支玉簪久久都插不進她髮髻。

徐姑姑早已哭成淚人，周遭一片泣聲，唯獨我欲哭無淚，心中只餘空茫。

慈安寺裡鐘聲長鳴，夏日陽光照得乾坤朗朗，天際熾白一片。樹欲靜而風不止，子欲養而親不在。

我立在菩提樹下，仰首見清風過處，木葉搖曳，久久不止。剎那間，鋪天蓋地的辛酸孤獨將我淹沒。

阿越輕聲稟報說，蕭綦已到了正殿，聞訊趕來弔唁的命婦們也快到山門了。我戚然回頭，見她紅腫了雙目，默默呈上絲帕讓我淨面整妝，隱忍的悲戚不似旁人哭號露骨，愈見真摯可貴。我心中感動，握了握她纖瘦的手，讓她去陪伴悲傷過度的徐姑姑。

我的目光越過她肩頭，看見長廊的盡頭，蕭綦玄衣素冠，大步踏來，偉岸身形彷彿將那灼人日光也擋在身後。

陡然間，只覺周身力氣消失，腳下虛軟，再不能支撐。他一言不發將我攬入懷中，用力攬緊，眉宇間俱是深深疼惜。

父親不知所終，母親撒手人寰，子澹終成陌路……如今除了哥哥，我也只剩蕭綦一個至親至愛之人，只剩他在我身邊，相扶相攜，將這漫長崎嶇的一生走完。

淚水終於洶湧決堤，我用盡全身力氣抱住他，似抱住溺水時唯一的浮木。

傷疑

母親的靈柩終究沒有回宮，也沒有回到鎮國公府。

她曾說過無顏再入皇陵，也不願歸葬王氏，無論親族還是夫家，都不是她最終的歸宿。只有這遠離塵俗的慈安寺，是她餘生所寄，也是最終神魂皈依之地。母親既已寄身佛門，再不會留戀塵世榮華，身後哀榮太過喧譁，反而非她所願。

聞喪當日，諸命婦素服至慈安寺行奉慰禮，次日，百官入寺弔唁。京中高僧率寺中眾尼舉行法事，一連七日七夜，為母親念誦超度。

最後一晚，我素衣著孝，長跪靈前。

蕭綦也留在寺中陪我送別母親最後一程。已是更深夜涼，他強行將我扶起來。「夜裡涼了，別再跪著，自己身子不好更要懂得愛惜！」

我心中淒涼，只是搖頭。

他嘆息道：「逝者已矣，珍重自己才可讓親人安心。」

徐姑姑亦含淚勸慰，我無力掙扎，只得任由蕭綦扶我到椅中，黯然望向母親的靈柩，傷心無語。

一名青衣女尼悄然行至徐姑姑身邊，低聲向她稟報了什麼。徐姑姑沉沉嘆了口氣，低頭沉吟不語，神色躊躇淒涼。

我弱聲問她：「何事？」

徐姑姑遲疑片刻，低聲道：「妙靜在外殿跪了半夜，懇求送別公主最後一程。」

「誰是妙靜？」我一時恍惚。

「是……」徐姑姑一頓。「是從前府裡的錦兒。」

我抬眸看去，她卻垂下目光，不敢與我對視。徐姑姑知道錦兒的身分，卻只說是從前府裡舊人，顯然有念舊回護之心，有意為錦兒求情。

宮中獲罪被貶至慈安寺的女尼都住在山下寒舍，不得隨意進出，輕易上不了山門，更不得踏入母親所在的內院。錦兒此番能進得寺中，託人傳訊，足見徐姑姑平日對她多有關照。

我不願在此刻見到她，卻不忍在母親靈前拂了徐姑姑的情面，只得疲憊地嘆息一聲，頷首道：「讓她進來吧。」

緇衣青帽的瘦削身影緩緩步入，短短時日，她竟已形銷骨立，枯瘦如柴。「錦兒拜見王爺。」她在蕭綦跟前跪下，並不朝我跪拜，語聲細若遊絲，卻仍以從前的名字自稱，顯得十分唐突。

蕭綦蹙眉掃了她一眼，面無表情，徐姑姑臉色也變了，重重咳了一聲：「妙靜！王妃念在舊日主僕之情，允妳前來拜祭，還不謝恩？」

錦兒緩緩抬眸，森冷目光向我迫來。「謝恩？她於我何恩之有？」

「妙靜！」徐姑姑驚怒交集，臉色發青。

我不願在母親靈前多生事端，疲憊地撐住額頭，不想再看她一眼。「今日不是妳來吵鬧的時候，退下！」

錦兒連聲冷笑。「今日不是時候？那王妃希望是何時，莫非要等我死後化為厲鬼——」

「放肆！」蕭綦一聲怒斥，語聲低沉，卻令所有人心神為之一震。

錦兒亦窒住，瑟然縮了縮肩頭，不敢直視蕭綦怒容。

「靈堂之上豈容喧譁，將這瘋婦拖出去，杖責二十。」蕭綦冷冷開口，不動聲色地握住了我的手。

殿外侍衛應聲而入，錦兒似乎嚇呆了，直勾勾地盯著我，木然地任由侍衛拖走。及至門口，她身子猛然一掙，死死地扒住了門檻，嘶聲喊：「王妃與皇叔有苟且私情，妾身手中鐵證如山，望王爺明察！」

我只覺全身血液直沖頭頂，後背卻幽幽的涼。

這一句話，驚破靈堂的肅穆，如尖針刺進每個人耳中。眾人全都僵住，四下鴉雀無聲，只餘死一般的寂靜，靈前飄渺的青煙繚繞不絕。

我透過煙霧看去，周遭每個人的神情都看得那樣清楚，有人震駭、有人驚悸、有人了然……唯獨，不敢轉眸去看身側之人的反應。

錦兒被侍衛按在地上，倔強地昂了頭，直勾勾地瞪著我，嘴角噙著一絲快意的笑。

她在等著我開口，而我在等著身邊那人開口。這個時候，無論我說什麼都是多餘，而他只需一句話，一個念頭，甚至一個眼神……便足以將我打入萬丈深淵，將歷經生死得來的信任碾作粉碎。

我垂眸看著錦兒，靜靜地迎上她怨毒的目光，心中無悲無怒，彷彿已感覺不到自己的心跳。

這一刻，比任何時候都艱難，比千萬年更漫長。

蕭綦終於冷冷開口，漠然無動於衷。「攀誣皇室，擾亂靈堂，拖出去杖斃。」

我閉上眼，整個人彷彿從懸崖邊走了一圈回來。

兩旁侍衛立刻拖了錦兒，猶如拖走一堆已經沒有生命的爛麻殘絮。

「我有證據！王爺，王爺——」錦兒毫無掙扎之力，被倒拽往門外，兀自瘋狂嘶喊。

「且慢！」我站起身，挺直背脊，喝住了侍衛。

在母親靈前，當著悠悠眾口，若容她布下疑忌的種子，往後流言四起，我將如何面對蕭綦，又置蕭綦的顏面於何地。我可以一再容忍她的挑釁，卻容不得她觸犯我最珍視的一切。

「妳既有證據，不妨呈上來給我瞧瞧，所謂苟且的真相究竟如何？」我淡淡開口，俯視她雙眼。

她雙臂被侍衛架住，恨恨道：「當日皇叔出征前，曾有書信一封命我轉交豫章王妃，此信尚在我身上，個中私情，王爺一看便知。」

我心中一凜，暗暗握緊了拳，卻已沒有猶疑的退路。「很好，呈上來。」

徐姑姑躬身應命，親自上前捏住了錦兒下頷，令她不得出聲叫嚷，一手熟練地探入衣內。

錦兒身子一僵，面容漲紅，痛得眼淚滾落，喉間呵呵，卻掙扎不得。

我冷眼看著她，心中再沒有半分憐憫。徐姑姑是何等幹練人物，她自幼由宮中訓誡司調教，管教府中下人多年，這看似輕鬆的一捏，足以令錦兒痛不欲生。她原本一片好心照拂錦兒，更為她傳話求情，卻不料招來這場彌天大禍。愧恨之下，豈會不下重手。

徐姑姑果然從錦兒貼身小衣內搜出書信一封，呈到我手中。

那信封上墨跡確是子澹筆跡，前事如電光石火般掠過，剎那間，我手心全是冷汗。

我不必拆看，亦能猜到子澹想說什麼……此去江南，手足相殘，他已早早存了赴死之心。他絕望之際寫下的書信，誤託了錦兒，被隱瞞至今，更成了錦兒反誣他與我私通的罪證。

我心中痛楚莫名，卻不敢有分毫流露——薄薄一紙書函，捏在手中，無異於捏住了子澹的性命。

我回轉身，沉靜地望向蕭綦，雙手將那封信遞上。「事關皇室聲譽，今日當著家母靈前，就請王爺拆驗此信，還妾身一個清白。」

四目相對之下，如鋒如刃，如電如芒，剎那間穿透彼此。

任何言語在這一刻都已多餘，若真有信任，又何須辯解；若心中坦蕩，又何須避忌。

無愧則無畏，只是我實在累了，也已厭倦了無休止的忐忑擔憂，只覺疲憊不堪。

他願信我也好，疑我也罷，我終究還有自己的尊嚴，絕不會任人看低半分。

眼前水霧瀰漫，心中悲酸一點點漫開來，蕭綦的面容在我眼中漸漸模糊。

只聽見他緩緩開口，語聲不辨喜怒：「無稽之事，本王沒有興趣過目。」他接過那信函，抬手置於燭上，火苗倏然騰起，吞噬了信上的字跡，最終寸寸飛灰散落。

我不想在母親靈前大開殺戒，只命人將錦兒押回宮中訓誡司囚禁。

母親大殮之後，按佛門喪制火化，而後供奉於靈塔。一應喪儀未完之前，我不願離開慈安寺，務必親自將母親身後諸事料理完畢。

蕭綦政事纏身，不能長久留在寺中陪我，只能先行回府。那日風波之後，看似一場大禍消弭於無形，他和我都絕口不再提及。

然而他離去之際，默然凝望我許久，眼底終究流露出深深無奈與沉重——他那樣自負的一個人，從來不肯說出心底的苦，永遠沉默地背負起所有。只偶爾流露在眼中的一抹無奈，卻足以讓我痛徹心扉。

子澹的書信終究在他心裡投下陰霾，縱然再曠達的男子，也無法容忍妻子心中有他人的半分影子。

我不知道究竟怎樣才能化解這心結，這其間牽扯了多少恩怨是非，豈是言語可以分辯。若要裝作視若無睹，繼續索取他的寬容，我也同樣做不到。或許暫時的分隔，讓彼此都沉靜下來，反而更好。

徐姑姑勸慰我說，彌合裂痕，相思是最好的靈藥。

數日之後，北邊又傳捷報，在我朝十萬大軍襄助之下，斛律王子發動奇襲，一舉攻陷了突厥王城，旋即截斷王城向邊境運送糧草的通道。

這背後一刀，狠狠插向遠在陣前的突厥王，無異於致命之傷。彼時突厥王為報忽蘭王子被擒之仇，正連日瘋狂攻掠，激得我軍將士激憤若狂。

蕭綦嚴令三軍只准守城，不得出戰。直待斛律王子一擊得手，立即開城出戰。三軍將士積蓄已久的士氣驟然爆發，如猛虎出柙，衝殺掠陣，銳不可當。

突厥王連遭重創，頓時陷入腹背受敵的窘境，死傷甚為慘重，終於棄下傷患，只率精壯兵馬冒險橫越大漠，一路向北面敗退。

朝野上下振奮不已，此前對蕭綦派十萬大軍北上之舉仍存微詞的朝臣，終於心悅誠服，無不稱頌攝政王英明決斷。

我雖身在寺中，每日仍有內侍往來奏報宮中大事。阿越也說，王爺每日忙於朝政軍務，夜夜秉燭至深宵。

這日傍晚，我正與徐姑姑對坐窗下，清點母親抄錄的厚厚幾冊經文。驀然間，天地變色，夏日暴雨突至，方才還是夕陽晴好，驟然變作暝色，接著便是大雨傾盆。

天際濃雲如墨，森然遮蔽了半空，狂風捲起滿庭木葉，青瓦木簷被豆大雨點抽打得劈啪作響。

我望著滿天風雲變色，一陣莫名心悸，手中經卷跌落。徐姑姑忙起身放下垂簾。

「這雨來得好急，王妃快回房裡去，當心受了涼。」

我說不出這驚悸從何而來，只默然望向南方遙遠的天際，心中惴惴不安。

回到房裡，閉門挑燈，卻不料這樣的天氣裡，太醫院的兩位醫侍還是冒雨而來，對每日例行的問安請脈半分不敢馬虎。兩人未到山門就遇上這場急雨，著實淋了個狼狽。

我心中歉然，忙讓阿越奉上熱茶。

我一向體弱，自母親喪後又消瘦了些，蕭綦擔憂我傷心太過，有損身體，便讓太醫院每日派人問安。

「平日都是陳太醫，怎麼今日不見他來？」我隨口問道，只道是陳老太醫今日告假。

「陳大人剛巧被王爺宣召入府，是以由下官暫代。」

我心裡一緊。「王爺何事宣召？」

「聽說是王爺略感風寒。」張太醫抬眼一看我臉色，忙欠身道：「王爺素來體魄強健，區區風寒不足為慮，王妃不必掛懷。」

雨勢稍緩，兩名太醫告辭而去。

阿越奉上參茶，我端了又擱下，一口未喝，踱到窗下凝望雨幕，復又折回案後，望著厚厚經卷出神。

忽聽徐姑姑嘆了口氣。「瞧這神思不屬的樣子，只怕王妃的心，早不在自個兒身上了。」

阿越輕笑。「太醫都說了不足為慮，王妃也不必太過擔憂。」

我凝望窗外暮色，心中時緊時亂，半分不能安寧，眼看雨勢又急，天色漸漸就要黑盡了。

「吩咐車駕，我要回府。」我驀地站起身來，話一出口，心中再無忐忑遲疑。

輕簡的車駕一路疾馳，頂風冒雨回了王府。我疾步直入內院，迎面正遇上奉了藥往書房去的醫侍。

濃重的藥味飄來，令我心中微窒，忙問那醫侍：「王爺怎麼樣？」

醫侍稟道：「王爺連日操勞，疲乏過度，更兼心有鬱結，以致外寒侵邪，雖無大恙，卻仍需調息靜養，切忌憂煩勞累。」

我咬唇呆立片刻，親自接過那托盤。「將藥給我，你們都退下。」

書房門外的侍衛被我悄然遣走，房中燈影昏昏，我徐步轉過屏風，見案几上攤開的奏疏尚未看完，筆墨擱置一旁。

窗下，蕭綦輕袍緩帶，負手而立，孤峭身影說不出的落寞清冷。我心底一酸，托了藥盞卻再邁不開步子，只怔怔地望著他，不知如何開口。

夜風穿窗而入，半掩的雕花長窗微動，他低低咳嗽了兩聲，肩頭微動，令我心中頓時揪緊。

我忙上前將藥放到案几上，他頭也不回地冷冷道：「放下，出去。」

我將藥汁倒進碗中，柔聲笑道：「先喝了藥，再趕我不遲。」

他驀然轉身，定定地看著我，眉目逆了光影，看不清此刻的神情。

我笑了一笑，回頭垂眸，慢慢用小杓攪了攪湯藥，試著熱度是否合適。他負手不語，我亦專注地攪著湯藥，兩人默然相對，更漏聲遙遙傳來。

他忽然笑了，聲音沙啞，沒有半分暖意。「這麼快得了消息？」

我不知他為何偏偏有此一問，只得垂眸道：「內侍未曾說起，今日太醫院的人前來問安，我才知道。」

「太醫院？」他蹙眉。

我低了頭，越發歉疚，深悔自己的疏忽，連他病了也未能及時知曉，也難怪他不悅。

「妳不是為了子澹之事趕回來？」他語聲淡漠。

「子澹？」我愕然抬眸。「子澹有何事？」

他沉默片刻，淡淡道：「今日剛剛傳回的消息，叛臣子律在風臨洲兵敗，賢王子澹陣前縱敵，令子律逃脫，自身反為叛軍暗箭所傷。」

一聲脆響，我失手跌了玉碗，藥汁四濺。

「他……傷得怎樣？」我聲音發顫，唯恐聽到不祥的消息從他口中說出。

蕭綦的目光藏在深濃陰影中，冷冷迫人，如冰雪般浸入我身子。

「宋懷恩冒險出陣將子澹救回，傷勢尚不致命。」他盯著我，薄唇牽動，揚起一絲嘲諷的笑意。「只是賢王殿下聽聞子律出逃不成，被胡光烈當場斬殺之後，在營中拒不受醫，絕食求死。」

一直以為我知他最深，豈知時光早已扭曲了一切，今日的子澹已經不復當年。

我知道他是個柔若水堅如玉的性子，原以為放他在宋懷恩身邊，有個踏實強硬的人總能鎮得住他，好歹能護得平安周全，卻不料他求死之心如此決絕。

「怎麼臉色都白了？」蕭綦似笑非笑地迫視我。「還好那一箭差了準頭，否則本王當真沒法向王妃交代。」

他的話聽在耳中，如利刃刺向心頭。我緩緩俯下身去，一片片撿拾那滿地碎片，默然咬緊下唇。

蕭綦陡然拽起我，揚手將我掌心碎瓷拂了出去。「已經摔了，妳還能撿回一只完整的瓷碗不成？」

「就算是一只瓷碗，用久了，也捨不得丟。」我抬眸迎上他的目光，想笑，眼角卻溼潤，淚光模糊了視線。「身邊宮人，帳下親兵，相對多年也會生出幾分眷顧，何況是與我一起長大的子澹！我毀諾在先，移情在後，昔日兒女之情已成手足之念，如今不過想保他一條性命，安度餘生，你連這也容不下嗎？莫非定要逼我絕情絕義，將身邊親人一個個送到你劍下，才算忠貞不二？」

一番話脫口而出，再沒有後悔的餘地，哪怕明知道是氣話，也收不回來了……我與他都僵住，四目凝對，一片死寂。

「原來，妳怨我如此之深。」他的面容冷寂，眼中再看不出喜怒。我想解釋，卻不知該說什麼，所有的話都僵在了脣邊。

更漏聲聲，已經是夜涼人靜，月上中天，分明是如此良宵，卻寒如三冬。

「時辰不早，妳歇息吧。」他漠然開口，彷彿什麼也不曾發生，轉眼間斂去了喜怒，將一切情緒都藏入看不見的面具之下，語意卻透出深濃的涼。

看著他抬步走了出去，挺拔身影步入重帷之中，分明觸手可及，卻似如隔深淵。我再強抑不住心中惶恐，寧願他回頭、發怒，甚至與我爭執，都好過只給我一個冷漠慘淡的背影。

我開始害怕，怕他丟下我一個人在這裡，再也不會回來……所有驕傲或委屈，都抵不過這一瞬的恐懼，我從來不知道自己是這樣膽怯。

我奔出去，踉蹌間掀倒了錦屏，巨大聲響令他在門前駐足，卻不回頭，身影依然冷硬如鐵。

「不許你走！」我陡然從背後環住他，用盡全力將他抱住。

捨棄了那麼多，才握住眼下的幸福，怎麼能再放手；傷害了那麼多，才守住最重要的一個，又怎麼能再失去。

他一動不動地任由我擁住，僵冷的身子一分分軟了下來，良久才嘆息道：「阿嫵，我很累了。」

我心如刀割，傷痛難言。「我知道。」

他低低咳嗽，語聲落寞疲憊。「或許有一天，我也會傷會死，那時候，妳會不會也這般回護我？」

我搖頭，失聲哽咽道：「你不會傷，也不會死！我不許你再說這種話！」

他轉身凝望我，喟然一笑，眉宇間透出蒼涼。「阿嫵，我亦不是神。」

我一震，抬眸怔怔地看著他，只覺他笑容倦淡，深涼徹骨。庭中月華如水如練，將碧樹玉階籠上淡淡清輝。

「妳還要多久才能長大？」他抬起我的臉，深深嘆息，不掩眼中失望。月色沁涼，比這更涼的，卻是我的心。

「我讓你很失望嗎？」我笑了，頹然放開雙手。「我做了什麼，讓你如此失望？」一直以來，我的努力和捨棄，他都看不到嗎，卻只為了一句氣話，就這樣輕易地失望……難道我不是凡人，難道我就沒有累和痛嗎？

我搖頭笑著，淚水紛落，一步步退了回去。他驀然伸手挽住我，欲將我攬入懷中，我決然抽身，向他俯身下拜。

「妾身尚在孝中，不宜與王爺同室而居，望王爺見諒！」

他的手僵在半空，定定地看著我半晌，頹然轉身而去。

次日我便回了慈安寺，埋頭料理母親身後瑣事，絕足不再回府。蕭綦來看過我幾次，彼此只作若無其事，相對卻是疏離了許多。

徐姑姑看在眼裡，只當我們是拌嘴鬥氣，唯恐僵持失和，一再催促我早些回府。我唯有苦笑推託，藉口母親身後諸事未了，賴在寺中不肯回去。

孤清的寺院裡，只有徐姑姑和阿越陪在我身邊。自母親辭世後，我夜夜都從夢裡驚醒，夢中總有凶惡的妖物在追我，時常恍惚看見鮮血流了遍地。

唯一欣慰的是哥哥快要回來了，他接到喪訊，已在回京赴喪的路途中，再過幾日就要到了。

又拖了數日，宮中長久無人主事，每日都由內侍往返奔走，我索性帶了徐姑姑回到宮中，住進了鳳池宮。

無論徐姑姑和阿越怎麼勸說，我始終不願回到豫章王府，不願和蕭綦冷漠相對，也不願去想往後如何應對，只是覺得很累。

長久以來的猜疑，終於在彼此心裡結成了怨，結成了傷，結下了解不開的結。

子律的死亡，終結了這場戰爭，卻沒有終結更多的殺戮。

南方宗室一敗塗地，諸王或死或降，叛軍兵馬死傷無數，狼煙過處，流血千里。南征大軍班師回朝，一併押解入京待罪的宗室親貴多達千人。

北境勝局已定，大軍一路攻入突厥，兵臨王城，擁立斛律王子繼位，大開殺戒，誅滅反抗王族。

突厥王敗逃西荒大漠，眾叛親離，被困多日，傷病交加之下，暴卒飛沙城，屍首被獻於斛律王帳前，曝晒城頭三日，不得殮葬。

我早知賀蘭箴的狠決，卻未料到他對自己生身之父，亦能狠辣至此。回想當日，我卻總揮不去月色下那雙淒苦而怨毒的眼神……賀蘭箴，終究還是魔性深種，將自己一生都要葬送在「仇恨」二字上。

突厥王死了，他也算報了平生大仇，接下來會不會就是蕭綦？

所幸，他不會再有這個機會。唐競以鎮壓反叛王族、保護新君之名，屯兵十萬在突厥王城，挾制了初登王座的斛律王。新的突厥王，終究成為王座上的傀儡。這便是蕭綦早已謀定的大計，從此突厥俯首，永為我天朝屬國。

聽說忽蘭王子今日傍晚就要押解入京，京城百姓爭相上街，一睹昔日突厥第一勇士淪為攝政王階下囚徒，奔走傳頌攝政王的英明威武。

我合上書卷，再沒有心思看書，只望著天際流雲出神，怔怔地想起多年前，我在城樓之上遙望他的身影……歲月似水，不覺經年。

徐姑姑悄然進來，笑意盎然，欠身稟道：「王妃，方才內侍過來傳話，王爺今晚想在鳳池宮傳膳。」

我怔了怔，淡淡垂眸道：「知道了，妳去布置吧。」

徐姑姑嘆口氣，欲言又止。

我知道她想說什麼，蕭綦自然是有主動言和之意，她盼我不要一意偏執，再拂了蕭綦的心意。

這幾天來，蕭綦忙於政事，仍時常來鳳池宮看我，卻從不開口言和，也不問我為何不肯回去，彷彿認定了我會如往常一般低頭認錯，求取他的寬容。或許看到我始終漠然無動於衷，他才漸漸焦慮，終於肯放下身段來求和。

看著徐姑姑在外殿忙碌張羅，燃起龍涎香，挑上茜紗宮燈……我忽然泛起濃濃悲哀，什麼時候，我也變得像後宮妃嬪一樣，需要曲意承歡，費盡心思，才能討好我的丈夫。

掌燈時分，蕭綦一臉疲倦地步入殿中，神色卻溫煦寧和。我正懶懶地倚了繡榻看書，只欠身向他笑了笑，並不起身去迎他。

他一身朝服立在那裡，等了片刻，只得讓侍女上前替他寬去外袍。往常這是我親手做的，今日我卻故意視而不見。

難得他倒沒有不悅，仍含笑走到我身邊，握了我的手，柔聲道：「叫妳等久了，這便傳膳吧。」

宮人捧了各色珍肴，魚貫而入，似乎特意為今晚做了一番準備，每樣菜式都格外精巧雅致，更是我素日喜歡的口味。馥郁酒香撲鼻而來，一名宮人捧了玉壺夜光杯，為我們各自斟上。

蕭綦含笑凝視我，眸光溫柔。「這是三十年陳釀的青梅酒，好難得才找到。」

我心下泛起暖意，含笑抬眸，卻與他灼灼目光相觸。

「我許久不曾陪妳喝酒了。」他嘆息一聲，微微笑道：「怠慢佳人，當自罰三杯，向王妃賠罪。」

我忍住笑意，側首不去理他，卻不經意瞥見那奉酒的宮人，綠鬢纖腰，清麗動人，依稀竟有些面熟。

忽聽蕭綦笑嘆。「我竟不如一個女子吸引妳？」

回眸見他一臉的無奈，我忍俊不禁，斜斜睨他一眼。「一介武夫，怎能與美人相比。」

那美貌宮人立在蕭綦身後，低垂粉頸，甚是嬌羞。我心中一動，從側面看去更覺此女眉目神態似曾相識，記憶深處彷彿有一處慢慢拱開……蕭綦已笑著舉杯，仰頭欲飲，我心念電閃，驀然脫口道：「慢著——」

就在我開口的剎那，眼角寒光一閃，那宮女驟然動手，身形快如鬼魅，挾一抹刀光從背後撲向蕭綦。倉促之間，我不假思索，捨身撲到蕭綦身上，猛地將他推開。

耳邊寒氣掠過，似已觸到刀鋒的銳利，身子卻陡然一輕，被蕭綦攬在懷中，仰身急退，一股凌厲的勁力隨他揮袖擊出……碎骨聲，痛哼聲，金鐵墜地聲，盡在電光石火的剎那發生！

左右宮人驚呼聲這才響起：「有刺客！來人哪——」

那宮女一擊失手，折身便往柱上撞去，頓時頭破血流，委頓倒地。

我這才回過神來，緊緊地抓住蕭綦，看到他安然無恙，這才渾身虛軟，張了口卻說不出話來。

蕭綦猛地將我擁住，怒道：「妳瘋了，誰要妳撲上來的！」

我正欲開口，眼前忽然有些發黑，身子立刻軟了下去。

「阿嫵，怎麼了？」蕭綦大驚。

左手隱隱有一絲痠麻，我竭力抬起手來，手臂卻似有千斤重，只見手背上一道極淺極細的紅痕，滲出血絲，殷紅裡帶著一點兒慘碧……眼前一切都模糊變暗，人聲驚亂都離我遠去，唯一能感覺到的，只是他溫暖堅實的懷抱。

隱約聽到他聲音沙啞地喚我，我睜大雙眼，他的面目卻陷入一片模糊。

「當日，你問我會不會……」竭盡最後一絲清醒的意志，我闔眼嘆息。「傻子，我的命都給了你，還問會不會……」

——或許有一天，我也會傷會死，那時候，妳會不會也這般回護我？

——是的，我會，我會拿自己的命來回護你。

遇刺

這一覺睡得好沉，夢裡隱約見到母親，還有辭世多年的皇祖母，依稀又回到了承歡祖母膝下的無憂歲月……我閉目甜甜地笑，不想這麼快醒來。

「我知道妳醒了，睜開眼睛，求妳睜開眼睛！」

這哀慟的聲音讓我心口莫名抽痛，竭力掙脫睡意的泥沼，想要睜開眼，卻在一片迷濛光影裡，見到一雙赤紅的眸子，紅得似欲滴血。

我陡然一顫，刺客、刀光、血痕、他驚駭的神情……那驚魂的一幕掠回腦中，激靈靈驚醒了我，又記起了最後清醒的意念，記起他臉色蒼白，緊緊地抱著我，滿目驚痛若狂的樣子。

我闔上眼，復又睜開，終於真真切切地看見他的面容。

「阿嫵……」他直直地望著我，目光恍惚，好似不敢相信，連聲低喚我的名字。

他的眼睛怎麼紅成這樣，我覺得心疼，想要抬手去撫他臉頰，卻驚覺周身毫無知覺，四肢肌體分明還在那裡，卻彷彿已不屬於我。

「妳睡了好久！」他一瞬不瞬地看著我，手指顫顫地撫過我的臉頰。「老天總算將妳還給我了！」

我望著他，淚水潸然滾落，身子卻全然失去知覺，半分不能動彈。

「太醫，太醫！」蕭綦緊握了我的手，回頭連聲急喚。

太醫慌忙上前，凝神搭脈，半晌才長吁了口氣。「王妃脈象平穩，毒性大有緩解，看來那雪山冰綃花果真有效。只是劇毒侵入經脈，眼下尚未除盡，以致肢體麻痺，全無知覺。」

「肢體麻痺？」蕭綦驚怒。「如何才能解去毒質？」

太醫惶然叩首。「那冰綃花藥性奇寒，以王妃的體質恐怕難以承受，微臣只能冒險嘗試，以七味至陽至熱的藥物為輔，逐量下藥。眼下看來雖有解毒之效，卻難保不會傷及內腑，微臣不敢貿然下藥。」

我恍恍惚惚聽著，心中隱約明白過來，太醫說的冰綃花，想必是賀蘭箴送來的那枝雪山奇花。當日突厥使臣稱其為異寶，可解毒療傷，想不到今日竟真的救了我一命。

卻聽蕭綦怒道：「我不想再聽這推三阻四之言，不管你用什麼藥，務必要讓王妃康復！」

「王爺恕罪！」太醫驚惶，連連叩頭不止。

我苦笑，卻無法出聲，只剩手指微微可動，便竭力輕叩他掌心。蕭綦俯身看來，與我目光相觸，似悲似狂，我從未在他眼中見過如此淒惻神色。

冰綃花藥性奇寒，我若不能承受其效，大概會就此死去。如果不用此藥，我雖然能活，卻不過是一具行屍走肉。

兩者相較之下，蕭綦立刻洞徹我的心意，想必他心中所想，也與我相同——只是，要由他來決定，又是何其艱難。

「我明白。」蕭綦深深地凝視我，決然一笑。「既然如此，我們便一起來搏上一搏！」

太醫立刻開方煎藥，一碗濃濃藥汁，由蕭綦親手餵我喝下。

宮人醫侍盡數退出外殿，空寂的寢殿內，宮燈低垂，將我們的影子長長地投到地上。他扶起我，倚坐床頭，將我緊緊地摟在懷中。不知是藥效發作，還是毒性作祟，我眼前昏黑，神志漸漸恍惚。

「阿嫵！」他在我耳邊低喝，輕輕地搖晃我，我的身體卻仍是沒有知覺。「我不准妳睡，妳給我好好睜大眼睛！」蕭綦抬起我的臉龐，語聲緊窒。「我怕妳一覺睡去，再也不會醒來……只要妳好好熬過來，我什麼都答應，再不惹妳傷心難過，好不好？」

我心中似痛似甜，竭力睜開眼，給他一抹微笑。他的雙臂將我抱得那樣緊，即使身體沒有知覺，依然能聽到他的心跳。我想對他說，我還沒有看夠你的模樣，怎麼捨得就此睡去？我還要看著你長出白髮，與我一起變老。

「我講故事給妳聽，好不好？」他望著我尷尬地笑，第一次主動要求講故事，以往每次被我纏住，他都頭大如斗。若說英明神武的攝政王還會害怕什麼事情，那一定是被他的王妃纏住講故事。

我笑意深深，安靜地望著他，看他皺眉思索的樣子，心裡只覺酸酸軟軟……我默默想著，就算將在天亮之前死去，我也毫無恐懼，只因有他一直陪伴在身側。

「講什麼好呢？」他苦惱地喃喃自語，我卻笑起來，他向來只會講些征戰疆場、攻城掠地的故事，血淋淋的，並不好玩。但只要是他的故事，我都百聽不厭。

他環緊我，語聲越發溫柔：「我有沒有講過，第一次看見妳的情形？」

我睜大眼，第一次，那應該是在大婚拜堂的時候……

他嘆了口氣，未語先笑。「那時妳才十五歲，那麼小，幾乎還是一個孩子。」他悠悠笑道：「拜堂的時候，妳一身繁複的宮裝，身形仍然十分嬌小，怎麼看都還是個小丫頭。想著我這麼一把年紀，卻要跟一個小丫頭入洞房，真是比攻下十座城池更令我為難！」

他笑得可惡至極，我又氣又窘，只能以目光狠狠剜他，恨不得撲到他肩頭，咬上一口。

「那之後，一別就是三年……當我得知妳被劫持，怎麼都想不出我那王妃長得是什麼樣子，只想到一個小孩被嚇得大哭的模樣。」他感喟道：「我派去的人一路跟著你們，不斷傳回消息，說妳刺殺賀蘭箴，又縱火逃跑，還逼得賀蘭箴處死手下……我不能相信，這些事竟是一個小孩子做的。」

我說不出話，淚水悄然湧上。

「我一輩子也不能忘記，那一刻，血光烽煙，妳在亂軍之中出現……」他驟然閉上眼。「妳竟那樣耀眼，身後刀光劍影分毫不損妳的容光，自己命懸敵手，卻沒有半分恐懼。我從未見過一個女子，竟能如此決絕，如此凜烈！」他的聲音竟有一絲顫抖。「那一刻，我才知道自己幾乎錯過了什麼！」

我望著他，淚水滑落，溼了鬢髮。

「一直以來，我夢寐以求的、可以並肩站在我身側、與我同生共死的女人，原本早就已經得到，我卻堪堪錯失了三年。」一點溫熱，滴落在我的臉頰上，竟是他的淚。

他抱緊我，唯恐一鬆手就會失去，他身上的溫熱，令我冰涼的身子漸漸回暖，一直暖到心底裡去。

我驀然一顫，溫暖的感覺如此清晰……真的，我竟又感覺到他的體溫，又有了微弱的知覺。我竭盡全力，終於緩緩抬起右手，艱難地覆上他的手背。

他一震，呆了片刻，驀然驚跳起來。「妳能動了！阿嫵，妳能動了！」

我亦欣喜若狂，仍由他將我擁入懷抱，再說不出話來。

珠簾一掀，阿越托了藥盞進來，盈盈笑道：「王妃，藥煎好了，您今日氣色又好了許多呢。」

正說笑間，徐姑姑肅容而入，見我正服藥，忙又笑道：「王妃這兩日好了許多，看來服完這服藥，也該大好了。」

我擱了藥盞，接過白絹拭了拭脣角，看她肅然神色，心下早已猜到幾分。「大理寺已經審出結果了？」

徐姑姑欠身道：「是，刺客身分已經查明，確是宣和宮舊人，名喚柳盈。」宣和宮，子律昔年所居宮室。那晚我一眼瞧見那美貌宮女，便覺分外眼熟，如今想來，隱約就是當年子律身邊，十分受寵的一名侍女。她在宮中的時日甚長，卻無人知道她身負武功。

徐姑姑臉色沉重。「宣和宮舊人本已悉數遣出，這柳盈原已被送到浣衣局，數日前卻被御膳司調了去。帶走她的人是御膳司一名副監，名喚李忠，此人事發當夜即已暴病而亡。」

我不動聲色，只淡淡一笑。這殺人滅口的動作雖快，卻也在意料之中。綿延宮室，重重樓闕，誰也不知這偌大深宮之中，到底潛藏了多少祕密。

當日姑母遇刺之後，我曾藉宮變之機，清洗宮禁，將效忠先皇的勢力盡數拔除。然而宮中盤根錯節的勢力錯綜複雜，為免牽連太眾，引得人心浮動，那一次的清洗僅僅點到為止。

隨後姑母謀逆事敗，宮中涉案者株連甚廣，殺戮之重，使得宮中舊人膽寒心驚，整個宮闈都陷入恐慌之中。

自我接掌後宮，著力安撫人心，平息動盪，雖然止了殺戮，但徹底清理宮禁的念頭，始終擱在心裡，只等待合適的時機到來。

徐姑姑繼續說道：「王爺下令嚴查此案，大理寺已將御膳司相關人等收押，浣衣局與柳盈過往相熟者，及宣和宮舊人一併下獄。」

我沉吟了片刻，揚眉看她。「既然大理寺已著手審理，妳不妨也再助他們一臂之力。」

徐姑姑一怔。「王妃的意思是？」

我斂去笑容，冷冷道：「宮中舊黨未除，如今也是時候好好查一查了。」

「老奴明白了。」徐姑姑悚然一驚，旋即深深俯身。

我緩緩道：「妳傳話下去，宮中凡有過私下非議朝政、言行不檢、與舊黨過從甚密者，每供出一人，減罪一分。知情不報，禍連九族。」

這宮中最不缺的就是人心之惡毒，為了自保，每個人都會爭先恐後地攀咬他人。我要的就是人人自危，牽涉越廣越好。

「老奴這就去辦。」徐姑姑躬身欲退。

「慢著。」我叫住她，漠然開口：「有一個人，現在是用得著的時候了。」

終年不見天日的囚室裡，陰森發霉的味道撲面而來，即使站在門口，也讓我遍體生涼。

「這地方骯髒得很，王妃還是留步，讓奴婢將人提出來審吧？」訓誡司嬤嬤謙卑地賠笑。

我蹙眉道：「徐姑姑跟我進來，其他人留在這裡，未經傳喚不得擅入。」

徐姑姑在前提燈引路，穿過昏暗過道，越往裡越是森冷迫人。最後一間狹小的檻牢前，僅半尺見方的窗洞裡漏進些微光線，隱約照見地上一堆微微蠕動的物事。

徐姑姑撥亮燈盞，光亮大盛，牆角一團黑乎乎的東西突然被光亮驚動，簌簌爬過腳下，竟然是一隻碩大的蜘蛛，我失聲低呼，急急向後閃避。

「王妃，當心些。」徐姑姑扶住我。

地上那堆稻草破絮裡，忽然發出嘶的一聲冷笑，嘶啞不似人聲：「小郡主，妳也來了？」

若不細看，我幾乎認不出那一團汙髒裡竟藏著個枯瘦如柴的女人，那似曾相識的蠟黃面孔，從亂髮後緩緩抬起來，深凹眼珠直盯向我。

「我就知道，妳早晚也會來的，黃泉路上，錦兒會等著妳的！」

我藉著光細細看她，想在這張臉上，尋回一絲昔日的影子，終究卻是徒然。人之將死，其言也善，她到此刻還是放不下心中怨毒。

「錦兒，妳可以安心地上路。」我靜靜地看著她。「那個孩子我已安置妥當，子澹那裡，我會給他一個交代。」

聽到這一聲「上路」，錦兒陡然一顫，軟軟倚著那堆破絮，目光發直。

我心下略有一絲惻然。「妳有未了的心願，現在可以告訴我。」

「到此時還在我面前裝什麼善人？只可惜殿下看錯了妳，妳才是最最毒辣的一個！」她呵呵冷笑，重重一口唾沫唾在我跟前。

「大膽！」徐姑姑怒斥。

我定定地看著眼前狀似瘋魔的婦人，良久，方緩緩道：「如妳所言，王儇從來不是良善之人，否則今日囚在牢中待死的人，便不是妳，而是我，甚至是我王氏滿門。」

「妳以為富貴榮華得來全不需代價？」我自嘲地一笑。「這些年，妳只看到我無限風光，卻不曾見過我如履薄冰、心驚膽顫，並非只有妳蘇錦兒命運多舛，這世上有一份風光，自有一份背後艱難。妳本有過自己一番天地，何苦羨妒旁人？」

錦兒慘笑。「我的天地，我何嘗有過自己的天地……打小圍著妳轉，妳便是天，便是地，妳說要就要，說不要就拋開……我作夢也求不到的，在妳眼裡一文不值。就算我捨了命，也博不來他認真看顧一眼，妳卻那般作踐，逼得他為妳去死！」

她的話，一聲聲、一字字刺進我心裡，直刺得血肉模糊。

「不錯，妳說的都不錯。」我依然在笑，一開口卻枯澀得不似自己的聲音：「這便是命，妳和子澹，一個死不認命，一個認命到死，到頭來又是如何？總有些東西不得不爭，也總有些東西，不得不捨……就算妳同我一樣生作金枝玉葉，不知取捨，也同樣是如今這般下場。」

「妳不過是命好，憑什麼就占盡一切！」她跌在那堆破絮上，嘶聲喊：「就算下輩子做不成金枝玉葉，我寧願變豬變狗，也不要再做丫鬟！」

她淒厲的哭聲迴盪在陰冷囚室，從四面八方向我迫來。

我猝然回轉身，重重拂袖。「送蘇夫人上路。」

蘇錦兒以行刺共謀之罪，被一道白綾賜死在囚室之中，共犯名冊之上也按下了她的手印。

柳盈行刺一案原本與蘇錦兒的攀誣毫無關係，外間只知蘇錦兒冒犯皇室，犯下死罪，卻不知我將她一併扯進此番謀刺之中，以逆謀共犯的罪名處死，便順理成章地讓錦兒成了指認同謀的一枚棋子——而且是死無對證、再不得翻身的死棋。

被她臨死「招供」出的人，縱然渾身是嘴，也百口莫辯。

被囚禁的御膳司、浣衣局宮人聞聽蘇錦兒認罪伏誅，一個個嚇得魂飛魄散，唯恐與逆黨沾上關係，等不及大理寺真正用刑，已經自起內亂，互相攀咬——人心之惡，比天下最鋒利的兵器，更能殺人於無形。

一時間，牽涉入案之人不斷增加，共犯名錄一遝遝送往我眼前，整個宮闈都籠罩在一片恐懼惶惑之中。

徐姑姑垂手而立，緘默不語。

我面前薄薄一冊名錄攤開，寫滿密密匝匝的名字，這就是經過層層甄選，最終確定的共犯名錄。

我一個個名字仔細看過，大多數名字都是皇室心腹舊人，也是我早有心清除之人，如今不過是藉柳盈之事一網打盡。

誰又能料到，引發這一場血腥風波的由頭，不過是一個弱女子的痴烈。

那柳盈出身將門，自幼入宮，伴在子律身邊，明是侍婢，暗是姬妾，早已對子律情根深種。若是太平年月，被子律收為侍妾也算錦上添花。偏偏生逢亂世，子律叛逃謀反，陣前伏誅，落了個身敗名裂、屍骨無存的下場。

尋常女子以死相殉倒也罷了，這柳盈卻是如此剛烈的性子，暗地隱忍多年，伺機行刺蕭綦，為子律復仇。

小小宮人，縱然命如草芥，一旦逼到絕境，以命相搏，也有驚人之力。只是單憑她一己之力，若無人從旁相助，豈能在深宮之中來去自如。從浣衣局調入御膳司，是接近蕭綦的第一步；在御膳司從雜役晉升為奉膳，是第二步；最後祕藏劇毒，投毒於食在先，懷刃行刺在後，這行刺的計畫雖不怎麼高明，卻也步步為營，想必一路走來，都有高人暗中相助，為她打通關節，隱瞞遮掩。

像柳盈一般效忠皇室的心腹舊屬，宮中不在少數，而有這番本事，暗掌各司權柄的人，更是屈指可數。這些人暗中聚結，心念舊主，對權臣武人心懷怨憤已久，雖沒有謀反的膽量和本事，卻如盜夜之鼠，伺機而動。

翻到名冊的最後，赫然看見兩個熟悉的名字，令我悚然一驚，掌心滲出冷汗。我抬眼看向徐姑姑。「這份名冊，除了妳我，還有誰見過？」

「無人見過。」徐姑姑欠身回稟，臉色凝重。

啪的一聲，我揚手將名冊擲到她腳下。「徐姑姑，妳好糊塗！」

名冊最後一頁赫然寫著永安宮中兩名主事嬤嬤的名字。她兩人雖不是皇室舊黨，卻也因太皇太后而對蕭綦深懷怨憤。

姑母痴盲已久，她身邊的嬤嬤擅自生事，捲入此案，一旦傳揚出去，太皇太后豈能脫得了關係。

日當正午，我踏入永安宮，身邊未帶侍從，只率了徐姑姑等貼身之人。我所過之處，眾人斂息俯首，肅寂的殿內只有裙袂曳地，錦緞滑過玉磚的窸窣聲和著步搖環珮，泠泠作響。

太皇太后正在午睡，我沒有驚動她，即便她醒來，也不過是在另一場夢裡。望著姑母蒼老乾枯卻寧靜恬和的睡顏，我不知該羨慕還是悲哀。

兩個嬤嬤已經身著素衣，散髮除釵，一動不動地跪在殿前。她兩人跟隨姑母多年，今日自知事敗，已無僥倖之心，但求速死。

我從徐姑姑手中接過白綾，拋在她們跟前。「妳們侍奉太皇太后多年，其行可誅，其心可憫，特賜妳兩人全屍歸葬。」

獲罪賜死的宮人只得草席捲屍，亂葬郊野，若能留得全屍，歸葬故里，已經是莫大的恩惠。兩位嬤嬤對視一眼，平靜地直起身，朝我俯首，復又向內殿頓首三拜。

吳嬤嬤拾起白綾，回首對鄭嬤嬤一笑，眼角皺紋深深，從容舒展。「我先去一步。」

「我隨後就來。」鄭嬤嬤淺笑，神情恍若昔日少女般恬靜。

徐姑姑轉過頭，低垂了臉，肩頭微微顫抖。

吳嬤嬤捧了白綾，隨著兩名內監，緩步走入後殿。

永安宮兩名嬤嬤，以怠慢禮儀、侍候太皇太后不力之罪賜死。

柳盈一案，牽連宮中大小執事，知情共犯竟達三百餘人。列入名冊中的一百三十八人，或為皇室心腹，或對朝政有誹謗非議，皆被訓誡司下獄。其餘人等多為相互攀誣，罪證不足，被我下令赦出。獲釋人等，經過一番險死還生，無不感恩戴德，戰戰兢兢。

大理寺查遍了柳盈九族，找出柳家有一房表親，將庶出女兒嫁與湘東侯為妾。朝中僅存的一支皇族餘勢，正是以湘東侯為首的世家子弟，表面歸附蕭綦，實則私下聚議，對武人當權心懷不滿。這一脈餘孽，在朝堂上陽奉陰違，不時與蕭綦作對，暗諷武人亂政，鼓動世家子弟不忿之心，令蕭綦早已存了殺心。只是湘東侯為人陰險謹慎，深藏不露，竟讓蕭綦遍布朝中的耳目，也抓不到他一絲把柄。

孰料區區一齣宮闈逆案，竟陰差陽錯地引出了湘東侯這一線關聯，將禍水從宮闈引向朝堂，矛頭直指皇黨餘孽——恐怕湘東侯作夢也想不到，他一世精明，費盡心機，卻因區區一個宮女，賠進了身家性命。

罪證確鑿之下，蕭綦當即下令，將湘東侯滿門下獄，七日後處斬於市。相關從犯十五人一併處死，其餘涉案人等依律流放貶謫。

一場謀刺風波，歷時月餘，終以殺戮平息。

經此一案，從宮廷到朝堂，如一場雷霆暴雨洗過，殘枝枯葉沖刷得乾乾淨淨，舊黨餘孽被全部肅清。

情切

夏日喧暑褪去，秋意漸漸襲來。

哥哥回京的這一天，恰逢雨後初晴，碧空如洗，天際流雲遮了淡淡遠山，一派高曠幽逸。

朝陽門外，旌旄飄揚，黃傘青扇，朱牌龍旗，欽命河道總督、江夏王的儀仗逶迤前行。哥哥紫袍玉帶，雲錦風氅翻捲，當先一騎越眾而來。

這熠然如星辰的男子，傾倒帝京無數少女的男子，是我引以為傲的哥哥。

我站在蕭綦身側，深深凝望哥哥，一年之間，江南煙雨的輕軟，非但沒有為他平添風流，反而在他眉宇之間刻下了幾許持重從容。蕭綦與哥哥把臂而立，並肩踏上甬道。哥哥微微側首，含笑向我看來，秀眉微揚間，隱隱已有父親當年位極人臣的風采。

此時此地，我至親至愛的兩個男子，攜手把臂，終於站到了一起。

來不及洗去滿身風塵，哥哥便趕往慈安寺拜祭母親。母親靈前，我們兄妹兩人靜靜相對，彷彿能感覺到母親冥冥中溫柔注視我們的眼神。

又一個春夏秋冬無聲的過去，母親走了，哥哥回來，而我，又闖過了無數風刀霜劍。

「阿嫵——」哥哥柔聲喚我，眼眸中盛滿深深感傷。「哥哥真的很笨。」

我將頭靠在他肩上，微微笑道：「笨哥哥才好讓我欺負呢。」

哥哥揉了揉我的頭，將我攬住。「臭丫頭，還是這麼逞強好勝。」

我閉了眼睛笑。「誰叫你那麼笨。」

「這些年，一直讓妳受委屈。」哥哥低低嘆息，衣襟上傳來木槿花的香氣，溫暖而恬靜。「往後哥哥會一直在妳身邊，不再讓妳一個人受累。」

我伏在他肩頭，緊緊地閉上眼睛，不讓淚水滑落。

隨哥哥一起返京的，除了數名姬妾，還有一個令我意想不到的小人兒。侍妾朱顏為哥哥生下了一個玉雪可愛的女兒，取名卿儀。哥哥說，在他幾名兒女之中，唯獨卿儀與我小時候長得最像。

不知道是不是因為這句話，連對小孩子一向避而遠之的蕭綦，也愛極了這孩子。

夜裡沐浴之後，我散著溼髮，懶懶地倚在錦榻上，等長髮晾乾。蕭綦陪在旁邊，一面看奏摺，一面閒閒把玩著我的溼髮。

我想著卿儀可愛的模樣，突發異想。「我們把卿儀抱養過來，做女兒好不好？」

蕭綦一怔，臉色立刻罩上寒霜。「抱養別人的孩子做什麼，我們自己會有，不要整天胡思亂想。」

我低了頭，心中一黯，默然說不出話來。

他攬過我，眸光溫柔。「等妳身子好起來，我們一定會有自己的孩子。」

我轉過頭，勉強一笑，岔開了話頭：「卿儀不是嫡出，等哥哥將來迎娶了正妃，還不知能否見容於她。」

蕭綦笑了笑。「這倒難說，王夙姬妾成群，將來的江夏王妃若有妳一半悍妒，只怕要家宅不寧了。」

見我揚眉瞪他，蕭綦忙笑著改口：「可見，齊人之福實在是騙人的。」

「是嗎，我記得某人似乎也曾有過齊人之福呢。」我笑睨了他。

蕭綦尷尬地咳嗽一聲。「陳年舊事，不提也罷……」

永曆二年十月，賢王子澹率左右元帥暨三十萬南征大軍班師還朝。

受俘的南方宗室，一併押解赴京，昔日王公親貴淪為階下囚徒，囚枷過市，百姓爭睹。蕭綦率百官出城相迎，親偕眾將至營中犒巡。朝堂上的蕭綦是高高在上的攝政王，而朝堂下的蕭綦，依然沒有丟棄武人的豪邁。

我站在賢王府正堂，微微閉目，遙想朝陽門外，軍威烜赫、旌旗蔽日的盛況，眼前浮現過一張張清晰面目——蕭綦傲岸睥睨，哥哥蘊雅風流，宋懷恩沉默堅毅，胡光烈意氣風發……最後，是子澹臨去時白衣勝雪的背影。

此刻，我帶著一眾皇室親貴恭立在新落成的賢王府，迎候子澹歸來。門外夕陽餘暉在眼前暈開一片陸離光影，該來的終歸要來。

我緩緩步出殿門，踏上紅氈金沙的甬道，茜金披紗漫捲如飛，率著身後眾人迎向子澹的車駕。

府門前儀仗烜烜，哥哥一騎白馬當先，紫轡雕鞍，豐神如玉，已經到了門前。身後卻是一乘輦車，四面垂下錦簾，並不見子澹身影。我愣怔間，哥哥已下馬立在一旁。

內侍高唱：「恭迎賢王殿下回府——」

輦前錦簾被侍者掀起，一隻蒼白修長的手探出，扶在侍者臂上，簾後傳來一陣咳嗽聲。

一襲天青紋龍袍的子澹，金冠紫綬玉帶，被左右攙扶著步下輦車，寬大的袍服廣袖被風吹得高高揚起，修長身形越發單薄消瘦，似難勝衣。夕陽餘暉，投在他質如冰雪的容顏上，宛如透明一般。

我定定地望著他，心頭緊窒得無法呼吸。左右眾人齊齊俯身見禮，我亦僵直俯身。抬眸間，卻見子澹靜靜地望著我，眼底暖意倏地而逝，化為疏淡的笑。

哥哥上前一步，立在我們中間，一手搭了子澹的臂，一手扶了我的肩，帶著他慣有的倜儻笑容，朗聲笑道：「賢王殿下車馬勞頓，我看這些虛禮就免了吧。這新建的賢王府，子澹你還未瞧過，可是費了阿嫵許多心血，連我那漱玉別苑也及不上了。」

我莞爾，側身垂眸道：「賢王殿下風塵勞頓，且稍事歇息，今晚妾身已備了薄酒，藉新邸為殿下洗塵。」

「多謝王妃盛意。」子澹淡淡一笑，一語未成，陡然掩脣，咳嗽連連。

我心驚，望向哥哥，與他憂慮目光相觸，頓覺揪心。

華燈初上，宴開新邸。

席間絲竹繚繞，觥籌交錯，恍若又見昔日皇家繁華。

子澹坐在首座，已換了一身淡淡青衫，滿堂華彩之下，愈發顯得容顏憔悴。酒過三巡，他頰上透出異樣的嫣紅，臉色卻蒼白得近乎透明。連左右都似察覺了他的不妥，停杯相顧竊竊，他仍是自己斟滿了酒，舉杯不停。

我蹙眉望向哥哥，哥哥起身笑道：「許久不曾看過芷苑的月色，子澹，與我一同瞧瞧可好？」

子澹已有幾分醉意，但笑不語，任由哥哥將他強行攙起，一手攜了酒壺，腳下微踰地離去。

我揉著隱隱作痛的額角，耳邊卻傳來左右嗡嗡的議論之聲。我起身環顧眾人，周遭頓時寂靜無聲。

「時辰不早了，賢王殿下既已離席，今日就此宴罷，諸位都散了吧。」我淡淡說完，徑直拂袖而去，不願再與這幫趨炎附勢的皇親貴眷多作糾纏。

這些人全憑一點兒裙帶血脈，終日飽食，趾高氣揚，一朝淪為他人刀下魚肉，不復往日風光，更加不思進取，只知趨炎附勢。

說起來，這座中多有我叔伯之輩，不乏當年風流名士，今日在我面前卻百般阿諛，看盡顏色。我踏出正殿，被迎面晚風一吹，遍體透涼，腦中清醒過來，不由失笑。果真是越來越像蕭綦，不知不覺已習慣了站在寒族的位置看待世家。

「江夏王在何處？」我蹙眉環顧左右，庭院中竟不見他與子澹蹤影。

「回稟王妃，江夏王已送賢王殿下回寢殿歇息。」

我略一點頭，命其他人留在此處，只攜了阿越徑直往子澹寢宮而去。行至殿前蕙風連廊，忽見僻靜處一個窈窕身形，正翹首望向子澹寢殿。

「何人在此？」我心下一凝，駐足喝問。

那人一驚，只聽一個輕軟的熟悉聲音顫然道：「采薇參見王妃。」

竟又是她，我鬆了口氣，方才險些以為是蕭綦布在此處的耳目。

「妳為何深夜孤身在此？」我心中憂煩，見她在此徘徊，更是不悅，不由聲色俱嚴。

顧采薇屈膝跪下，滿面羞窘，卻又倔強地梗著脖子，咬脣不語。

我嘆口氣，憐她痴妄，卻又有幾分敬她的執著。「我當日對妳說過的話，妳都忘了嗎？」

她低頭幽幽道：「王妃當日教誨，采薇牢記於心。只是，心之所寄，無怨無悔，采薇此身已誤，不敢再有奢求，所思所為，不過是從心所願而已。」

我定定地看著她，這個飄零如花的弱女子，隨時會被命運捲向不可知的遠方，雖也難免自怨自艾，卻有勇氣說出這樣一番話，不畏世俗之見，足可欽佩。

「妳起來吧。」我嘆息一聲。「從心所願，難得妳有這番勇氣……也罷，妳隨我來。」

她茫然起身，怯怯地隨在我身後，一起步入殿中。

甫一踏入殿門，一只空杯被擲了出來，隨即是哥哥無奈的聲音響起：「子澹，你這種喝法，存心求死不成？」

我立在門口，兩個正爭奪酒壺的男人同時轉過頭來，看著我愣住。我氣急，惱怒哥哥不知分寸，這種時候還縱容子澹酗酒。

哥哥尷尬地接過侍女手中絲帕，胡亂擦拭身上酒汙。「我是看不住他了，妳來得正好。」

子澹看了我一眼，目光已經迷亂，轉過頭又開始給自己斟酒。

「我已傳了醫侍過來，這裡有我，你先回去吧。」我側頭看向哥哥，哥哥似欲說什麼，卻又搖頭苦笑。

「也好。」

我側過身。「眼下還需勞煩你先送這位顧家妹妹回府。」哥哥這才注意到我身後的顧采薇，不由一怔。

顧采薇滿面羞紅，垂首不語。

望著他兩人遠去的身影，我無奈地一笑，這世上傷心人已經夠多，能少一個是一個吧。

左右侍從遠遠地退了出去。

我就站在子澹面前，他卻渾若無視，自顧斟酒舉杯，那蒼白修長的手，握著杯子，分明已經微微顫抖。我劈手奪了他酒壺，仰頭張口，就壺而飲。如瀑澆下的酒，濺灑了我一臉一身，入口冷冽辛辣，逼嗆得我淚水奪眶。

他勉力探身，拉住我袖口。嗆啷一聲脆響，我揚手將那酒壺拋出，跌作粉碎。

「你想喝酒，我陪你喝。」我回眸冷冷地看著他，這一句話，似曾相識，如今說來卻是心如刀割。

子澹一向是不善飲酒的，什麼時候，他也學會了喝這樣烈的酒。他醉眼迷濛地望向我，隔了氤氳水霧，眼眸深處卻有瑩然水光閃動。

「妳到底是誰？阿嫵不會是這個樣子，妳……妳不是她。」子澹直直地看著我，已經蒼白如紙的臉色，越發煞白得怕人。

我心中慘然，卻不得不笑。「對，我已不是從前的阿嫵，你也不再是從前的子澹。」

「妳……」子澹目光恍惚。「很像母后。」他忽而一笑，跌坐回椅上，鬢髮散亂，神色淒迷。「阿嫵怎會變成母后呢，我真是醉了……阿嫵不會變，她說要等我回來，便一定會在搖光殿上等著我！」

我不能再容他說下去，再禁不起這聲聲凌遲。我狠狠一咬唇，端起桌上半杯殘酒，潑上他的臉。「子澹，你看清楚，阿嫵已經變了，全天下的人都變了，只有你一個人不肯變而已！」

酒從他眉梢臉龐滴下，他仰起臉，閉目而笑，淚水沿著眼角滑落。

我強抑心底悲酸，澀然笑道：「從前是誰對我說過，世間最貴重的莫過於生命！只要活著，便會有希望！我費了那麼多心思，就為了讓你好好活下去，可你……你怎能這樣傷害自己？」

我再說不下去，頹然後退，只覺心灰意冷。「如果你以為一再傷害自己，我便會後悔難過……那是你想錯了！」我決然轉身，再不願看到他自暴自棄的樣子，哪怕多看一眼，都是令我無法承受的痛。

「阿嫵！」身後傳來他低低的一聲呼喚，聽在耳中，哀極傷極。

我心中窒住，腳下不由一頓，驟然被他從身後緊緊擁住。他冰涼雙唇落到我頸間，溫熱的淚，冰涼的唇，糾纏於我鬢髮肌膚，絕望、熾熱而纏綿……這個懷抱如此熟悉，熟悉得讓人眷戀，眷戀得讓人沉淪。

「不要走，不要離開我。」他的手緊緊地環扣在我腰間，將我箍得不能動彈，彷佛用盡他全部的力量來抓住最後的浮木。

「一切都變了，我們再也回不去了。」我閉上眼，淚流滿面。「子澹，求你清醒過來，求你好好活下去！」

他身子顫抖，抱著我不肯鬆手。我亦不再掙扎，任由他靜靜地抱著我，一動不動。

良久，我終於咬牙掙開他的懷抱，決然奔出殿門，再不回頭。

受俘入京的江南宗室，謀反罪證確鑿者，立即賜死，家眷或流放邊荒，或貶入教坊。罪證不足者及一干從犯，押入天牢，嚴刑拷打，或畏刑招供，或含恨自盡。

不出兩月，昔日金枝玉葉盡皆零落成泥，凋敝殆盡。

越郡最早奏報天降祥瑞，稱北面有龍雲升騰，霞光蔽日；隨即天下州郡紛紛上表，或說天現異象，雙日同懸中天；或說白虎出南山，化為紫芒沖霄而去；更有稱神龜出洛水，銜書報天機……

京城街坊市井間，不知何時開始流傳一首民謠，最膾炙人口的一句是「酟酌盡，雙燭傾」。看似一句普通的宴飲謠，卻有人附會說「酟酌」二字，諧音天祚，而雙即是二，燭諧音主，這一句暗含的寓意，便是「天祚盡，歷二主而傾」。

此言一出，街頭巷尾皆爭相傳誦此句，連宮中也有人私下議論。

各州郡奏報祥瑞的摺子，蕭綦一概不置可否，對於市井諺謠也只作不知，越發令朝臣們摸不透他的心思，暗自揣測，不敢輕言妄議。

世人皆知，如今幼帝病弱，常年幽居深宮，皇室根脈殆盡，僅剩賢王一人堪繼帝位。

撫雲軒裡，落葉灑金。我與哥哥正對弈搏殺得不亦樂乎，蕭綦雖不擅此道，也含笑立於一旁，觀棋不語。

此局由哥哥執黑錯小目開局，初時哥哥四下搶占實地，此後頻頻長考。我則步步為營，似退實進，至中盤時故意賣個破綻，引哥哥一路快攻，貿然出動中腹幾枚孤子，結果越陷越多，中腹大龍苦活之後，上面小龍反被我斬殺。

「好手段，殺得好！」蕭綦拊掌大笑。

哥哥苦思半晌，執了子正待落下，聽得蕭綦此語，復又縮手，悶哼道：「觀棋不語真君子。」

我笑著反詰。「落子有悔是小人。」

哥哥縮到一半的手僵在那裡，瞪我一眼，只得原處落子。

以蕭綦的棋道，也看出哥哥這一步是自尋死路，他笑聲一頓，與我對視，雙雙大笑。一片落葉輕旋著撲入軒內，恰恰飄落在榧木棋盤上，金黃落葉、瑪瑙棋子與古木紋理相映，端的古雅好看。

「罷了，罷了！」哥哥索性推盤認輸，大嘆一聲。「唯女子與小人難養也。」

如今敢這樣與蕭綦說笑的人，怕是除了我，就只有哥哥了。

他們兩人，論性情出身，都有天壤之別，原本各抱了成見，哥哥視蕭綦為草莽，蕭綦視哥哥為紈褲。如今放下成見，走到一處，才知彼此都是性情中人。在朝在私，一番相處下來，居然頗為投緣，大有知己之意。

難得今日他兩人都有閒暇，正笑謔間，一名內侍躬身而入。「啟稟王爺，武衛侯在殿外求見。」

蕭綦斂去笑意，略一皺眉，眉宇間不怒自威。

「這胡光烈還在吵鬧不休嗎？」我笑著搖頭。

「你們且消遣著，我去瞧瞧胡瘋子又發什麼瘋。」蕭綦亦笑，朝哥哥略一點頭，轉身離去。

哥哥把玩著一枚瑪瑙棋子，斂了笑容，淡淡問我：「為何偏偏是這胡家的女子？」

「胡氏有何不妥？」我抬眸看向哥哥。

「將門之中，也不是挑不出娟雅淑女，這個胡氏年紀輕輕，聽說性情十分潑辣，如何能與子澹匹配，妳這不是亂點鴛鴦嗎？」

哥哥蹙起秀揚的眉梢，側面看去十足俊雅，更令我想起了子澹鬱鬱蹙眉的模樣，心中不由泛起刺痛。自從那夜之後，他以養病為名，既不上朝也不入宮，終日在賢王府閉門不出。

我也再未踏入賢王府一步，倒是蕭綦親自去賢王府探望過他，我稱病不肯同去，蕭綦也並未堅持，回來只淡淡說，子澹氣色已見大好。

哥哥卻時常出入賢王府，不時給子澹送去喜歡的詩書古畫和滋補珍品。聽哥哥說，子澹如今十分淡泊，雖少言寡歡，卻已不再酗酒，也肯用醫服藥了。只是哥哥身為宰輔，公務日漸繁忙，也不能時常陪伴子澹。

與此同時，蕭綦催促我為子澹擇妃，也一日緊過一日。

靜兒漸已長大，終不能長久稱病，幽居深宮。蕭綦已起了廢立之念，子澹遲早會繼位為帝。他的王妃便是未來的皇后人選，也是名義上的六宮之主。

蕭綦對此格外看重，一心要選個軍中權臣的女兒安插在子澹身邊，我無法直接違逆他的意願，只能在選秀之時，盡力挑選個忠貞善良的好女子。

原本我對待選的將門之女並未存過多少指望，便隨意點了幾名少女入宮待選，未曾想到，其中一名女子竟讓我刮目相看。

「你並未見過胡氏，怎知她就一定不好，潑辣也未見得就是壞處。」我拈起那片枯葉信手把玩，微微一笑。「絲蘿非獨生，願託喬木。」

哥哥神色一動，似有所了悟。「妳說子澹是絲蘿？」

我垂眸嘆息。「從前的子澹是弱柳，而今已成枯藤。唯有讓他與茁壯的喬木相依，或許才能重獲生機。」

哥哥默然片刻，揚眉問道：「莫非妳選的胡氏，就是他的喬木？」

我啞然一笑，卻無法回答哥哥這個問題。誰是誰的良木，誰又可依託終身，只怕世上無人說得清楚。

這樁婚事，不僅哥哥質疑，連胡光烈也不肯將他幼妹嫁入皇家，為此不惜忤逆蕭綦，三番五次地鬧騰。

這粗豪漢子倒是真心疼愛他那同父異母的妹妹，正如當年哥哥疼惜我一般。

若不是親眼見了胡瑤，我絕想不到胡光烈會有這樣一個光豔可人的妹妹。

胡瑤年紀雖輕，卻沒有一般小女兒之態，更沒有名門淑媛的驕矜，言行舉止透出一派磊落率真，隱隱有英爽之氣。

那日見她紅衫似火，素顏生暈，朝我綻開明媚笑容，我頓覺被初春陽光所照亮。有這樣的女子陪在身邊，再深濃的陰霾，都會退散吧。

看著胡瑤，連我亦覺得自己黯淡下去。

她有青春、有朝氣，有著飛揚跳脫的活力，而我只有一顆被歲月磨礪得冷硬的心。

或許只有她那樣明淨堅定的女子，才會是子澹的良伴。

姻約

賢王冊妃大典擇吉舉行。

大婚場面盛況空前，京中萬人空巷，爭睹皇家風華。賢王府喜紅燦金，一草一木都似染上了濃濃喜色。喜堂之上，蕭綦主婚，百官臨賀。

入目喜紅，刺得我雙眼微微澀痛，遠遠的，看不清每個人的表情。或許，只是我不想看見。

子澹大婚後，很多瑣事也隨之塵埃落定，宮廷裡似乎又恢復了短暫的平靜。天氣一冷，我又時病時好，終日靜養，越發懶於動彈，只偶爾入宮探視姑母和靜兒。

靜兒四歲了，病情依然沒有絲毫起色，終日痴痴傻傻如一個布偶。

這日天色晴好，我只攜了隨身侍女，牽著靜兒信步走在御苑之中，任陽光淡淡灑在身上。

「天祚盡，歷二帝而傾」，民間市井流傳的那首諺謠，不是沒有深意的。朝堂上那麼多眼睛在看著，那麼多耳朵在聽著，早晚會有人發現小皇帝痴呆的祕密，他不能永遠躲在垂簾背後，做一個無聲無息的木偶。

隨著蕭綦一步步接近帝位，靜兒存在的價值，越來越小了，也該到了他退場的時候。

那首諺謠，是再明白不過的暗示。

從痴呆的小皇帝手上奪走帝位雖然易如反掌，卻不是名正言順，明面上還欠了一份冠冕堂皇，水到渠成。這就像我和哥哥的那盤棋，一味進逼反落了下乘，到了這份火候上，反而要欲揚反抑，以退為進。弄權之術與王霸之道，歷來是缺一不可。

靜兒只是當年不得已的傀儡，如今子澹已被削去了全部羽翼，也就成了最好的棋子。廢黜靜兒，擁立子澹，蕭綦依然大權獨攬……他離帝位每近一步，就意味著又一次屠戮或傾覆。

只是靜兒實在是個可憐的孩子，或許離開這宮廷，對他也是一件幸事。

我抱了孩子，坐在苑中默默出神，初冬的陽光灑在我們身上，這一刻寧靜安恬，彷彿遠離了帝王家的紛爭苦難，儼然一對平凡人家的母子。

肩頭忽暖，一件羽紗披風搭在身上，蕭綦不知何時站在我身後，濃眉微蹙，深深地看著我。

冬日的陽光斜斜照下來，給他冷峻如削的側顏籠上淡淡光暈，玄黑錦袍上繡金紋龍張牙舞爪，似欲活過來一般。

他撫了撫靜兒頭頂，淡然道：「過不了多久，這孩子也該離開了。」

「廢立之事，關係重大，你果真決定了嗎？」我抬眸看他，他卻久久沉默，沒有回答。夕陽西沉，晚風帶了微微寒意，掠起他廣袖翻飛。

他忽而笑了笑。「當年我曾說過，陪妳看江南的杏花煙雨，還記得嗎？」

我怎會不記得，在寧朔城外，他說要陪我看盡海天一色、大漠長風、杏花煙雨……年年仲春，看著宮牆內杏花開了又謝，謝了又開，我都會想起他當日的話。

我望進他眸中，無盡悵然，卻又甜蜜。「我以為你早已忘了。」

「等這個冬天過去，我們就去江南。」蕭綦回頭凝視我，薄削的脣邊有一抹極淡的笑意掠過。

我心中驀地一突，怔怔地望著他，幾疑自己聽錯。「去江南？」

他微微一笑。「到時，我還政給子澹，放下外物之羈，帶著妳離開京城，妳我兩人遠遊江南，從此逍遙四海可好？」

我僵住，分不清他是戲言，或是試探，只是萬萬沒想到他會說出這樣一番話來。

蕭綦深深地看著我，明犀目光似不放過我臉上一分一毫的變化，脣邊依然噙著莫測的笑意。「怎麼，妳不喜歡？」

我被他的目光迫得透不過氣來，良久，緩緩抬眸看他。「拋下天地雄心，只求一身逍遙，那便不是你蕭綦了。」

蕭綦迫視我，目光深邃，眼中笑意更濃。「那要怎樣才是我？」

拋開世間羈絆，雙雙遠遁江湖，只羨鴛鴦不羨仙——這也曾是我當年的夢想。

假如我遇上的人不是蕭綦，或許可以讓這夢想成真。然而，當我遇著他，他亦遇著我，一路走來已再不能回頭，也不屑回頭！

我們攜手砍開了叢叢荊棘，付出了太多的代價，彼此都已血痕斑斑，再沒有什麼可以阻止我們登上那至高的峰頂！

「想明白了嗎？」他迫近我，強烈的男子氣息籠罩下來，以不容置疑的口吻問道：「阿嫵，我要聽見妳的真話，一旦想好，就再不能搖擺猶疑！」

我仰頭望著他，心中一片明徹，一字一句緩緩道：「我要看著你成就霸業，君臨天下。」

廢立國君，關係重大，自然非同尋常，這一廢一立之間，絕容不得半點兒動盪。

靜兒年幼病弱，恐難保社稷穩固，以這個理由將他廢黜，沒有人敢持有異議。攝政王有意廢君另立，這一風聲迅速在朝野傳開。賢王子澹從一個幽居閒人，變成眾所矚目的儲君。

撲朔迷霧中，誰也猜不到蕭綦的心機，看不清未來變數究竟如何。

然而朝中微妙的權力布局，已經開始變動，每一枚棋子都在蕭綦的操縱下，悄然移動，暗暗傾斜。

命運的軌跡在不經意間更改，一場翻覆天地的大變局，不知不覺已經展開。這個冬天，過得格外悠長。

臨近歲末的時候，南方兩大豪族，沈氏和吳氏同時入京朝覲。

沈吳兩家均是江南望族，世襲高爵，令名遠達，在江南的聲望實不亞於王氏。此番朝中大勢變幻莫測，即便遠在江南的兩大豪族，也再按捺不住，名為覲見，實則專程為聯姻而來。

攝政王不納姬妾，已是天下皆知之事，且蕭綦出身孤寒，沒有親族兄弟，如今與他最親厚的只有王氏。

漱玉別苑中，哥哥張口銜過一旁侍姬剝好餵來的新橙，但笑不語，一派悠然自得。

我揉了揉額頭，望著哥哥苦笑。「你倒輕鬆，現在兩大豪族的女兒爭相要嫁你，你說如何是好？」

「要麼一併娶了，要麼一個都不娶！」哥哥笑謔道，身側八美環繞，鶯鶯燕燕，一派旖旎情致。

「可惜我們只得一個江夏王，又不能拆作兩半，若是拆得開，早就動手將他拆作八份了。」說話的是哥哥最寵愛的侍妾朱顏，一口吳儂軟語，婉轉嬌嗔。

哥哥幾乎被口中柳丁噎住，瞪了她，啼笑皆非。

我轉眸一笑。「不如將妳家王爺入贅過去，省得分來拆去的麻煩。」

朱顏掩口輕笑。「如果真是如此，還請王妃開恩，將奴家也陪嫁了去，給王爺作伴。」

另一名美姬笑道：「又娶又嫁，那豈不是讓人占了便宜？」眾姬妾笑鬧成一團，我心中卻陡然一動。

我幾乎忘記了，叔父膝下還有兩個女兒，當年隨嬸嬸回歸琅琊故里，已經多年不曾相見，如今算來也該有十五、六歲了。

剛剛結束了戰爭的浩劫，江南人心浮動，朝野上下都在期待這一場聯姻之喜，希望藉此驅散殺戮留下的陰霾。

哥哥屏退了眾姬，只餘我們兄妹兩人，我正色問他，是否真的願與江南豪族聯姻。

他卻無所謂地笑笑。「人家閨閣千金不遠千里嫁了來，我總不能拒之門外。」

我凝眸望向他。「哥哥，這麼多女子當中，可有哪一個，在你心中勝過任何人，世間只有她是最好？」

哥哥不假思索地搖頭笑道：「每個女子都很好，我待她們每一個都是真心，也都是相同的，分不出誰是最好。」

「嫂嫂呢？」我靜靜地看著他。「連她，你也不曾真心相待過？」

哥哥陡然沉默下去，臉上笑意斂盡。我從不曾刻意追問他的那段往事，只恐令他傷心，如今我卻再不願看他沉溺在往事裡，從此將心扉封閉。

「故人已矣，如今說出來，想必她也不會怪我了。」哥哥嘆息一聲，緩緩開口：「妳說得不錯，我的確錯待了她，自始至終都不曾對她真心相待。」

我怔住，卻聽哥哥徐徐道出那一段塵封往事：「當年我與桓宓的婚事，本是源於一場賭約。我初見桓宓時，並不覺得她如何貌美，只因她性子冷傲，對我不屑一顧，反倒激起我好勝之心。當時年少輕狂，便與子隆……先帝打賭，誓要打動那桓宓的芳心。先帝早已知道桓宓將被冊立為子律的正妃，我卻全然蒙在鼓中，被他大大地戲弄了。恰好那時父親正在考慮我的婚事，我看上桓宓的事被他知道，原以為會招來他一頓痛斥，卻不料他非但點頭認可，更決意將桓宓聘為我的妻子！啼笑皆非之下，我卻不敢違逆父親的意願，且對桓宓也存了好勝征服之心，便一口答允下來……待我得知她與子律原有婚約，且自幼兩情相悅，卻已經為時晚矣！賜婚的旨意已頒下，一切無可挽回！」

一句戲言，一個賭約，毀了兩段錦繡姻緣，更令嫂嫂與子律抱恨終生！我怔怔聽來，只覺滿心悲涼。

哥哥神色沉痛。「自此大錯鑄成，子律與我反目成仇，我亦無顏見他、無顏面對桓宓。我一氣之下遠遊江南，卻不料……」

我終於明白，為什麼這些年來哥哥再不願娶妻，寧肯流連花叢，也不肯真心接納一個女子，他是害怕再次傷害旁人，害怕有人成為第二個桓宓。

「妳我的婚姻娶嫁，都由不得自己心意，與其作繭自縛，倒不如及時行樂。」哥哥勾起薄唇，又是慵懶如常的笑，語意中卻有了幾分悵然。

不經意間，我想起了那夜為他不辭風露立中宵的痴心女子，我握住哥哥的手，嘆息道：「哥哥，你只是還未遇見那個人。或許有一天，當你遇上了才會明白，能夠全心愛戀一個人，也令她全心愛戀你，那才是世間最深摯的情意。」

哥哥怔怔地望著滿庭木葉紛飛，半晌才回過頭來，罕有的認真沉靜。「我寧願永遠不會遇到那樣一個人。」

數日之後，我以太皇太后的名義頒下賜婚的懿旨。沈氏嫡長女沈霖許嫁江夏王王夙為正妃；信遠侯長女王佩，加封宣寧郡主，賜婚銀青光祿大夫吳雋。

數年間，我的家族歷經起伏，幾乎登上了權力之巔，又險些跌落萬丈之淵。所幸，那一切都已經過去，今日的王氏總算在我手中重新崛起，任憑風雲變幻，天下第一豪族的高望依舊不墜。

母親喪期未過，哥哥迎娶沈氏最快也要明年夏天，而宣寧郡主與吳雋的婚期，也因長公主喪期之故，定在三個月後。

哥哥派人從琅琊故里迎來了我的嬸母和兩位妹妹，暫居於鎮國公府。

嬸母她們到京的次日，蕭綦下了早朝，特地和我一起前往府中探望。

昨夜下過一場小雪，晨光初綻，積雪未消，朱門深苑內，一派瓊枝玉樹，恍若仙宮。

「到底是名門風流，不同尋常。」蕭綦含笑讚許。「鎮國公府的氣派，比之皇宮內苑也不遑多讓，不愧為鐘鼎世家！」

我微笑，目光緩緩移過熟悉的一草一木，心中卻是酸澀黯然。他只看到眼前草木磚石的堂皇，空有玉堂金馬，又哪裡及得上昔日的繁盛氣象。

蕭綦握住了我的手，輕輕將我攬住，雖不言語，目光中盡是了然和寬慰。

我柔柔地看他，心中亦是暖意融融。轉過連廊，不經意間瞥見那嶙峋假山，不覺展顏而笑。「你瞧那裡，從前我和哥哥常常躲在假山背後，丟雪團嚇唬小丫鬟，等把人嚇哭了，哥哥再去扮好人，哄小姑娘開心。」

蕭綦笑著捏了捏我的鼻尖。「打小就這麼淘氣！」

我躲開他，忽起玩心，提了裙袂往苑裡奔去。長長裙袂一路掃過積雪，絳紫綃紗拂過瓊枝，宮緞綴珠繡鞋上盡是碎雪屑。

「小心地上滑！」蕭綦皺眉，趕上來捉住我，眼底卻是笑意深深。我趁機抓了一把雪，往他領口撒去，卻被他不著痕跡地躲過。

「你站著，不准動來動去，我都丟不到你！」我跺腳，抓了滿滿一捧雪，用力撒向他，忽覺身後有疾風襲來。

「當心！」蕭綦驟然搶上前來，我眼前一花，被他猛地拽住，耳邊有什麼東西掠過，眼前雪末簌簌灑落。

我愕然抬頭，見蕭綦將我護在懷中，他肩頭卻被一個大雪團砸中，落了一身的碎雪，狼狽不堪。

蕭綦臉色一沉，轉頭向假山後看去。「何人放肆？」

我亦愕然，卻見眼前一亮，一抹緋紅倩影轉了出來。一個冰雪似的人兒裹在大紅羽紗斗篷底下，巧笑倩兮，明眸盼兮，令雪地紅梅也黯然失色。

「阿嫵姊姊！」可人兒脆生生一聲喚，烏溜溜的眼珠從我身上轉向蕭綦，俏皮地一吐舌頭。「姊夫你好凶呢！」

我與蕭綦面面相覷。

「妳是倩兒？」我怔怔地望著眼前少女，不敢相信記憶中那個胖乎乎的傻丫頭，就是眼前這明媚不可方物的少女，我的堂妹，王倩。

「叩見王爺、王妃。」嬸母穿戴了湛青雲錦一品誥命朝服，領了兩個女兒，向我們俯身行禮。

釵環搖曳，映著鬢間斑白，仍難掩她清傲氣度，雍容面貌。我扶起她，凝眸端詳，眼前卻浮現出姑母滄桑憔悴的面容。

她們妯娌兩人原本年歲相仿，如今卻似相差了十餘歲。嬸母也出身名門，本與姑母是自幼相熟的手帕交，嫁入王氏以後更添妯娌之親，誰料日後漸生嫌隙，兩人越走越遠，最終姊妹反目。

那一年，姑母不顧嬸母求情，將她唯一的兒子送往軍中歷練，欲讓他承襲慶陽王衣缽。

我記憶中的堂兄王楷，是個穎悟敏達，滿懷一腔報國熱血的少年，卻生來體弱多病，到了軍中不習北方水土，不久就病倒，未及回京，竟病逝在外。

嬸母遭遇喪子之痛，偏在此時，哥哥王夙被加封顯爵，嬸母由此認定了姑母偏袒長房，將堂兄之死怪罪在她頭上，對她恨之入骨，乃至對我們長房一門都心生怨懟。

及至當年逼宮一戰，叔父遇刺身亡，嬸母心灰意冷之下帶了兩名庶出女兒返回琅琊故里，多年不肯再與我們來往。

兩個堂妹都是叔父的妾室所生，生母早逝，自幼由嬸母養育，倒也情同己出。她們離去的時候，長女王佩才十歲，次女王倩不到九歲。一別數年，當年追在我身後，一口一個「阿嫵姊姊」的小丫頭，已出落成眼前娉婷的美人。

倩兒俏生生地立在一旁，卻衝旁邊那少女調皮地眨眼。她身旁的高挑少女垂首斂眉，穿一襲湖藍雲裳，雲髻斜綰，眉目娟美如畫。

「我總記得佩兒小時候怯生生的模樣，想不到如今已出落成如此佳人。」我拉起佩兒的手，含笑嘆道：「倩兒也幾乎讓我認不出來了。」

佩兒臉上微微紅了，低頭也不說話，甚至不敢抬頭看我。

嬸母欠身一笑。「妾身僻居鄉間，疏於教導，適才倩兒無禮，對王爺多有冒犯，乞望見諒。」

她神情語氣還是帶著淡淡矜傲，比之當年仍慈和了許多，想來歲月漫漫，再高的心氣也該平了。

蕭綦容色和煦，執晚輩之禮，陪了我與嬸母溫言寒暄。此次佩兒遠嫁江南，原以為嬸母會不捨，我已想好了如何說服她，卻不料嬸母非但沒有反對，反倒很是欣慰。

她握了佩兒的手，嘆息道：「這孩子嫁了過去，也算終身有託，好過跟著我過冷清日子。」

她話裡有幾分淒酸意味，我正欲開口，蕭綦已淡淡笑道：「如今宣寧郡主遠嫁，老夫人年事已高，僻居故里未免孤獨，不如回到京中，也好有個關照。」

嬸母含笑點頭。「故里偏遠，到底不比京裡人物繁華。此番回來，送了佩兒出閣，也就只剩倩兒這丫頭讓我掛心了。」

「娘！」倩兒打斷嬸母的話，嬌嗔跺腳。嬸母寵溺地看她一眼，笑而不語。

我與蕭綦亦是相視一笑。

正敘話間，一名侍衛入內，向蕭綦低聲稟報了什麼，但見蕭綦臉色立刻沉下。

蕭綦起身向嬸母告辭，留下我在府中陪嬸母敘話。

我和嬸母一起送他至門口，他轉身對我柔聲道：「今日穿得單薄，不可出去玩雪。」

當著嬸母和佩兒她們，我沒料到他會如此仔細，不覺臉上一熱。身後一聲輕笑，又是倩兒捂了嘴，促狹地望著蕭綦。

蕭綦反倒十分泰然，深深地看了我一眼，笑著轉身離去。

「阿嫵嫁得好夫婿。」嬸母微笑望著我，端了茶淺淺一啜。「當初妳姑母真是好眼光。」

「姻緣之事，各有各的緣法。」提及姑母，我不願多言，只淡淡一笑，轉開了話題：「佩兒的夫婿亦是雅名遠達的才子，過些日子入京迎親，嬸母見了，只怕更是歡喜。」

那兩姊妹都被嬸母遣走，此時若佩兒也在，不知道要羞成什麼樣子。

嬸母擱了茶盞，卻幽幽一嘆。「佩兒這孩子……實在命苦。」

「怎麼？」我蹙眉看向她。

嬸母嘆息。「從前妳也知道，佩兒先天不足，一向體弱多病，就跟她生母當年一樣……她生母是難產而亡，我總擔心這孩子日後嫁人生子，只怕過不了那一關，索性讓她不要生育為好。」

我心中猛地一抽，聽得嬸母似乎又說了什麼，我心思恍惚，卻沒有聽清，直到她重重喚我一聲，方才回過神來。

嬸母微瞇了眼，若有所思地盯著我，目光中似藏了細細針尖。「阿嫵，妳在想什麼？」她含笑開口，神色又回復了之前的慈和。

我迎上她探究的目光，暗自斂定心神。「話雖如此，佩兒遠嫁吳氏，若沒有子嗣，只怕於往後十分不利。」

嬸母點頭道：「是以，我想選兩個妥貼的丫鬟一併陪嫁過去，將來生下孩子再過繼給佩兒。」

我微微皺了眉，心底莫名掠過錦兒的影子，頓生黯然。

嬸母的話似沙子一樣揉進我心頭，隱隱難受，卻又想不出如何應對，只得默然點頭。

雖然我與蕭綦一直無所出，外面也只道是我體弱多病的緣故，並不知曉我可能永無子嗣。

然而嬸母方才一閃而過的神情，隱隱讓我覺得古怪，雖說不上有何不妥，卻本能地防備，不願讓她知道真相。

帝王業 中

作　　者／寐語者
發 行 人／黃鎮隆
副總經理／陳君平
總 編 輯／洪琇菁
執行編輯／陳昭燕
美術監製／沙雲佩
美術編輯／王羚靈
國際版權／黃令歡
企劃宣傳／邱小祐、劉宜蓉
文字校對／施亞蒨
內文排版／謝青秀

國家圖書館出版品預行編目資料

帝王業 / 寐語者作 . -- 初版 . -- 臺北市 : 尖端, 2019. 09
冊； 公分
ISBN 978-957-10-8617-0（中冊：平裝）
857.7　　108007753

出版／城邦文化事業股份有限公司　尖端出版
台北市 104 中山區民生東路二段 141 號 10 樓
電話：（02）2500-7600　傳真：（02）2500-2683
讀者服務信箱：7novels@mail2.spp.com.tw
發行／英屬蓋曼群島商家庭傳媒股份有限公司城邦分公司　尖端出版
台北市 104 中山區民生東路二段 141 號 10 樓
電話：（02）2500-7600　傳真：（02）2500-1979
劃撥專線：（03）312-4212
戶名：英屬蓋曼群島商家庭傳媒（股）公司城邦分公司
劃撥帳號：50003021
※ 劃撥金額未滿 500 元，請加付掛號郵資 50 元
法律顧問／王子文律師　元禾法律事務所　台北市羅斯福路三段三十七號十五樓

台灣地區總經銷／中彰投以北（含宜花東）　楨彥有限公司
電話：（02）8919-3369　傳真：（02）8914-5524
雲嘉以南　威信圖書有限公司
（嘉義公司）電話：0800-028-028　傳真：（05）233-3863
（高雄公司）電話：0800-028-028　傳真：（07）373-0087
馬新地區總經銷／城邦（馬新）出版集團 Cite（M）Sdn Bhd
電話：603-9057-8822　傳真：603-9057-6622
E-mail：cite@cite.com.my
香港地區總經銷／城邦（香港）出版集團 Cite（H.K.）Publishing Group Limited
電話：852-2508-6231　傳真：852-2578-9337
E-mail：hkcite@biznetvigator.com

版　次／2019 年 9 月 1 版 1 刷　Printed in Taiwan